Jean Racine

Jean Racine naît en 1639 à La Ferté-Milon. Devenu orphelin très tôt, il est recueilli par sa grand-mère, religieuse à Port-Royal. Il y reçoit une solide formation intellectuelle, puis rentre en classe de philosophie au collège d'Harcourt. En 1663, il crée sa première pièce représentée, *La Thébaïde*, suivie d'*Alexandre* en 1665. La décennie qui suit est alors la plus féconde de son existence : il fait jouer *Andromaque* (1667) puis *Les Plaideurs* (1668), *Britannicus* (1669), *Bérénice* (1670), *Bajazet* (1672), et *Mithridate* (1673). Bénéficiant de l'appui de Colbert, le dramaturge rentre, la même année, à l'Académie française. S'étant imposé face à Corneille (1606-1684) après le succès d'*Andromaque*, il est assuré des faveurs du jeune roi Louis XIV. *Phèdre* (1677) s'affirme très vite comme son chef-d'œuvre, malgré l'échec des premières représentations. L'année suivante, Racine cesse cependant d'écrire pour la scène et devient l'historiographe officiel du roi, s'engageant dans la voie d'une existence plus bourgeoise vouée à l'éducation de ses nombreux enfants et à la piété. Ses deux dernières tragédies, d'inspiration religieuse (*Esther*, 1689 et *Athalie*, 1691), seront écrites à la demande de Mme de Maintenon pour les jeunes filles de Saint-Cyr.

Racine s'éteint à Paris le 21 avril 1699.

DU MÊME AUTEUR
CHEZ POCKET

DANS LA COLLECTION « CLASSIQUES »

ANDROMAQUE
BRITANNICUS
IPHIGÉNIE
PHÈDRE

POCKET CLASSIQUES

collection créée par Claude AZIZA

RACINE
PHÈDRE

EURIPIDE
HIPPOLYTE

SÉNÈQUE
PHÈDRE

Préface et dossier historique et littéraire
par Emmanuel MARTIN
« Au fil du texte» par Annie COLLOGNAT-BARÈS

POCKET

FSC
www.fsc.org
MIXTE
Papier issu de
sources responsables
FSC® C003309

Pocket, une marque d'Univers Poche,
est un éditeur qui s'engage pour la
préservation de son environnement et
qui utilise du papier fabriqué à partir
de bois provenant de forêts gérées de
manière responsable.

ISBN : 978-2-266-20031-8

SOMMAIRE

* Pour approfondir votre lecture, *Au fil du texte* vous propose une sélection commentée :

- de morceaux « classiques » devenus incontournables, signalés par ■◆ (droit au but).
- d'extraits représentatifs de l'œuvre, signalés par ⊂⊙ (en flânant).

PRÉFACE

Du mythe à la tragédie

> Certes, l'idée d'une sollicitude des dieux me soulage de bien des tourments. Mais au moment même où j'espère en une Providence, je ne sais que croire en confrontant les actes et les destins des mortels. Car ils ne sont que les jouets de continuelles vicissitudes. La vie humaine n'obéit qu'à un perpétuel caprice.
>
> Euripide, *Hippolyte*, Chœur, (p. 118).

> Ô Mort, seule consolation qui me reste dans la perte de mon honneur, je me jette dans tes bras, ouvre moi ton sein !
>
> Sénèque, *Phèdre*, acte V, scène 1.

> Aricie a trouvé le chemin de son cœur.
>
> Racine, *Phèdre*, vers 1224.

La première tragédie à mettre en scène le personnage de Phèdre, qui nous soit parvenue, est l'*Hippolyte porte-couronne* d'Euripide (428 av. J.-C.). Auparavant il avait écrit, sur le même sujet, un *Hippolyte voilé*, perdu, qui scandalisa les Athéniens parce que Phèdre y déclarait elle-même son amour à Hippolyte (horrifié, il se voilait la face). Sophocle aussi avait écrit une *Phèdre* dont ne nous restent que le titre et une vingtaine de vers.

Avant de monter sur la scène tragique, la Phèdre de la mythologie n'est qu'une héroïne secondaire de l'un des nombreux épisodes du mythe de Thésée. Fille de Minos et de Pasiphaé, sœur d'Ariane et du Minotaure, elle est épousée par Thésée, dans les versions les plus courantes, après l'abandon d'Ariane sur l'île de Naxos. Elle lui donne deux fils, Acamas et Démophon. Tombée amoureuse d'Hippolyte, fils d'une précédente union de Thésée avec la reine des Amazones, Antiope, elle est repoussée par lui et se suicide. Mais la lettre accusatrice qu'elle laisse après elle amène la malédiction de Thésée et la mort d'Hippolyte. Ce dernier était mieux traité par la tradition mythique. Au Ve siècle av. J.-C. on célébrait son culte à Trézène : les jeunes épousées lui consacraient une mèche de leur chevelure la veille de leur mariage, coutume attestée encore au IIe siècle ap. J.-C. Par rapport à Hippolyte, Phèdre n'a, d'un certain point de vue, qu'un rôle « instrumental » : l'innocent Hippolyte doit mourir victime d'une calomnie, elle remplit le rôle de la calomniatrice.

On notera que cette histoire de séductrice calomniatrice (incestueuse ou non) se retrouve, sous différentes formes, dans bien des cultures, à toutes les époques (cf. Dossier historique et littéraire).

Euripide

Comme dans le mythe, Hippolyte est au premier plan dans la tragédie d'Euripide. Après l'épiphanie et le discours d'Aphrodite qui ouvrent la pièce, il est le premier humain à prendre la parole, lorsqu'il vient déposer une couronne sur l'autel d'Artémis, la déesse à laquelle il voue un culte exclusif. Phèdre n'apparaît que plus tard et meurt au milieu de la pièce.

Pour autant, elle n'est plus un personnage purement fonctionnel. Elle n'existe plus seulement pour envoyer Hippolyte à la mort mais pour elle-même. Pour parler comme Racine, elle devient un « caractère » — même si, comme le dit à juste titre Aristote, la tragédie athénienne du Ve siècle n'est pas une tragédie de caractère. « Quand je ne lui devrais que la seule idée du caractère de Phèdre, je pourrais dire que je lui dois ce que j'ai peut-être mis de plus raisonnable sur le théâtre », écrit Racine dans sa *Préface*.

Il suffit de comparer la longue scène de l'aveu de Phèdre à sa nourrice chez Euripide à la scène équivalente de Racine (I, 3), pour constater que cet hommage est mérité. Ce sont des passages entiers, parmi les plus beaux, que le tragique français emprunte à son devancier. Et déjà s'y exprime, à travers des discours et des fantasmes flamboyants, l'absolu de la passion, avec son cortège de désespérance et de culpabilité. On comprend que bien des Athéniens du Vᵉ siècle av. J.-C. (dont Aristophane se fera le porte-parole) aient été choqués que ce soit l'amour adultère d'une femme mariée qui devienne le paradigme même de la passion amoureuse. Dans une société où l'enfermement de la femme est la règle, où la femme n'existe que par son rapport de sujétion à l'homme (fille, sœur, épouse), Phèdre vient s'affirmer comme femme sujet de son propre désir, quitte à en mourir.

Psychologue sensible à la condition des femmes, Euripide est aussi un philosophe. Et autant, sinon plus, que la mise en scène d'une intériorité amoureuse, Phèdre est pour lui celle d'une interrogation sur la responsabilité humaine. On parlait plus haut de la fonction « instrumentale » de Phèdre dans l'enchaînement qui mène Hippolyte à la mort. C'est justement la grande question que pose Euripide : si Phèdre n'est qu'un « instrument », peut-elle être coupable ? Cela, dans sa *Préface*, Racine l'a bien perçu (et cette question sera au cœur de sa pièce) puisqu'il écrit que le « crime [de Phèdre] est plutôt une punition des dieux qu'un mouvement de sa volonté ». Mais, *de quoi* les dieux punissent-ils Phèdre en la faisant tomber amoureuse d'Hippolyte ? La réponse d'Euripide est sans ambiguïté et « scandaleuse », puisqu'il fait dire à Aphrodite : « Quant à Phèdre, elle est sans reproche, mais elle n'en doit pas moins périr ; car sa perte n'est pas chose dont je m'inquiète assez pour y sacrifier le plaisir de me venger de mes ennemis et de me satisfaire. » Et l'atmosphère mystique et apaisée qui imprègne tout le dénouement, quand apparaît Artémis, ne doit pas laisser supposer que cette déesse serait moins impitoyable. Non, même narcissisme vindicatif et mesquin, même indifférence à la souffrance des humains chez les deux déesses. Il suffit d'entendre Artémis exposer très crûment ce qu'elle appelle la « loi des dieux » : « Aucun d'eux n'a le droit de s'opposer aux désirs et aux volontés d'un autre, mais toujours nous nous cédons mutuellement. » En clair, les dieux règlent leurs comptes par hommes interposés. Pour consoler Hippolyte, Artémis lui annonce ainsi la vengeance qu'elle va tirer d'Aphrodite : « De ma main je te vengerai sur un autre des siens, qu'elle chérit entre tous les mortels, en le perçant de mes traits inévitables » (ce malheureux, victime annoncée du « coup pour coup » entre déesses, d'après la mythologie grecque, ce pourrait être Adonis).

Un peu plus de deux millénaires après, Shakespeare, dans son *Roi Lear*, fera entendre le point de vue de l'être humain sur ce comportement divin, par la bouche du vieux Gloster : « Des mouches aux mains d'enfants espiègles, voilà ce que nous sommes pour les dieux : ils nous tuent pour leur plaisir. »

Encore une fois, Aristophane fera entendre la parole de ceux qui accusent Euripide, cette fois d'impiété, l'opposant à Eschyle et Sophocle. Platon mettra tous les poètes dans le même sac, les chassant de sa cité idéale, parce que tous ils blasphèment la Providence divine : « Ne laissons pas les poètes persuader notre jeunesse que les dieux peuvent engendrer le Mal, ce ne sont qu'histoires impies et mensongères » (*République*, III, 391). Mais, comme l'écrit le critique canadien N. Frye, peut-être la question, plus ou moins dissimulée et consciente, qui est au cœur de toute grande tragédie est-elle celle-ci : « Dieu ne serait-il pas méchant ? »

Dans la *Préface* de sa *Phèdre*, Racine n'est pas toujours aussi perspicace. Ainsi quand il reprend à son compte l'opinion que le personnage d'Hippolyte, chez Euripide, est « représenté comme un philosophe exempt de toute imperfection ». C'est inexact. Il est évident qu'Euripide éprouve de la sympathie pour son héros et de l'estime pour l'idéal de pureté hors du monde qui l'anime et que symbolise sa vénération pour la déesse vierge Artémis. Par la bouche de Thésée, qui s'en moque, nous apprenons que son fils ne se satisfait pas du culte traditionnel de la Cité, et va chercher une spiritualité plus haute chez les orphiques et les pythagoriciens. Mais Euripide n'en montre pas moins la démesure de cette quête. Dès le prologue, un vieux serviteur fait remarquer à son maître que tous les hommes sont soumis à la loi de l'Amour, loi dont Hippolyte s'exclut avec orgueil, invoquant sa « pureté ». Au lieu d'entendre l'avertissement, il rentre dans son palais en lançant un dernier défi : « Quant à ton Aphrodite, qu'elle se cherche un autre adorateur ! » Il ne reste au serviteur qu'à implorer la déesse : qu'elle feigne n'avoir rien entendu ! On sait ce qu'il en adviendra...

Il ne faut pas oublier que la chasteté absolue dont se targue Hippolyte n'était en rien un idéal pour les Grecs, et la misogynie outrancière de son discours contre les femmes (il y a de l'Arnolphe dans ce jeune homme qui évoque la « perversité » des femmes trop « savantes ») montre plutôt une immaturité affective qu'une maîtrise ou une sublimation des sens. Si Racine ne perçoit pas, du moins consciemment, cette ambiguïté du héros d'Euripide, son Hippolyte à lui s'en souviendra.

Sénèque

Avec la *Phèdre* de Sénèque nous passons dans un autre univers. Bien sûr parce que Sénèque n'est pas Euripide et que l'Athènes démocratique du Ve siècle av. J.-C. n'est pas la Rome néronienne du Ier siècle ap. J.-C., mais, plus fondamentalement, parce que, malgré leurs ressemblances superficielles, le théâtre tragique grec et le latin appartiennent en fait à deux cultures tout à fait différentes.

Dans l'Athènes du Ve siècle, les tragédies étaient représentées dans les concours tragiques organisés en particulier pour les Grandes Dionysies, la fête civique et religieuse la plus importante de l'année. C'était l'affaire de toute la Cité. À l'occasion de cette cérémonie civique qu'était la représentation tragique, l'ensemble des citoyens venait s'émouvoir et réfléchir devant les scénarios portés sur le théâtre tirés de ses mythes, c'est-à-dire de sa religion. Le théâtre était le lieu où le citoyen athénien s'interrogeait sur le rapport de l'homme aux dieux, sur ce que sont la justice, la responsabilité humaines dans un monde où l'action et la justice divines sont parfois si énigmatiques.

Rien de tel dans le théâtre tragique de la Rome du Iᵉʳ siècle ap. J.-C. Dès ses origines — dans les jeux étrusques —, la tragédie latine s'inscrit dans une tout autre pratique culturelle et sociale qui va devenir typique de la civilisation romaine : les *Jeux*. Le citoyen romain, ou l'esclave, qui allait voir une tragédie de Livius Andronicus (265-207 av. J.-C.) ou d'Accius (170-86 av. J.-C., le plus célèbre) n'allait en rien participer à un quelconque culte civique, même si la pièce pouvait être représentée à l'occasion d'une fête publique (ou privée). Non, il allait voir un spectacle, pour se divertir. On allait à la tragédie comme on allait à une course de chevaux ou un combat de gladiateurs.

Et si la tragédie latine relève du ludique et non du civique ou du religieux, c'est aussi parce que les mythes grecs qui continuent d'être le support le plus fréquent des fables de ces pièces ne sont plus pour les Romains que de « belles histoires », d'autant plus « belles » qu'elles sont bizarres, sinon extravagantes. C'est cela qui plaît et que les auteurs cultivent.

Du théâtre tragique latin, en dehors des neuf pièces de Sénèque, ne nous restent que des fragments. Mais ils suffisent pour voir que Sénèque — même si ses pièces n'ont peut-être été que lues en public et non représentées — s'inscrit bien dans la tradition latine. Pour lui, Hercule, Œdipe, Thyeste, Médée, Phèdre..., ce sont d'abord des personnages de légende, excessifs, irréels, souvent monstrueux et criminels, mais qui n'ont pas leur pareil pour captiver, terrifier, moins souvent, apitoyer le spectateur. Chez les Grecs l'émotionnel était inséparable du réflexif. Chez les Latins c'est le spectaculaire, l'*effet*, purement sensitif et affectif, qui sont d'abord recherchés. Le spectateur doit être accaparé émotionnellement par un spectacle total qui mobilise tous ses sens. Au Ier siècle on se servira de condamnés à mort pour que le sang coule vraiment sur scène !

C'est dans cette optique qu'il faut lire la *Phèdre* de Sénèque. S'il reprend à Euripide ses héros (il connaissait peut-être l'*Hippolyte voilé*), c'est à cause des effets qu'il peut en tirer, effets qu'il obtient en portant Phèdre et Hippolyte, pour ainsi dire, à l'incandescence. Dans ce type de théâtre, à l'inverse du théâtre grec, le « caractère » devient plus important que la fable, c'est sur lui que porte l'essentiel de l'effort de création.

Dans la misogynie du premier Hippolyte on pouvait repérer une immaturité affective certaine. Chez Sénèque elle devient une véritable paranoïa, qui semble être constitutive du héros même. Au début de la pièce, il rêve longuement devant la nourrice d'un monde idéal où il n'y aurait ni guerre, ni or, ni propriété... Mais pourquoi ce retour à l'âge d'or est-il impossible ? C'est à cause de la femme, car « c'est elle qui est dans ce monde l'ouvrière et la cause de tous les crimes ». Que faire ? La solution d'Hippolyte : « Je les hais toutes, je les abhorre, je les déteste, je les fuis. » Etc. Ultime aveu où s'exprime l'incroyable violence du conflit œdipien qui, même si l'on n'est pas professionnel de la psychanalyse, semble régler l'être-au-monde du héros : « La seule chose qui me console de la perte de ma mère c'est le droit qu'elle me donne de haïr toutes les femmes. »

Le personnage de Phèdre est moins unidimensionnel. Il est d'ailleurs devenu le plus important et donne son nom à la pièce. Mais la violence hyperbolique de son rôle n'est pas moindre. Son suicide final avec le glaive d'Hippolyte, sur son cadavre (ou les morceaux qu'il en reste), l'insulte à la bouche pour l'époux bafoué, était manifestement pour Sénèque la « scène à faire ».

Certains ont rapproché son suicide de celui prôné par les stoïciens. Plus généralement on a voulu voir dans la tragédie sénéquienne le prolongement de sa philosophie stoïcienne. Rien n'est moins sûr (la cohérence de sa philosophie n'est d'ailleurs pas évidente). Il est vrai que, dans son théâtre, les personnages, presque toujours « héroïques », affrontent « stoïquement » la fatalité qui s'abat sur eux. Mais, nous retrouvons là encore ce qui fait la spécificité de la tragédie latine, il s'agit plus de ce que l'on pourrait appeler un « stoïcisme de théâtre », bon pour les héros vertueux comme pour les criminels, que d'un stoïcisme de philosophe.

Sénèque, une fois de plus, vise l'effet, et le stoïcisme de ses personnages relève plus d'une *esthétique* et d'une *rhétorique* spectaculaires que d'une morale. C'est ce même « stoïcisme de théâtre » que l'on retrouvera — pas toujours pour le meilleur — chez bien des tragiques européens du XVIe siècle et de la première moitié du XVIIe siècle, pour qui Sénèque est *le* grand tragique de l'Antiquité.

Quant au suicide de sa Phèdre, il est aussi éloigné de celui de l'héroïne racinienne — qui, par lui, confirme et, en quelque sorte, « signe » sa damnation — que de celui du sage stoïcien — qui par la mort volontaire se retire d'un monde où il ne peut vivre dignement et librement. Peut-être que dans les paroles de Phèdre : « Ô mort [...] je me jette dans tes bras, ouvre-moi ton sein », on peut entendre l'écho de la croyance panthéiste en une mort qui serait retour fusionnel au Grand Tout. Mais, en fait, c'est sur un fantasme érotique et non sur une conviction philosophique que se fonde la dernière adresse de Phèdre au Chœur et à Thésée. C'est toujours à Hippolyte qu'elle pense : « Amante insensée, je veux te suivre sur les bords du Styx, et sur les brûlantes eaux des fleuves de l'Enfer. Chère ombre, apaise-toi [...]. Nos cœurs n'ont pu s'unir, nos destinées du moins s'uniront. » Phèdre est ici une Yseut prédatrice qui, n'ayant pu se faire aimer de Tristan dans la vie, l'envoie dans la mort pour pouvoir enfin l'y rejoindre (pauvre Hippolyte !).

Racine

Si, dans sa *Préface*, Racine rend un hommage éclatant à Euripide, c'est à peine s'il nomme Sénèque. C'est à la fois injuste et parfaitement compréhensible.

C'est une injustice, dans la mesure où il reprend au tragique latin, parfois presque textuellement, des passages entiers. Dans la scène 3 de l'acte I (l'aveu à Œnone), déjà très inspirée d'Euripide, et surtout dans la scène 5 de l'acte II (l'aveu à Hippolyte), il est évident que Racine connaît à la perfection la *Phèdre* latine, et qu'il se l'approprie sans vergogne. Autres temps, autres mœurs ; à l'époque de Racine chacun prend son bien où il le trouve.

Néanmoins, malgré l'ampleur et la qualité de ces emprunts, la *Phèdre* racinienne ne s'inscrit absolument pas dans la continuité de la tragédie sénéquienne, ni d'ailleurs de ses émules des XVIe et XVIIe siècles. On ne refera pas le parallèle entre Corneille et Racine. Mais la Phèdre de Sénèque est, par certains côtés, plus proche, par exemple, de ce monstre au féminin qu'est la Cléopâtre cornélienne de *Rodogune*, que de la Phèdre racinienne — on a déjà indiqué les significations totalement opposées de leurs suicides. On sait l'influence que la vision janséniste du monde a exercée sur l'œuvre de Racine[1] et qu'elle impliquait, entre autres, un scepticisme profond vis-à-vis de l'optimisme cornélien qui croit pouvoir concilier « gloire » personnelle et morale. Racine ne croit pas non plus au héros cornélien. Dans *Phèdre*, il fait même un pastiche féroce de l'honneur à la Corneille, dans les vers (907-908) où Œnone essaye de persuader sa maîtresse qu'elle doit accuser Hippolyte : « Madame et pour sauver votre honneur combattu/Il faut immoler tout, et même la vertu. » Au-delà de sa variante cornélienne, les jansénistes ne voyaient dans le stoïcisme, de théâtre ou non, que l'un des nombreux leurres qui permettent à l'homme de faire passer pour vertu ce qui n'est en fait qu'exaltation du

1. Voir, dans le Dossier historique et littéraire, la *Vie de Racine*, et la *Note sur le jansénisme*.

moi, « amour-propre », au sens que lui donnera La Rochefoucauld.

Dans *Phèdre*, la « démolition du héros », pour reprendre l'expression de P. Bénichou, est menée par Racine avec subtilité à travers le personnage d'Hippolyte. Ch. Mauron, dans la lecture psychanalytique qu'il fait du rôle, montre très pertinemment son ambiguïté œdipienne. Racine indiquait déjà discrètement dans sa *Préface* qu'il est « un peu coupable envers son père », puisqu'il aime une jeune fille interdite par ce père. Interdite, comme l'est l'épouse du Père. En 1938, Denis de Rougemont relevait l'équivalence symbolique entre Aricie et Phèdre, par l'analogie phonique entre les noms d'Aricie et de la sœur de Phèdre, Ariane. Racine est poète, les sons sont donc porteurs de sens. Mais, pour en rester aux comportements objectifs de ce héros, de ce fils (presque) parfait, on notera ses multiples contradictions. Dès la première scène on ne sait pas très bien, Théramène le fait remarquer, pourquoi Hippolyte veut partir : pour chercher son père, fuir Phèdre (au fait, pourquoi, pour la nommer, trouve-t-il le moyen d'« inventer » l'un des vers réputés parmi les plus beaux de la langue française : « La fille de Minos et de Pasiphaé » ?), fuir Aricie ? À peine ce père est-il mort qu'il transgresse l'interdit paternel, se déclare à Aricie et lui livre Athènes. Enfin, lorsque le père mort est de retour, il n'ose lui dire la vérité, sous prétexte qu'il ne veut pas « d'une indigne rougeur couvrir le front d'un père » (vers 1342). Mais quelques vers plus loin (1365-1370), c'est pour proposer à Aricie d'aller proclamer devant la Grèce entière l'infamie de Phèdre, et donc le déshonneur paternel : « Argos nous tend les bras, et Sparte nous appelle/À nos amis communs portons nos justes cris/Ne souffrons pas que Phèdre [...] » Curieuses délicatesse et sollicitude d'un fils pour un père !

Cette ambivalence du héros culmine, *esthétiquement* parlant, dans le célèbre, critiqué et souvent mal compris « Récit de Théramène ». On lui a reproché son mélange de pompe classique et de pointes baroques. Mais Racine est un poète, le plus grand de la scène française. La poésie n'est pas pour lui un simple « ornement » du discours tragique. Elle en est même souvent, pourrait-on dire, la signification dernière, comme l'inconscient du texte racinien. Ici le caractère hybride de la poétique racinienne est à l'image d'Hippolyte. La solennité classique de l'éloge funèbre dit son héroïsme et son innocence. L'imagerie baroque — l'éros de la poésie baroque est *toujours* coupable —, qui s'attache en particulier au monstre marin (« Le flot qui l'apporta recule épouvanté »), suggère que sous la surface héroïque se dissimule une obscure culpabilité.

Face à Hippolyte et à son aveuglement, Phèdre, même si elle se laisse tenter un moment par les mensonges du monde, est l'incarnation au contraire de « l'univers univoque de la clarté tragique » (L. Goldmann). L'ultime confession publique, où elle parle *depuis la mort*, est très exactement l'antirécit de Théramène. Sobriété, hiératisme, degré zéro de la rhétorique. Phèdre dit le vrai en toute lucidité. Elle est coupable, elle est damnée et descend les yeux grands ouverts vers les flammes éternelles. Fin terrifiante. Fin scandaleuse, que certains ne supportent pas. Georges Poulet, par exemple : « Peut-être meurt-elle sauvée sans qu'elle le sache. » Qui n'émettrait le même vœu ! Mais Phèdre meurt damnée. Il n'est aucun doute possible. Par son suicide — qu'il faut interpréter chrétiennement —, Phèdre commet le *seul* péché inexpiable, désespérer de la miséricorde divine (c'est celui de Judas, qui se pend). Le romancier catholique François Mauriac, lui non plus, ne supporte pas cette damnation et en rejette la responsabilité sur l'endoctrinement janséniste du jeune Racine à Port-Royal. Contre le créateur, Racine, il se fait l'avocat de la créature, Phèdre : « Elle est de ces misérables que les maîtres du petit Racine frustrent sereinement du bénéfice de la Rédemption. Ils avaient une pire croyance : ils ne doutaient pas que le Dieu tout-puissant ait voulu aveugler et perdre telles de ses créatures. Leur Divinité rejoignait le Fatum : un Destin qui ne serait pas aveugle, terriblement attentif au contraire à la perte des âmes réprouvées dès avant leur naissance. » Commentaire plein d'agressivité, et, de son point de vue — catholique —, plein de justesse. On voit bien ici en quoi Racine se situe très directement dans la lignée du questionnement d'Euripide. Barthes parle de la tragédie racinienne comme d'un « procès de Dieu », mais qui ne peut se clore que par un verdict de culpabilité de l'homme, car « si l'homme est pur, c'est Dieu qui est impur, et le monde se défait ». Il est évident que le chrétien Racine n'ose, ne peut regarder en face consciemment ce qu'a d'accusateur envers la Divinité la damnation de Phèdre. La critique d'Euripide était beaucoup plus directe et, certainement, plus consciente.

Racine, peintre de l'amour. On a beaucoup écrit sur le sujet. On insistera sur un seul point, capital. *Phèdre* n'est pas la combinaison de deux scénarios, l'un, psychologique (Phèdre amoureuse), l'autre, métaphysique (Phèdre damnée). Il n'y a qu'un seul scénario, qui repose sur une équivalence stricte entre « ne pas être aimé » et « ne pas avoir la grâce ». Quand Phèdre apprend qu'elle a une rivale, elle s'écrie : « Aricie a trouvé le chemin de son cœur. » C'est, bien sûr, le cri de la femme jalouse. Mais c'est aussi celui du réprouvé qui découvre que Dieu lui a refusé son amour et l'a accordé à un autre. Phèdre supporterait de ne pas être aimée par Hippolyte, s'il n'aimait personne. Mais il aime Aricie. L'exclusion de l'amour divin serait peut-être supportable s'il n'y avait aucun « élu », pour parler dans la langue du XVIIe siècle. Mais certains trouvent le « chemin », d'autres ne le trouveront jamais. Phèdre sait qu'elle ne le trouvera pas, et c'est dans la même intolérable angoisse qu'elle vit sa double exclusion, de l'amour divin et de l'amour humain.

Dans la *Phèdre* racinienne le langage de la grâce et le langage de l'amour sont perpétuellement la métaphore l'un de l'autre, pour dire que l'absence d'amour c'est la damnation. C'est sans doute l'une des raisons pour lesquelles, chez Racine, la poésie de l'amour tragique atteint au sublime.

RACINE

PHÈDRE

PRÉFACE DE RACINE

Voici encore une tragédie dont le sujet est pris d'Euripide. Quoique j'aie suivi une route un peu différente de celle de cet auteur pour la conduite de l'action, je n'ai pas laissé d'enrichir ma pièce de tout ce qui m'a paru le plus éclatant dans la sienne. Quand je ne lui devrais que la seule idée du caractère de Phèdre, je pourrais dire que je lui dois ce que j'ai peut-être mis de plus raisonnable sur le théâtre. Je ne suis point étonné que ce caractère ait eu un succès si heureux du temps d'Euripide, et qu'il ait encore si bien réussi dans notre siècle, puisqu'il a toutes les qualités qu'Aristote demande dans le héros de la tragédie, et qui sont propres à exciter la compassion et la terreur. En effet, Phèdre n'est ni tout à fait coupable, ni tout à fait innocente. Elle est engagée, par sa destinée et par la colère des dieux, dans une passion illégitime, dont elle a horreur toute la première. Elle fait tous ses efforts pour la surmonter. Elle aime mieux se laisser mourir que de la déclarer à personne, et lorsqu'elle est forcée de la découvrir, elle en parle avec une confusion qui fait bien voir que son crime est plutôt une punition des dieux qu'un mouvement de sa volonté.

J'ai même pris soin de la rendre un peu moins odieuse qu'elle n'est dans les tragédies des Anciens, où elle se résout d'elle-même à accuser Hippolyte. J'ai cru que la calomnie avait quelque chose de trop bas et de trop noir pour la mettre dans la bouche d'une princesse qui a d'ailleurs des sentiments si nobles et si vertueux. Cette bassesse m'a paru plus convenable à une nourrice, qui pouvait avoir des inclinations plus serviles, et qui néanmoins n'entreprend cette fausse accusation que pour sauver la vie et l'honneur de sa maîtresse. Phèdre n'y donne les mains que parce qu'elle est dans une agitation d'esprit qui la met hors d'elle-même, et elle vient un moment après dans le dessein de justifier l'innocence et de déclarer la vérité.

Hippolyte est accusé, dans Euripide et dans Sénèque, d'avoir en effet violé sa belle-mère : *Vim corpus tulit*[1]. Mais il n'est ici accusé que d'en avoir eu le dessein. J'ai voulu épargner à Thésée une confusion qui l'aurait pu rendre moins agréable aux spectateurs.

Pour ce qui est du personnage d'Hippolyte, j'avais remarqué dans les Anciens qu'on reprochait à Euripide de l'avoir représenté comme un philosophe exempt de toute imperfection ; qui faisait que la mort de ce jeune prince causait beaucoup plus d'indignation que de pitié. J'ai cru lui devoir donner quelque faiblesse qui le rendrait un peu coupable envers son père, sans pourtant lui rien ôter de cette grandeur d'âme avec laquelle il épargne l'honneur de Phèdre, et se laisse opprimer sans l'accuser. J'appelle faiblesse la passion qu'il ressent malgré lui pour Aricie, qui est la fille et la sœur des ennemis mortels de son père.

Cette Aricie n'est point un personnage de mon invention. Virgile dit qu'Hippolyte l'épousa, et en eut un fils, après qu'Esculape l'eut ressuscité. Et j'ai lu encore dans quelques auteurs qu'Hippolyte avait épousé et emmené en Italie une jeune Athénienne de grande naissance, qui s'appelait Aricie, et qui avait donné son nom à une petite ville d'Italie.

Je rapporte ces autorités, parce que je me suis très scrupuleusement attaché à suivre la fable. J'ai même suivi l'histoire de Thésée, telle qu'elle est dans Plutarque.

C'est dans cet historien que j'ai trouvé que ce qui avait donné occasion de croire que Thésée fût descendu dans

1. Il prit son corps de force.

les enfers pour enlever Proserpine, était un voyage que ce prince avait fait en Épire vers la source de l'Achéron, chez un roi dont Pirithoüs voulait enlever la femme, et qui arrêta Thésée prisonnier, après avoir fait mourir Pirithoüs. Ainsi j'ai tâché de conserver la vraisemblance de l'histoire, sans rien perdre des ornements de la fable, qui fournit extrêmement à la poésie ; et le bruit de la mort de Thésée, fondé sur ce voyage fabuleux, donne lieu à Phèdre de faire une déclaration d'amour, qui devient une des principales causes de son malheur, et qu'elle n'aurait jamais osé faire tant qu'elle aurait cru que son mari était vivant.

Au reste, je n'ose encore assurer que cette pièce soit en effet la meilleure de mes tragédies. Je laisse aux lecteurs et au temps à décider de son véritable prix. Ce que je puis assurer, c'est que je n'en ai point fait où la vertu soit plus mise en jour que dans celle-ci. Les moindres fautes y sont sévèrement punies ; la seule pensée du crime y est regardée avec autant d'horreur que le crime même ; les faiblesses de l'amour y passent pour de vraies faiblesses ; les passions n'y sont présentées aux yeux que pour montrer tout le désordre dont elles sont cause ; et le vice y est peint partout avec des couleurs qui en font connaître et haïr la difformité. C'est là proprement le but que tout homme qui travaille pour le public doit se proposer, et c'est ce que les premiers poètes tragiques avaient en vue sur toute chose. Leur théâtre était une école où la vertu n'était pas moins bien enseignée que dans les écoles des philosophes. Aussi Aristote a bien voulu donner des règles du poème dramatique, et Socrate, le plus sage des philosophes, ne dédaignait pas de mettre la main aux tragédies d'Euripide. Il serait à souhaiter que nos ouvrages fussent aussi solides et aussi pleins d'utiles instructions que ceux de ces poètes. Ce serait peut-être un moyen de réconcilier la tragédie avec quantité de personnes célèbres par leur piété et par leur doctrine, qui l'ont condamnée dans ces derniers temps, et qui en jugeraient sans doute plus favorablement, si les auteurs songeaient autant à instruire leurs spectateurs qu'à les divertir, et s'ils suivaient en cela la véritable intention de la tragédie.

PHÈDRE[1]

Tragédie

PERSONNAGES

THÉSÉE, *fils d'Égée, roi d'Athènes*

PHÈDRE, *femme de Thésée, fille de Minos et de Pasiphaé*

HIPPOLYTE, *fils de Thésée et d'Antiope, reine des Amazones*

ARICIE, *princesse du sang royal d'Athènes*

ŒNONE, *nourrice et confidente de Phèdre*

THÉRAMÈNE, *gouverneur d'Hippolyte*

ISMÈNE, *confidente d'Aricie*

PANOPE, *femme de la suite de Phèdre*

GARDES

La scène est à Trézène, ville du Péloponnèse.

1. On trouvera dans le Lexique racinien (p. 202) et l'Index nominum (p. 203) tous les éclaircissements nécessaires.

ACTE I

SCÈNE 1

Hippolyte, Théramène

HIPPOLYTE

Le dessein en est pris : je pars, cher Théramène,
Et quitte le séjour de l'aimable Trézène.
Dans le doute mortel dont je suis agité,
Je commence à rougir de mon oisiveté.
Depuis plus de six mois éloigné de mon père,
J'ignore le destin d'une tête si chère ;
J'ignore jusqu'aux lieux qui le peuvent cacher.

THÉRAMÈNE

Et dans quels lieux, Seigneur, l'allez-vous donc
[chercher ?
Déjà pour satisfaire à votre juste crainte,
J'ai couru les deux mers que sépare Corinthe ;
J'ai demandé Thésée aux peuples de ces bords
Où l'on voit l'Achéron se perdre chez les morts,
J'ai visité l'Élide, et laissant le Ténare,
Passé jusqu'à la mer qui vit tomber Icare.
Sur quel espoir nouveau, dans quels heureux climats
Croyez-vous découvrir la trace de ses pas ?
Qui sait même, qui sait si le roi votre père
Veut que de son absence on sache le mystère ?
Et si, lorsque avec vous nous tremblons pour ses jours,

Tranquille, et nous cachant de nouvelles amours,
Ce héros n'attend point qu'une amante abusée...

HIPPOLYTE

Cher Théramène, arrête, et respecte Thésée.
De ses jeunes erreurs désormais revenu,
Par un indigne obstacle il n'est point retenu ;
Et fixant de ses vœux l'inconstance fatale,
Phèdre depuis longtemps ne craint plus de rivale.
Enfin en le cherchant je suivrai mon devoir,
Et je fuirai ces lieux que je n'ose plus voir.

THÉRAMÈNE

Hé ! depuis quand, Seigneur, craignez-vous la présence
De ces paisibles lieux si chers à votre enfance,
Et dont je vous ai vu préférer le séjour
Au tumulte pompeux d'Athènes et de la cour ?
Quel péril, ou plutôt quel chagrin vous en chasse ?

HIPPOLYTE

Cet heureux temps n'est plus. Tout a changé de face
Depuis que sur ces bords les dieux ont envoyé
La fille de Minos et de Pasiphaé.

THÉRAMÈNE

J'entends. De vos douleurs la cause m'est connue.
Phèdre ici vous chagrine et blesse votre vue.
Dangereuse marâtre, à peine elle vous vit,
Que votre exil d'abord signala son crédit.
Mais sa haine sur vous autrefois attachée,
Ou s'est évanouie, ou s'est bien relâchée.
Et d'ailleurs, quels périls vous peut faire courir
Une femme mourante, et qui cherche à mourir ?
Phèdre, atteinte d'un mal qu'elle s'obstine à taire,
Lasse enfin d'elle-même et du jour qui l'éclaire,
Peut-elle contre vous former quelques desseins ?

HIPPOLYTE

Sa vaine inimitié n'est pas ce que je crains.

Hippolyte en partant fuit une autre ennemie :
Je fuis, je l'avouerai, cette jeune Aricie,
Reste d'un sang fatal conjuré contre nous.

THÉRAMÈNE

Quoi ? vous-même, Seigneur, la persécutez-vous ?
Jamais l'aimable sœur des cruels Pallantides
Trempa-t-elle aux complots de ses frères perfides ?
Et devez-vous haïr ses innocents appas ?

HIPPOLYTE

Si je la haïssais, je ne la fuirais pas.

THÉRAMÈNE

Seigneur, m'est-il permis d'expliquer votre fuite ?
Pourriez-vous n'être plus ce superbe Hippolyte,
Implacable ennemi des amoureuses lois,
Et d'un joug que Thésée a subi tant de fois ?
Vénus, par votre orgueil si longtemps méprisée,
Voudrait-elle à la fin justifier Thésée ?
Et vous mettant au rang du reste des mortels,
Vous a-t-elle forcé d'encenser ses autels ?
Aimeriez-vous, Seigneur ?

HIPPOLYTE

Ami, qu'oses-tu dire ?
Toi qui connais mon cœur depuis que je respire,
Des sentiments d'un cœur si fier, si dédaigneux,
Peux-tu me demander le désaveu honteux ?
C'est peu qu'avec son lait une mère amazone
M'a fait sucer encor cet orgueil qui t'étonne.
Dans un âge plus mûr moi-même parvenu,
Je me suis applaudi quand je me suis connu.
Attaché près de moi par un zèle sincère,
Tu me contais alors l'histoire de mon père.
Tu sais combien mon âme, attentive à ta voix,
S'échauffait aux récits de ses nobles exploits,
Quand tu me dépeignais ce héros intrépide
Consolant les mortels de l'absence d'Alcide,

Les monstres étouffés et les brigands punis,
Procuste, Cercyon, et Scirron, et Sinnis,
Et les os dispersés du géant d'Épidaure,
Et la Crète fumant du sang du Minotaure.
Mais quand tu récitais des faits moins glorieux,
Sa foi partout offerte et reçue en cent lieux,
Hélène à ses parents dans Sparte dérobée,
Salamine témoin des pleurs de Péribée,
Tant d'autres, dont les noms lui sont même échappés,
Trop crédules esprits que sa flamme a trompés ;
Ariane aux rochers contant ses injustices,
Phèdre enlevée enfin sous de meilleurs auspices ;
Tu sais comme, à regret écoutant ce discours,
Je te pressais souvent d'en abréger le cours,
Heureux si j'avais pu ravir à la mémoire
Cette indigne moitié d'une si belle histoire !
Et moi-même, à mon tour, je me verrais lié ?
Et les dieux jusque-là m'auraient humilié ?
Dans mes lâches soupirs d'autant plus méprisable,
Qu'un long amas d'honneurs rend Thésée excusable,
Qu'aucuns monstres par moi domptés
[jusqu'aujourd'hui,
Ne m'ont acquis le droit de faillir comme lui.
Quand même ma fierté pourrait s'être adoucie,
Aurais-je pour vainqueur dû choisir Aricie ?
Ne souviendrait-il plus à mes sens égarés
De l'obstacle éternel qui nous a séparés ?
Mon père la réprouve, et par des lois sévères,
Il défend de donner des neveux à ses frères :
D'une tige coupable il craint un rejeton ;
Il veut avec leur sœur ensevelir leur nom,
Et que jusqu'au tombeau soumise à sa tutelle,
Jamais les feux d'hymen ne s'allument pour elle.
Dois-je épouser ses droits contre un père irrité ?
Donnerai-je l'exemple à la témérité ?
Et dans un fol amour ma jeunesse embarquée...

THÉRAMÈNE

Ah ! Seigneur, si votre heure est une fois marquée,

Le ciel de nos raisons ne sait point s'informer.
Thésée ouvre vos yeux en voulant les fermer ;
Et sa haine, irritant une flamme rebelle,
Prête à son ennemie une grâce nouvelle.
Enfin, d'un chaste amour pourquoi vous effrayer ?
S'il a quelque douceur, n'osez-vous l'essayer ?
En croirez-vous toujours un farouche scrupule ?
Craint-on de s'égarer sur les traces d'Hercule ?
Quels courages Vénus n'a-t-elle pas domptés ?
Vous-même où seriez-vous, vous qui la combattez,
Si toujours Antiope à ses lois opposée
D'une pudique ardeur n'eût brûlé pour Thésée ?
Mais que sert d'affecter un superbe discours ?
Avouez-le, tout change ; et depuis quelques jours,
On vous voit moins souvent, orgueilleux et sauvage,
Tantôt faire voler un char sur le rivage,
Tantôt, savant dans l'art par Neptune inventé,
Rendre docile au frein un coursier indompté.
Les forêts de nos cris moins souvent retentissent ;
Chargés d'un feu secret, vos yeux s'appesantissent.
Il n'en faut point douter : vous aimez, vous brûlez ;
Vous périssez d'un mal que vous dissimulez.
La charmante Aricie a-t-elle su vous plaire ?

HIPPOLYTE

Théramène, je pars, et vais chercher mon père.

THÉRAMÈNE

Ne verrez-vous point Phèdre avant que de partir,
Seigneur ?

HIPPOLYTE

C'est mon dessein : tu peux l'en avertir.
Voyons-la, puisque ainsi mon devoir me l'ordonne.
Mais quel nouveau malheur trouble sa chère Œnone ?

SCÈNE 2

Hippolyte, Œnone, Théramène

ŒNONE

Hélas ! Seigneur, quel trouble au mien peut être égal ?
La reine touche presque à son terme fatal.
En vain à l'observer jour et nuit je m'attache ;
Elle meurt dans mes bras d'un mal qu'elle me cache.
Un désordre éternel règne dans son esprit ;
Son chagrin inquiet l'arrache de son lit :
Elle veut voir le jour, et sa douleur profonde
M'ordonne toutefois d'écarter tout le monde...
Elle vient...

HIPPOLYTE

Il suffit : je la laisse en ces lieux,
Et ne lui montre point un visage odieux.

SCÈNE 3

Phèdre, Œnone

PHÈDRE

N'allons point plus avant. Demeurons, chère Œnone.
Je ne me soutiens plus ; ma force m'abandonne.
Mes yeux sont éblouis du jour que je revoi,
Et mes genoux tremblants se dérobent sous moi.
Hélas !

Elle s'assied.

ŒNONE

Dieux tout-puissants, que nos pleurs vous apaisent !

PHÈDRE

Que ces vains ornements, que ces voiles me pèsent !
Quelle importune main, en formant tous ces nœuds,
A pris soin sur mon front d'assembler mes cheveux ?
Tout m'afflige et me nuit, et conspire à me nuire.

Voir *Au fil du texte*, p. IX.

ŒNONE

Comme on voit tous ses vœux l'un l'autre se détruire !
Vous-même, condamnant vos injustes desseins,
Tantôt à vous parer vous excitiez nos mains ;
Vous-même, rappelant votre force première,
Vous vouliez vous montrer et revoir la lumière,
Vous la voyez, Madame, et prête à vous cacher,
Vous haïssez le jour que vous veniez chercher !

PHÈDRE

Noble et brillant auteur d'une triste famille[1],
Toi, dont ma mère osait se vanter d'être fille,
Qui peut-être rougis du trouble où tu me vois,
Soleil, je te viens voir pour la dernière fois !

ŒNONE

Quoi ! vous ne perdrez point cette cruelle envie ?
Vous verrai-je toujours, renonçant à la vie,
Faire de votre mort les funestes apprêts?

PHÈDRE

Dieux ! que ne suis-je assise à l'ombre des forêts !
Quand pourrai-je, au travers d'une noble poussière,
Suivre de l'œil un char fuyant dans la carrière ?

ŒNONE

Quoi, Madame ?

PHÈDRE

Insensée, où suis-je ? et qu'ai-je dit ?
Où laissé-je égarer mes vœux et mon esprit ?
Je l'ai perdu : les dieux m'en ont ravi l'usage.
Œnone, la rougeur me couvre le visage :
Je te laisse trop voir mes honteuses douleurs,
Et mes yeux, malgré moi, se remplissent de pleurs.

1. Voir « Soleil » dans l'Index nominum.

ŒNONE

Ah ! s'il vous faut rougir, rougissez d'un silence
Qui de vos maux encore aigrit la violence.
Rebelle à tous nos soins, sourde à tous nos discours,
Voulez-vous sans pitié laisser finir vos jours ?
Quelle fureur les borne au milieu de leur course ?
Quel charme ou quel poison en a tari la source ?
Les ombres par trois fois ont obscurci les cieux
Depuis que le sommeil n'est entré dans vos yeux ;
Et le jour a trois fois chassé la nuit obscure
Depuis que votre corps languit sans nourriture.
À quel affreux dessein vous laissez-vous tenter ?
De quel droit sur vous-même osez-vous attenter ?
Vous offensez les dieux auteurs de votre vie,
Vous trahissez l'époux à qui la foi vous lie,
Vous trahissez enfin vos enfants malheureux,
Que vous précipitez sous un joug rigoureux.
Songez qu'un même jour leur ravira leur mère,
Et rendra l'espérance au fils de l'étrangère,
À ce fier ennemi de vous, de votre sang,
Ce fils qu'une Amazone a porté dans son flanc,
Cet Hippolyte...

PHÈDRE

Ah ! dieux !

ŒNONE

Ce reproche vous touche ?

PHÈDRE

Malheureuse, quel nom est sorti de ta bouche ?

ŒNONE

Eh bien ! votre colère éclate avec raison :
J'aime à vous voir frémir à ce funeste nom.
Vivez donc : que l'amour, le devoir, vous excite ;
Vivez, ne souffrez pas que le fils d'une Scythe,
Accablant vos enfants d'un empire odieux,

Commande au plus beau sang de la Grèce et des dieux.
Mais ne différez point : chaque moment vous tue.
Réparez promptement votre force abattue,
Tandis que de vos jours, prêts à se consumer,
Le flambeau dure encore, et peut se rallumer.

PHÈDRE

J'en ai trop prolongé la coupable durée.

ŒNONE

Quoi ? de quelques remords êtes-vous déchirée ?
Quel crime a pu produire un trouble si pressant ?
Vos mains n'ont point trempé dans le sang innocent.

PHÈDRE

Grâces au ciel, mes mains ne sont point criminelles.
Plût aux dieux que mon cœur fût innocent comme [elles !

ŒNONE

Et quel affreux projet avez-vous enfanté
Dont votre cœur encor doive être épouvanté ?

PHÈDRE

Je t'en ai dit assez. Épargne moi le reste.
Je meurs, pour ne point faire un aveu si funeste.

ŒNONE

Mourez donc, et gardez un silence inhumain ;
Mais pour fermer vos yeux cherchez une autre main.
Quoiqu'il vous reste à peine une faible lumière,
Mon âme chez les morts descendra la première ;
Mille chemins ouverts y conduisent toujours,
Et ma juste douleur choisira les plus courts.
Cruelle, quand ma foi vous a-t-elle déçue ?
Songez-vous qu'en naissant mes bras vous ont reçue ?
Mon pays, mes enfants, pour vous j'ai tout quitté.
Réserviez-vous ce prix à ma fidélité ?

PHÈDRE

Quel fruit espères-tu de tant de violence ?
Tu frémiras d'horreur si je romps le silence.

ŒNONE

Et que me direz-vous qui ne cède, grands dieux !
À l'horreur de vous voir expirer à mes yeux ?

PHÈDRE

Quand tu sauras mon crime, et le sort qui m'accable,
Je n'en mourrai pas moins, j'en mourrai plus
[coupable.

ŒNONE

Madame, au nom des pleurs que pour vous j'ai versés,
Par vos faibles genoux que je tiens embrassés,
Délivrez mon esprit de ce funeste doute.

PHÈDRE

Tu le veux. Lève-toi.

ŒNONE

Parlez : je vous écoute.

PHÈDRE

Ciel ! que lui vais-je dire ? et par où commencer ?

ŒNONE

Par de vaines frayeurs cessez de m'offenser.

PHÈDRE

Ô haine de Vénus ! Ô fatale colère !
Dans quels égarements l'amour jeta ma mère !

ŒNONE

Oublions-les, Madame, et qu'à tout l'avenir
Un silence éternel cache ce souvenir.

PHÈDRE

Ariane, ma sœur, de quel amour blessée
Vous mourûtes aux bords où vous fûtes laissée !

ŒNONE

Que faites-vous, Madame ? et quel mortel ennui
Contre tout votre sang vous anime aujourd'hui ?

PHÈDRE

Puisque Vénus le veut, de ce sang déplorable
Je péris la dernière et la plus misérable.

ŒNONE

Aimez-vous ?

PHÈDRE

De l'amour j'ai toutes les fureurs.

ŒNONE

Pour qui ?

PHÈDRE

Tu vas ouïr le comble des horreurs.
J'aime... À ce nom fatal, je tremble, je frissonne.
J'aime...

ŒNONE

Qui ?

PHÈDRE

Tu connais ce fils de l'Amazone,
Ce prince si longtemps par moi-même opprimé ?

ŒNONE

Hippolyte ? Grands dieux !

PHÈDRE

C'est toi qui l'as nommé !

ŒNONE

Juste ciel ! tout mon sang dans mes veines se glace !
Ô désespoir ! ô crime ! ô déplorable race !
Voyage infortuné ! Rivage malheureux,
Fallait-il approcher de tes bords dangereux ?

PHÈDRE

Mon mal vient de plus loin. À peine au fils d'Égée
Sous les lois de l'hymen je m'étais engagée,
Mon repos, mon bonheur semblait être affermi,
Athènes me montra mon superbe ennemi.
Je le vis, je rougis, je pâlis à sa vue ;
Un trouble s'éleva dans mon âme éperdue ;
Mes yeux ne voyaient plus, je ne pouvais parler ;
Je sentis tout mon corps et transir et brûler.
Je reconnus Vénus et ses feux redoutables,
D'un sang qu'elle poursuit, tourments inévitables.
Par des vœux assidus je crus les détourner :
Je lui bâtis un temple, et pris soin de l'orner;
De victimes moi-même à toute heure entourée,
Je cherchais dans leurs flancs ma raison égarée.
D'un incurable amour remèdes impuissants !
En vain sur les autels ma main brûlait l'encens :
Quand ma bouche implorait le nom de la déesse,
J'adorais Hippolyte, et le voyant sans cesse,
Même au pied des autels que je faisais fumer,
J'offrais tout à ce dieu que je n'osais nommer.
Je l'évitais partout. Ô comble de misère !
Mes yeux le retrouvaient dans les traits de son père.
Contre moi-même enfin j'osai me révolter :
J'excitai mon courage à le persécuter.
Pour bannir l'ennemi dont j'étais idolâtre,
J'affectai les chagrins d'une injuste marâtre ;
Je pressai son exil, et mes cris éternels
L'arrachèrent du sein et des bras paternels.
Je respirais, Œnone ; et depuis son absence,
Mes jours moins agités coulaient dans l'innocence ;
Soumise à mon époux, et cachant mes ennuis,

De son fatal hymen je cultivais les fruits[1].
Vaines précautions ! Cruelle destinée !
Par mon époux lui-même à Trézène amenée,
J'ai revu l'ennemi que j'avais éloigné :
Ma blessure trop vive aussitôt a saigné.
Ce n'est plus une ardeur dans mes veines cachée :
C'est Vénus tout entière à sa proie attachée.
J'ai conçu pour mon crime une juste terreur.
J'ai pris la vie en haine et ma flamme en horreur ;
Je voulais en mourant prendre soin de ma gloire,
Et dérober au jour une flamme si noire.
Je n'ai pu soutenir tes larmes, tes combats ;
Je t'ai tout avoué ; je ne m'en repens pas,
Pourvu que de ma mort respectant les approches,
Tu ne m'affliges plus par d'injustes reproches,
Et que tes vains secours cessent de rappeler
Un reste de chaleur tout prêt à s'exhaler.

SCÈNE 4
Phèdre, Œnone, Panope

PANOPE

Je voudrais vous cacher une triste nouvelle,
Madame, mais il faut que je vous la révèle :
La mort vous a ravi votre invincible époux,
Et ce malheur n'est plus ignoré que de vous.

ŒNONE

Panope, que dis-tu ?

PANOPE

Que la reine abusée
En vain demande au ciel le retour de Thésée,
Et que par des vaisseaux arrivés dans le port,
Hippolyte son fils vient d'apprendre sa mort.

1. Les deux fils qu'elle avait eus de Thésée.

PHÈDRE

Ciel !

PANOPE

Pour le choix d'un maître Athènes se partage :
Au prince votre fils l'un donne son suffrage,
Madame, et de l'État l'autre oubliant les lois,
Au fils de l'étrangère ose donner sa voix.
On dit même qu'au trône une brigue insolente
Veut placer Aricie et le sang de Pallante.
J'ai cru de ce péril vous devoir avertir.
Déjà même Hippolyte est tout prêt à partir ;
Et l'on craint, s'il paraît dans ce nouvel orage,
Qu'il n'entraîne après lui tout un peuple volage.

ŒNONE

Panope, c'est assez ; la reine qui t'entend
Ne négligera point cet avis important.

SCÈNE 5
Phèdre, Œnone

ŒNONE

Madame, je cessais de vous presser de vivre,
Déjà même au tombeau, je songeais à vous suivre ;
Pour vous en détourner je n'avais plus de voix ;
Mais ce nouveau malheur vous prescrit d'autres lois.
Votre fortune change et prend une autre face :
Le roi n'est plus, Madame, il faut prendre sa place.
Sa mort vous laisse un fils à qui vous vous devez,
Esclave s'il vous perd, et roi si vous vivez.
Sur qui, dans son malheur, voulez-vous qu'il s'appuie ?
Ses larmes n'auront plus de main qui les essuie,
Et ses cris innocents, portés jusques aux dieux,
Iront contre sa mère irriter ses aïeux.
Vivez, vous n'avez plus de reproche à vous faire :
Votre flamme devient une flamme ordinaire.

Thésée en expirant vient de rompre les nœuds
Qui faisaient tout le crime et l'horreur de vos feux.
Hippolyte pour vous devient moins redoutable,
Et vous pouvez le voir sans vous rendre coupable.
Peut-être, convaincu de votre aversion,
Il va donner un chef à la sédition :
Détrompez son erreur, fléchissez son courage.
Roi de ces bords heureux, Trézène est son partage,
Mais il sait que les lois donnent à votre fils
Les superbes remparts que Minerve a bâtis [1].
Vous avez l'un et l'autre une juste ennemie :
Unissez-vous tous deux pour combattre Aricie.

PHÈDRE

Eh bien ! à tes conseils je me laisse entraîner.
Vivons, si vers la vie on peut me ramener,
Et si l'amour d'un fils, en ce moment funeste,
De mes faibles esprits peut ranimer le reste.

ACTE II

SCÈNE 1
Aricie, Ismène

ARICIE

Hippolyte demande à me voir en ce lieu ?
Hippolyte me cherche, et veut me dire adieu ?
Ismène, dis-tu vrai ? N'es-tu point abusée ?

ISMÈNE

C'est le premier effet de la mort de Thésée.
Préparez-vous, Madame, à voir de tous côtés
Voler vers vous les cœurs par Thésée écartés.
Aricie à la fin de son sort est maîtresse,
Et bientôt à ses pieds verra toute la Grèce.

ARICIE

Ce n'est donc point, Ismène, un bruit mal affermi ?
Je cesse d'être esclave, et n'ai plus d'ennemi ?

ISMÈNE

Non, Madame, les dieux ne vous sont plus contraires
Et Thésée a rejoint les mânes de vos frères.

ARICIE

Dit-on quelle aventure a terminé ses jours ?

ISMÈNE

On sème de sa mort d'incroyables discours.
On dit que, ravisseur d'une amante nouvelle,
Les flots ont englouti cet époux infidèle.
On dit même, et ce bruit est partout répandu,
Qu'avec Pirithoüs aux enfers descendu,
Il a vu le Cocyte et les rivages sombres,
Et s'est montré vivant aux infernales ombres,
Mais qu'il n'a pu sortir de ce triste séjour,
Et repasser les bords qu'on passe sans retour.

ARICIE

Croirai-je qu'un mortel avant sa dernière heure
Peut pénétrer des morts la profonde demeure ?
Quel charme l'attirait sur ces bords redoutés ?

ISMÈNE

Thésée est mort, Madame, et vous seule en doutez :
Athènes en gémit, Trézène en est instruite
Et déjà pour son roi reconnaît Hippolyte ;
Phèdre, dans ce palais, tremblante pour son fils,
De ses amis troublés demande les avis.

ARICIE

Et tu crois que pour moi plus humain que son père,
Hippolyte rendra ma chaîne plus légère ;
Qu'il plaindra mes malheurs ?

ISMÈNE

Madame, je le croi.

ARICIE

L'insensible Hippolyte est-il connu de toi ?
Sur quel frivole espoir penses-tu qu'il me plaigne,
Et respecte en moi seule un sexe qu'il dédaigne ?
Tu vois depuis quel temps il évite nos pas,
Et cherche tous les lieux où nous ne sommes pas.

ISMÈNE

Je sais de ses froideurs tout ce que l'on récite ;
Mais j'ai vu près de vous ce superbe Hippolyte,
Et même, en le voyant, le bruit de sa fierté
A redoublé pour lui ma curiosité.
Sa présence à ce bruit n'a point paru répondre :
Dès vos premiers regards je l'ai vu se confondre ;
Ses yeux, qui vainement voulaient vous éviter,
Déjà pleins de langueur ne pouvaient vous quitter.
Le nom d'amant peut-être offense son courage ;
Mais il en a les yeux, s'il n'en a le langage.

ARICIE

Que mon cœur, chère Ismène, écoute avidement
Un discours qui peut-être a peu de fondement !
Ô toi qui me connais, te semblait-il croyable
Que le triste jouet d'un sort impitoyable,
Un cœur toujours nourri d'amertume et de pleurs,
Dût connaître l'amour et ses folles douleurs ?
Reste du sang d'un roi noble fils de la terre,
Je suis seule échappée aux fureurs de la guerre.
J'ai perdu, dans la fleur de leur jeune saison,
Six frères [1]... Quel espoir d'une illustre maison !
Le fer moissonna tout, et la terre humectée
But à regret le sang des neveux d'Érechthée.
Tu sais, depuis leur mort, quelle sévère loi
Défend à tous les Grecs de soupirer pour moi :
On craint que de la sœur les flammes téméraires
Ne raniment un jour la cendre de ses frères.
Mais tu sais bien aussi de quel œil dédaigneux
Je regardais ce soin d'un vainqueur soupçonneux ;
Tu sais que de tout temps à l'amour opposée,
Je rendais souvent grâce à l'injuste Thésée,

1. Pour respecter la vraisemblance, Racine a fait passer le nombre des frères d'Aricie de cinquante à six.

Dont l'heureuse rigueur secondait mes mépris.
Mes yeux alors, mes yeux n'avaient pas vu son fils.
Non que par les yeux seuls lâchement enchantée,
J'aime en lui sa beauté, sa grâce tant vantée,
Présents dont la nature a voulu l'honorer,
Qu'il méprise lui-même et qu'il semble ignorer ;
J'aime, je prise en lui de plus nobles richesses,
Les vertus de son père, et non point les faiblesses.
J'aime, je l'avouerai, cet orgueil généreux
Qui jamais n'a fléchi sous le joug amoureux.
Phèdre en vain s'honorait des soupirs de Thésée :
Pour moi, je suis plus fière et fuis la gloire aisée
D'arracher un hommage à mille autres offert,
Et d'entrer dans un cœur de toutes parts ouvert.
Mais de faire fléchir un courage inflexible,
De porter la douleur dans une âme insensible,
D'enchaîner un captif de ses fers étonné,
Contre un joug qui lui plaît vainement mutiné,
C'est là ce que je veux, c'est là ce qui m'irrite.
Hercule à désarmer coûtait moins qu'Hippolyte,
Et vaincu plus souvent, et plus tôt surmonté,
Préparait moins de gloire aux yeux qui l'ont dompté.
Mais, chère Ismène, hélas ! quelle est mon
[imprudence !
On ne m'opposera que trop de résistance.
Tu m'entendras peut-être, humble dans mon ennui,
Gémir du même orgueil que j'admire aujourd'hui.
Hippolyte aimerait ? Par quel bonheur extrême
Aurais-je pu fléchir…

ISMÈNE

Vous l'entendrez lui-même :
Il vient à vous.

SCÈNE 2

Hippolyte, Aricie, Ismène

HIPPOLYTE

Madame, avant que de partir,
J'ai cru de votre sort vous devoir avertir.
Mon père ne vit plus. Ma juste défiance
Présageait les raisons de sa trop longue absence :
La mort seule bornant ses travaux éclatants
Pouvait à l'univers le cacher si longtemps.
Les dieux livrent enfin à la Parque homicide
L'ami, le compagnon, le successeur d'Alcide.
Je crois que votre haine, épargnant ses vertus,
Écoute sans regret ces noms qui lui sont dus.
Un espoir adoucit ma tristesse mortelle :
Je puis vous affranchir d'une austère tutelle.
Je révoque des lois dont j'ai plaint la rigueur.
Vous pouvez disposer de vous, de votre cœur,
Et dans cette Trézène, aujourd'hui mon partage,
De mon aïeul Pitthée autrefois l'héritage,
Qui m'a sans balancer reconnu pour son roi,
Je vous laisse aussi libre et plus libre que moi.

ARICIE

Modérez des bontés dont l'excès m'embarrasse.
D'un soin si généreux honorer ma disgrâce,
Seigneur, c'est me ranger, plus que vous ne pensez,
Sous ces austères lois dont vous me dispensez.

HIPPOLYTE

Du choix d'un successeur Athènes incertaine,
Parle de vous, me nomme, et le fils de la reine [1].

ARICIE

De moi, Seigneur ?

1. L'aîné des fils de Phèdre.

Voir *Au fil du texte*, p. IX.

HIPPOLYTE

Je sais, sans vouloir me flatter,
Qu'une superbe loi semble me rejeter :
La Grèce me reproche une mère étrangère.
Mais si pour concurrent je n'avais que mon frère,
Madame, j'ai sur lui de véritables droits
Que je saurais sauver du caprice des lois.
Un frein plus légitime arrête mon audace :
Je vous cède, ou plutôt je vous rends une place,
Un sceptre que jadis vos aïeux ont reçu
De ce fameux mortel que la terre a conçu [1]
L'adoption le mit entre les mains d'Égée.
Athènes, par mon père accrue et protégée,
Reconnut avec joie un roi si généreux,
Et laissa dans l'oubli vos frères malheureux.
Athènes dans ses murs maintenant vous rappelle.
Assez elle a gémi d'une longue querelle,
Assez dans ses sillons votre sang englouti
A fait fumer le champ dont il était sorti.
Trézène m'obéit. Les campagnes de Crète
Offrent au fils de Phèdre une riche retraite.
L'Attique est votre bien. Je pars, et vais pour vous
Réunir tous les vœux partagés entre nous.

ARICIE

De tout ce que j'entends étonnée et confuse,
Je crains presque, je crains qu'un songe ne m'abuse.
Veillé-je ? Puis-je croire un semblable dessein ?
Quel dieu, Seigneur, quel dieu l'a mis dans votre sein ?
Qu'à bon droit votre gloire en tous lieux est semée !
Et que la vérité passe la renommée !
Vous-même, en ma faveur, vous voulez vous trahir !
N'était-ce pas assez de ne me point haïr ?
Et d'avoir si longtemps pu défendre votre âme
De cette inimitié...

1. Érechthée, ancêtre à la fois d'Hippolyte et d'Aricie, cf. généalogie.

HIPPOLYTE

Moi, vous haïr, Madame ?
Avec quelques couleurs qu'on ait peint ma fierté,
Croit-on que dans ses flancs un monstre m'ait porté ?
Quelles sauvages mœurs, quelle haine endurcie
Pourrait, en vous voyant, n'être point adoucie ?
Ai-je pu résister au charme décevant [1]...

ARICIE

Quoi, Seigneur ?

HIPPOLYTE

Je me suis engagé trop avant.
Je vois que la raison cède à la violence.
Puisque j'ai commencé de rompre le silence,
Madame, il faut poursuivre, il faut vous informer
D'un secret que mon cœur ne peut plus renfermer.
Vous voyez devant vous un prince déplorable,
D'un téméraire orgueil exemple mémorable.
Moi qui contre l'amour fièrement révolté,
Aux fers de ses captifs ai longtemps insulté,
Qui des faibles mortels déplorant les naufrages,
Pensais toujours du bord contempler les orages,
Asservi maintenant sous la commune loi,
Par quel trouble me vois-je emporté loin de moi ?
Un moment a vaincu mon audace imprudente ;
Cette âme si superbe est enfin dépendante.
Depuis près de six mois, honteux, désespéré,
Portant partout le trait dont je suis déchiré,
Contre vous, contre moi, vainement je m'éprouve :
Présente, je vous fuis, absente, je vous trouve ;
Dans le fond des forêts votre image me suit ;
La lumière du jour, les ombres de la nuit,
Tout retrace à mes yeux les charmes que j'évite ;
Tout vous livre à l'envi le rebelle Hippolyte.

1. Qui ne peut mener qu'à une déception, puisque Aricie ne peut être épousée.

Moi-même, pour tout fruit de mes soins superflus,
Maintenant je me cherche et ne me trouve plus.
Mon arc, mes javelots, mon char, tout m'importune ;
Je ne me souviens plus des leçons de Neptune ;
Mes seuls gémissements font retentir les bois,
Et mes coursiers oisifs ont oublié ma voix.
Peut-être le récit d'un amour si sauvage
Vous fait en m'écoutant rougir de votre ouvrage.
D'un cœur qui s'offre à vous quel farouche entretien !
Quel étrange captif pour un si beau lien !
Mais l'offrande à vos yeux en doit être plus chère.
Songez que je vous parle une langue étrangère,
Et ne rejetez pas des vœux mal exprimés
Qu'Hippolyte sans vous n'aurait jamais formés.

SCÈNE 3

Hippolyte, Aricie, Théramène, Ismène

THÉRAMÈNE

Seigneur, la reine vient, et je l'ai devancée.
Elle vous cherche.

HIPPOLYTE

Moi ?

THÉRAMÈNE

J'ignore sa pensée.
Mais on vous est venu demander de sa part.
Phèdre veut vous parler avant votre départ.

HIPPOLYTE

Phèdre ? Que lui dirai-je ? Et que peut-elle attendre…

ARICIE

Seigneur, vous ne pouvez refuser de l'entendre.
Quoique trop convaincu de son inimitié,
Vous devez à ses pleurs quelque ombre de pitié.

HIPPOLYTE

Cependant vous sortez, et je pars, et j'ignore
Si je n'offense point les charmes que j'adore.
J'ignore si ce cœur que je laisse en vos mains...

ARICIE

Partez, Prince, et suivez vos généreux desseins :
Rendez de mon pouvoir Athènes tributaire,
J'accepte tous les dons que vous me voulez faire ;
Mais cet empire enfin si grand, si glorieux,
N'est pas de vos présents le plus cher à mes yeux.

SCÈNE 4

Hippolyte, Théramène

HIPPOLYTE

Ami, tout est-il prêt ? Mais la reine s'avance.
Va, que pour le départ tout s'arme en diligence.
Fais donner le signal, cours, ordonne, et revien
Me délivrer bientôt d'un fâcheux entretien.

SCÈNE 5

Phèdre, Hippolyte, Œnone

PHÈDRE, *à Œnone.*

Le voici. Vers mon cœur tout mon sang se retire.
J'oublie, en le voyant, ce que je viens lui dire.

ŒNONE

Souvenez-vous d'un fils qui n'espère qu'en vous.

PHÈDRE

On dit qu'un prompt départ vous éloigne de nous,
Seigneur. À vos douleurs je viens joindre mes larmes ;
Je vous viens pour un fils expliquer mes alarmes.

Voir *Au fil du texte*, p. IX.

Mon fils n'a plus de père, et le jour n'est pas loin
Qui de ma mort encor doit le rendre témoin.
Déjà mille ennemis attaquent son enfance ;
Vous seul pouvez contre eux embrasser sa défense.
Mais un secret remords agite mes esprits :
Je crains d'avoir fermé votre oreille à ses cris ;
Je tremble que sur lui votre juste colère
Ne poursuive bientôt une odieuse mère.

HIPPOLYTE

Madame, je n'ai point des sentiments si bas.

PHÈDRE

Quand vous me haïriez, je ne m'en plaindrais pas,
Seigneur. Vous m'avez vue attachée à vous nuire ;
Dans le fond de mon cœur vous ne pouviez pas lire.
À votre inimitié j'ai pris soin de m'offrir ;
Aux bords que j'habitais je n'ai pu vous souffrir ;
En public, en secret, contre vous déclarée,
J'ai voulu par des mers en être séparée ;
J'ai même défendu, par une expresse loi,
Qu'on osât prononcer votre nom devant moi.
Si pourtant à l'offense on mesure la peine,
Si la haine peut seule attirer votre haine,
Jamais femme ne fut plus digne de pitié,
Et moins digne, Seigneur, de votre inimitié.

HIPPOLYTE

Des droits de ses enfants une mère jalouse
Pardonne rarement au fils d'une autre épouse,
Madame, je le sais. Les soupçons importuns
Sont d'un second hymen les fruits les plus communs.
Tout autre aurait pour moi pris les mêmes ombrages,
Et j'en aurais peut-être essuyé plus d'outrages.

PHÈDRE

Ah ! Seigneur, que le ciel, j'ose ici l'attester,
De cette loi commune a voulu m'excepter !
Qu'un soin bien différent me trouble et me dévore !

HIPPOLYTE

Madame, il n'est pas temps de vous troubler encore.
Peut-être votre époux voit encore le jour ;
Le ciel peut à nos pleurs accorder son retour.
Neptune le protège, et ce dieu tutélaire
Ne sera pas en vain imploré par mon père.

PHÈDRE

On ne voit point deux fois le rivage des morts,
Seigneur. Puisque Thésée a vu les sombres bords,
En vain vous espérez qu'un dieu vous le renvoie,
Et l'avare Achéron ne lâche point sa proie.
Que dis-je ? Il n'est point mort, puisqu'il respire en [vous.
Toujours devant mes yeux je crois voir mon époux.
Je le vois, je lui parle, et mon cœur... je m'égare,
Seigneur ; ma folle ardeur malgré moi se déclare.

HIPPOLYTE

Je vois de votre amour l'effet prodigieux.
Tout mort qu'il est, Thésée est présent à vos yeux,
Toujours de son amour votre âme est embrasée.

PHÈDRE

Oui, Prince, je languis, je brûle pour Thésée.
Je l'aime, non point tel que l'ont vu les enfers [1],
Volage adorateur de mille objets divers,
Qui va du dieu des morts déshonorer la couche,
Mais fidèle, mais fier, et même un peu farouche,
Charmant, jeune, traînant tous les cœurs après soi,
Tel qu'on dépeint nos dieux, ou tel que je vous voi.
Il avait votre port, vos yeux, votre langage,
Cette noble pudeur colorait son visage,
Lorsque de notre Crète il traversa les flots,
Digne sujet des vœux des filles de Minos.

1. Thésée serait descendu aux Enfers pour aider son ami Pirithoüs à enlever Proserpine, épouse de Pluton.

Que faisiez-vous alors ? Pourquoi, sans Hippolyte,
Des héros de la Grèce assembla-t-il l'élite ?
Pourquoi, trop jeune encor, ne pûtes-vous alors
Entrer dans le vaisseau qui le mit sur nos bords ?
Par vous aurait péri le monstre de la Crète,
Malgré tous les détours de sa vaste retraite.
Pour en développer l'embarras incertain,
Ma sœur du fil fatal eût armé votre main.
Mais non, dans ce dessein je l'aurais devancée.
L'amour m'en eût d'abord inspiré la pensée.
C'est moi, Prince, c'est moi, dont l'utile secours
Vous eût du Labyrinthe enseigné les détours.
Que de soins m'eût coûtés cette tête charmante !
Un fil n'eût point assez rassuré votre amante :
Compagne du péril qu'il vous fallait chercher,
Moi-même devant vous j'aurais voulu marcher,
Et Phèdre au Labyrinthe avec vous descendue
Se serait avec vous retrouvée ou perdue.

HIPPOLYTE

Dieux ! qu'est-ce que j'entends ? Madame, oubliez-
[vous
Que Thésée est mon père, et qu'il est votre époux ?

PHÈDRE

Et sur quoi jugez-vous que j'en perds la mémoire,
Prince ? Aurais-je perdu tout le soin de ma gloire ?

HIPPOLYTE

Madame, pardonnez. J'avoue, en rougissant,
Que j'accusais à tort un discours innocent.
Ma honte ne peut plus soutenir votre vue,
Et je vais…

PHÈDRE

Ah ! cruel, tu m'as trop entendue !
Je t'en ai dit assez pour te tirer d'erreur.
Eh bien ! connais donc Phèdre et toute sa fureur.
J'aime. Ne pense pas qu'au moment que je t'aime,

Innocente à mes yeux, je m'approuve moi-même,
Ni que du fol amour qui trouble ma raison,
Ma lâche complaisance ait nourri le poison.
Objet infortuné des vengeances célestes,
Je m'abhorre encor plus que tu ne me détestes.
Les dieux m'en sont témoins, ces dieux qui dans mon [flanc
Ont allumé le feu fatal à tout mon sang ;
Ces dieux qui se sont fait une gloire cruelle
De séduire le cœur d'une faible mortelle.
Toi-même en ton esprit rappelle le passé.
C'est peu de t'avoir fui, cruel, je t'ai chassé :
J'ai voulu te paraître odieuse, inhumaine,
Pour mieux te résister, j'ai recherché ta haine.
De quoi m'ont profité mes inutiles soins ?
Tu me haïssais plus, je ne t'aimais pas moins.
Tes malheurs te prêtaient encor de nouveaux charmes.
J'ai langui, j'ai séché, dans les feux, dans les larmes.
Il suffit de tes yeux pour t'en persuader,
Si tes yeux un moment pouvaient me regarder.
Que dis-je ? Cet aveu que je te viens de faire,
Cet aveu si honteux, le crois-tu volontaire ?
Tremblante pour un fils que je n'osais trahir,
Je te venais prier de ne le point haïr.
Faibles projets d'un cœur trop plein de ce qu'il aime !
Hélas ! je ne t'ai pu parler que de toi-même !
Venge-toi, punis-moi d'un odieux amour ;
Digne fils du héros qui t'a donné le jour,
Délivre l'univers d'un monstre qui t'irrite.
La veuve de Thésée ose aimer Hippolyte !
Crois-moi, ce monstre affreux ne doit point t'échapper.
Voilà mon cœur : c'est là que ta main doit frapper.
Impatient déjà d'expier son offense,
Au-devant de ton bras je le sens qui s'avance.
Frappe. Ou si tu le crois indigne de tes coups,
Si ta haine m'envie un supplice si doux,
Ou si d'un sang trop vil ta main serait trempée,
Au défaut de ton bras prête-moi ton épée.
Donne.

ŒNONE

Que faites-vous, Madame ? Justes dieux !
Mais on vient. Évitez des témoins odieux ;
Venez, rentrez, fuyez une honte certaine.

SCÈNE 6

Hippolyte, Théramène

THÉRAMÈNE

Est-ce Phèdre qui fuit, ou plutôt qu'on entraîne ?
Pourquoi, Seigneur, pourquoi ces marques de
[douleur ?
Je vous vois sans épée, interdit, sans couleur ?

HIPPOLYTE

Théramène, fuyons. Ma surprise est extrême.
Je ne puis sans horreur me regarder moi-même.
Phèdre... Mais non, grands dieux ! qu'en un profond
Cet horrible secret demeure enseveli. [oubli

THÉRAMÈNE

Si vous voulez partir, la voile est préparée.
Mais Athènes, Seigneur, s'est déjà déclarée ;
Ses chefs ont pris les voix de toutes ses tribus :
Votre frère l'emporte, et Phèdre a le dessus.

HIPPOLYTE

Phèdre ?

THÉRAMÈNE

Un héraut chargé des volontés d'Athènes
De l'État en ses mains vient remettre les rênes.
Son fils est roi, Seigneur.

HIPPOLYTE

Dieux, qui la connaissez,
Est-ce donc sa vertu que vous récompensez ?

THÉRAMÈNE

Cependant un bruit sourd veut que le roi respire.
On prétend que Thésée a paru dans l'Épire.
Mais moi, qui l'y cherchai, Seigneur, je sais trop
[bien...

HIPPOLYTE

N'importe, écoutons tout et ne négligeons rien.
Examinons ce bruit, remontons à sa source ;
S'il ne mérite pas d'interrompre ma course,
Partons ; et quelque prix qu'il en puisse coûter,
Mettons le sceptre aux mains dignes de le porter.

ACTE III

SCÈNE 1
Phèdre, Œnone

PHÈDRE

Ah ! que l'on porte ailleurs les honneurs qu'on
[m'envoie.
Importune, peux-tu souhaiter qu'on me voie ?
De quoi viens-tu flatter mon esprit désolé ?
Cache-moi bien plutôt ; je n'ai que trop parlé.
Mes fureurs au dehors ont osé se répandre :
J'ai dit ce que jamais on ne devait entendre.
Ciel ! comme il m'écoutait ! Par combien de détours
L'insensible a longtemps éludé mes discours !
Comme il ne respirait qu'une retraite prompte !
Et combien sa rougeur a redoublé ma honte !
Pourquoi détournais-tu mon funeste dessein ?
Hélas ! quand son épée allait chercher mon sein,
A-t-il pâli pour moi ? me l'a-t-il arrachée ?
Il suffit que ma main l'ait une fois touchée,
Je l'ai rendue horrible à ses yeux inhumains,
Et ce fer malheureux profanerait ses mains.

ŒNONE

Ainsi, dans vos malheurs, ne songeant qu'à vous
[plaindre,
Vous nourrissez un feu qu'il vous faudrait éteindre.

Ne vaudrait-il pas mieux, digne sang de Minos,
Dans de plus nobles soins chercher votre repos,
Contre un ingrat qui plaît recourir à la fuite,
Régner, et de l'État embrasser la conduite ?

PHÈDRE

Moi, régner ? Moi, ranger un État sous ma loi,
Quand ma faible raison ne règne plus sur moi ?
Lorsque j'ai de mes sens abandonné l'empire ?
Quand sous un joug honteux à peine je respire ?
Quand je me meurs ?

ŒNONE

Fuyez.

PHÈDRE

Je ne le puis quitter.

ŒNONE

Vous l'osâtes bannir, vous n'osez l'éviter ?

PHÈDRE

Il n'est plus temps. Il sait mes ardeurs insensées.
De l'austère pudeur les bornes sont passées.
J'ai déclaré ma honte aux yeux de mon vainqueur,
Et l'espoir malgré moi s'est glissé dans mon cœur.
Toi-même rappelant ma force défaillante,
Et mon âme déjà sur mes lèvres errante,
Par tes conseils flatteurs tu m'as su ranimer ;
Tu m'as fait entrevoir que je pouvais l'aimer.

ŒNONE

Hélas ! de vos malheurs innocente ou coupable,
De quoi pour vous sauver n'étais-je point capable ?
Mais si jamais l'offense irrita vos esprits,
Pouvez-vous d'un superbe oublier les mépris ?
Avec quels yeux cruels sa rigueur obstinée
Vous laissait à ses pieds peu s'en faut prosternée !

Que son farouche orgueil le rendait odieux !
Que Phèdre en ce moment n'avait-elle mes yeux !

PHÈDRE

Œnone, il peut quitter cet orgueil qui te blesse.
Nourri dans les forêts, il en a la rudesse.
Hippolyte, endurci par de sauvages lois,
Entend parler d'amour pour la première fois ;
Peut-être sa surprise a causé son silence,
Et nos plaintes peut-être ont trop de violence.

ŒNONE

Songez qu'une barbare en son sein l'a formé.

PHÈDRE

Quoique Scythe et barbare, elle a pourtant aimé.

ŒNONE

Il a pour tout le sexe une haine fatale.

PHÈDRE

Je ne me verrai point préférer de rivale.
Enfin, tous ces conseils ne sont plus de saison :
Sers ma fureur, Œnone, et non point ma raison.
Il oppose à l'amour un cœur inaccessible ;
Cherchons pour l'attaquer quelque endroit plus sensible.
Les charmes d'un empire ont paru le toucher ;
Athènes l'attirait, il n'a pu s'en cacher ;
Déjà de ses vaisseaux la pointe était tournée,
Et la voile flottait aux vents abandonnée,
Va trouver de ma part ce jeune ambitieux,
Œnone ; fais briller la couronne à ses yeux.
Qu'il mette sur son front le sacré diadème ;
Je ne veux que l'honneur de l'attacher moi-même.
Cédons-lui ce pouvoir que je ne puis garder.
Il instruira mon fils dans l'art de commander,
Peut-être il voudra bien lui tenir lieu de père.
Je mets sous son pouvoir et le fils et la mère.

Pour le fléchir enfin tente tous les moyens :
Tes discours trouveront plus d'accès que les miens ;
Presse, pleure, gémis, plains-lui Phèdre mourante,
Ne rougis point de prendre une voix suppliante.
Je t'avouerai de tout ; je n'espère qu'en toi.
Va : j'attends ton retour pour disposer de moi.

SCÈNE 2

Phèdre, *seule.*

Ô toi, qui vois la honte où je suis descendue,
Implacable Vénus, suis-je assez confondue ?
Tu ne saurais plus loin pousser ta cruauté,
Ton triomphe est parfait, tous tes traits ont porté.
Cruelle, si tu veux une gloire nouvelle,
Attaque un ennemi qui te soit plus rebelle.
Hippolyte te fuit, et bravant ton courroux
Jamais à tes autels n'a fléchi les genoux.
Ton nom semble offenser ses superbes oreilles.
Déesse, venge-toi : nos causes sont pareilles.
Qu'il aime... Mais déjà tu reviens sur tes pas,
Œnone ? On me déteste, on ne t'écoute pas ?

SCÈNE 3

Phèdre, Œnone

ŒNONE

Il faut d'un vain amour étouffer la pensée,
Madame. Rappelez votre vertu passée :
Le roi, qu'on a cru mort, va paraître à vos yeux ;
Thésée est arrivé, Thésée est en ces lieux.
Le peuple pour le voir court et se précipite.
Je sortais par votre ordre, et cherchais Hippolyte,
Lorsque jusques au ciel mille cris élancés...

PHÈDRE

Mon époux est vivant, Œnone, c'est assez.

J'ai fait l'indigne aveu d'un amour qui l'outrage ;
Il vit ; je ne veux pas en savoir davantage.

ŒNONE

Quoi ?

PHÈDRE

Je te l'ai prédit, mais tu n'as pas voulu.
Sur mes justes remords tes pleurs ont prévalu.
Je mourais ce matin digne d'être pleurée ;
J'ai suivi tes conseils, je meurs déshonorée.

ŒNONE

Vous mourez ?

PHÈDRE

Juste ciel ! qu'ai-je fait aujourd'hui ?
Mon époux va paraître, et son fils avec lui.
Je verrai le témoin de ma flamme adultère
Observer de quel front j'ose aborder son père,
Le cœur gros de soupirs qu'il n'a point écoutés,
L'œil humide de pleurs par l'ingrat rebutés.
Penses-tu que sensible à l'honneur de Thésée
Il lui cache l'ardeur dont je suis embrasée ?
Laissera-t-il trahir et son père et son roi ?
Pourra-t-il contenir l'horreur qu'il a pour moi ?
Il se tairait en vain. Je sais mes perfidies,
Œnone, et ne suis point de ces femmes hardies
Qui goûtant dans le crime une tranquille paix,
Ont su se faire un front qui ne rougit jamais.
Je connais mes fureurs, je les rappelle toutes.
Il me semble déjà que ces murs, que ces voûtes
Vont prendre la parole, et prêts à m'accuser,
Attendent mon époux pour le désabuser.
Mourons. De tant d'horreurs qu'un trépas me délivre.
Est-ce un malheur si grand que de cesser de vivre ?
La mort aux malheureux ne cause point d'effroi ;
Je ne crains que le nom que je laisse après moi.

Pour mes tristes enfants quel affreux héritage !
Le sang de Jupiter doit enfler leur courage ;
Mais, quelque juste orgueil qu'inspire un sang si beau,
Le crime d'une mère est un pesant fardeau.
Je tremble qu'un discours, hélas ! trop véritable,
Un jour ne leur reproche une mère coupable.
Je tremble qu'opprimés de ce poids odieux
L'un ni l'autre jamais n'osent lever les yeux.

ŒNONE

Il n'en faut point douter, je les plains l'un et l'autre ;
Jamais crainte ne fut plus juste que la vôtre.
Mais à de tels affronts pourquoi les exposer ?
Pourquoi contre vous-même allez-vous déposer ?
C'en est fait : on dira que Phèdre, trop coupable,
De son époux trahi fuit l'aspect redoutable.
Hippolyte est heureux qu'aux dépens de vos jours
Vous-même en expirant appuyez ses discours.
À votre accusateur que pourrai-je répondre ?
Je serai devant lui trop facile à confondre.
De son triomphe affreux je le verrai jouir,
Et conter votre honte à qui voudra l'ouïr.
Ah ! que plutôt du ciel la flamme me dévore !
Mais, ne me trompez point, vous est-il cher encore ?
De quel œil voyez-vous ce prince audacieux ?

PHÈDRE

Je le vois comme un monstre effroyable à mes yeux.

ŒNONE

Pourquoi donc lui céder une victoire entière ?
Vous le craignez... Osez l'accuser la première
Du crime dont il peut vous charger aujourd'hui.
Qui vous démentira ? Tout parle contre lui :
Son épée en vos mains heureusement laissée,
Votre trouble présent, votre douleur passée,
Son père par vos cris dès longtemps prévenu,
Et déjà son exil par vous-même obtenu.

PHÈDRE

Moi, que j'ose opprimer et noircir l'innocence !

ŒNONE

Mon zèle n'a besoin que de votre silence.
Tremblante comme vous, j'en sens quelques remords ;
Vous me verriez plus prompte affronter mille morts.
Mais puisque je vous perds sans ce triste remède,
Votre vie est pour moi d'un prix à qui tout cède.
Je parlerai. Thésée, aigri par mes avis,
Bornera sa vengeance à l'exil de son fils.
Un père, en punissant, Madame, est toujours père,
Un supplice léger suffit à sa colère.
Mais le sang innocent dût-il être versé,
Que ne demande point votre honneur menacé ?
C'est un trésor trop cher pour oser le commettre.
Quelque loi qu'il vous dicte, il faut vous y soumettre,
Madame, et pour sauver votre honneur combattu,
Il faut immoler tout, et même la vertu.
On vient ; je vois Thésée.

PHÈDRE

Ah ! je vois Hippolyte ;
Dans ses yeux insolents, je vois ma perte écrite.
Fais ce que tu voudras, je m'abandonne à toi.
Dans le trouble où je suis, je ne puis rien pour moi.

SCÈNE 4

Thésée, Phèdre, Hippolyte,
Théramène, Œnone

THÉSÉE

La fortune à mes yeux cesse d'être opposée,
Madame, et dans vos bras met...

PHÈDRE

Arrêtez, Thésée,
Et ne profanez point des transports si charmants :

Je ne mérite plus ces doux empressements ;
Vous êtes offensé. La fortune jalouse
N'a pas en votre absence épargné votre épouse.
Indigne de vous plaire et de vous approcher,
Je ne dois désormais songer qu'à me cacher.

SCÈNE 5

Thésée, Hippolyte, Théramène

THÉSÉE

Quel est l'étrange accueil qu'on fait à votre père,
Mon fils ?

HIPPOLYTE

Phèdre peut seule expliquer ce mystère.
Mais si mes vœux ardents vous peuvent émouvoir,
Permettez-moi, Seigneur, de ne la plus revoir ;
Souffrez que pour jamais le tremblant Hippolyte
Disparaisse des lieux que votre épouse habite.

THÉSÉE

Vous, mon fils, me quitter ?

HIPPOLYTE

Je ne la cherchais pas ;
C'est vous qui sur ces bords conduisîtes ses pas.
Vous daignâtes, Seigneur, aux rives de Trézène
Confier en partant Aricie et la reine ;
Je fus même chargé du soin de les garder.
Mais quels soins désormais peuvent me retarder ?
Assez dans les forêts mon oisive jeunesse
Sur de vils ennemis a montré son adresse.
Ne pourrai-je, en fuyant un indigne repos,
D'un sang plus glorieux teindre mes javelots ?
Vous n'aviez pas encore atteint l'âge où je touche,
Déjà plus d'un tyran, plus d'un monstre farouche,
Avait de votre bras senti la pesanteur ;
Déjà, de l'insolence heureux persécuteur,

Vous aviez des deux mers[1] assuré les rivages.
Le libre voyageur ne craignait plus d'outrages ;
Hercule, respirant sur le bruit de vos coups,
Déjà de son travail se reposait sur vous.
Et moi, fils inconnu d'un si glorieux père,
Je suis même encor loin des traces de ma mère.
Souffrez que mon courage ose enfin s'occuper ;
Souffrez, si quelque monstre a pu vous échapper,
Que j'apporte à vos pieds sa dépouille honorable,
Ou que d'un beau trépas la mémoire durable,
Éternisant des jours si noblement finis,
Prouve à tout l'avenir que j'étais votre fils.

THÉSÉE

Que vois-je ? Quelle horreur dans ces lieux répandue
Fait fuir devant mes yeux ma famille éperdue ?
Si je reviens si craint et si peu désiré,
Ô ciel ! de ma prison pourquoi m'as-tu tiré ?
Je n'avais qu'un ami : son imprudente flamme
Du tyran de l'Épire allait ravir la femme ;
Je servais à regret ses desseins amoureux :
Mais le sort irrité nous aveuglait tous deux.
Le tyran m'a surpris sans défense et sans armes.
J'ai vu Pirithoüs, triste objet de mes larmes,
Livré par ce barbare à des monstres cruels
Qu'il nourrissait du sang des malheureux mortels.
Moi-même, il m'enferma dans des cavernes sombres,
Lieux profonds et voisins de l'empire des ombres.
Les dieux, après six mois, enfin, m'ont regardé :
J'ai su tromper les yeux de qui j'étais gardé.
D'un perfide ennemi j'ai purgé la nature :
À ses monstres lui-même a servi de pâture.
Et lorsque avec transport je pense m'approcher
De tout ce que les dieux m'ont laissé de plus cher ;
Que dis-je ? quand mon âme, à soi-même rendue,
Vient se rassasier d'une si chère vue,

1. Mer Égée et mer Ionienne.

Je n'ai pour tout accueil que des frémissements :
Tout fuit, tout se refuse à mes embrassements ;
Et moi-même, éprouvant la terreur que j'inspire,
Je voudrais être encor dans les prisons d'Épire.
Parlez. Phèdre se plaint que je suis outragé.
Qui m'a trahi ? Pourquoi ne suis-je pas vengé ?
La Grèce, à qui mon bras fut tant de fois utile,
A-t-elle au criminel accordé quelque asile ?
Vous ne répondez point ! Mon fils, mon propre fils,
Est-il d'intelligence avec mes ennemis ?
Entrons. C'est trop garder un doute qui m'accable.
Connaissons à la fois le crime et le coupable.
Que Phèdre explique enfin le trouble où je la voi.

SCÈNE 6

Hippolyte, Théramène

HIPPOLYTE

Où tendait ce discours qui m'a glacé d'effroi ?
Phèdre, toujours en proie à sa fureur extrême,
Veut-elle s'accuser et se perdre elle-même ?
Dieux ! que dira le roi ! Quel funeste poison
L'amour a répandu sur toute sa maison !
Moi-même, plein d'un feu que sa haine réprouve,
Quel il m'a vu jadis, et quel il me retrouve !
De noirs pressentiments viennent m'épouvanter.
Mais l'innocence enfin n'a rien à redouter.
Allons, cherchons ailleurs par quelle heureuse adresse
Je pourrai de mon père émouvoir la tendresse,
Et lui dire un amour qu'il peut vouloir troubler
Mais que tout son pouvoir ne saurait ébranler.

ACTE IV

SCÈNE 1

Thésée, Œnone

THÉSÉE

Ah ! qu'est-ce que j'entends ? Un traître, un téméraire,
Préparait cet outrage à l'honneur de son père ?
Avec quelle rigueur, Destin, tu me poursuis !
Je ne sais où je vais, je ne sais où je suis.
Ô tendresse ! ô bonté trop mal récompensée !
Projets audacieux ! détestable pensée !
Pour parvenir au but de ses noires amours,
L'insolent de la force empruntait le secours !
J'ai reconnu le fer, instrument de sa rage,
Ce fer dont je l'armai pour un plus noble usage.
Tous les liens du sang n'ont pu le retenir !
Et Phèdre différait à le faire punir !
Le silence de Phèdre épargnait le coupable !

ŒNONE

Phèdre épargnait plutôt un père déplorable.
Honteuse du dessein d'un amant furieux
Et du feu criminel qu'il a pris dans ses yeux,
Phèdre mourait, Seigneur, et sa main meurtrière
Éteignait de ses yeux l'innocente lumière.
J'ai vu lever le bras, j'ai couru la sauver ;
Moi seule à votre amour j'ai su la conserver,

Et plaignant à la fois son trouble et vos alarmes,
J'ai servi malgré moi d'interprète à ses larmes.

THÉSÉE

Le perfide ! il n'a pu s'empêcher de pâlir ;
De crainte, en m'abordant, je l'ai vu tressaillir.
Je me suis étonné de son peu d'allégresse ;
Ses froids embrassements ont glacé ma tendresse.
Mais ce coupable amour dont il est dévoré
Dans Athènes déjà s'était-il déclaré ?

ŒNONE

Seigneur, souvenez-vous des plaintes de la reine :
Un amour criminel causa toute sa haine.

THÉSÉE

Et ce feu dans Trézène a donc recommencé ?

ŒNONE

Je vous ai dit, Seigneur, tout ce qui s'est passé.
C'est trop laisser la reine à sa douleur mortelle ;
Souffrez que je vous quitte et me range auprès d'elle.

SCÈNE 2

Thésée, Hippolyte

THÉSÉE

Ah ! le voici. Grands dieux ! à ce noble maintien
Quel œil ne serait pas trompé comme le mien ?
Faut-il que sur le front d'un profane adultère
Brille de la vertu le sacré caractère ?
Et ne devrait-on pas à des signes certains
Reconnaître le cœur des perfides humains ?

HIPPOLYTE

Puis-je vous demander quel funeste nuage,
Seigneur, a pu troubler votre auguste visage ?
N'osez-vous confier ce secret à ma foi ?

Voir *Au fil du texte*, p. X.

THÉSÉE

Perfide, oses-tu bien te montrer devant moi ?
Monstre, qu'a trop longtemps épargné le tonnerre,
Reste impur des brigands dont j'ai purgé la terre,
Après que le transport d'un amour plein d'horreur
Jusqu'au lit de ton père a porté sa fureur,
Tu m'oses présenter une tête ennemie !
Tu parais dans des lieux pleins de ton infamie,
Et ne vas pas chercher, sous un ciel inconnu,
Des pays où mon nom ne soit point parvenu !
Fuis, traître ! Ne viens point braver ici ma haine,
Et tenter un courroux que je retiens à peine.
C'est bien assez pour moi de l'opprobre éternel
D'avoir pu mettre au jour un fils si criminel,
Sans que ta mort encor, honteuse à ma mémoire,
De mes nobles travaux vienne souiller la gloire.
Fuis ; et si tu ne veux qu'un châtiment soudain
T'ajoute aux scélérats qu'a punis cette main,
Prends garde que jamais l'astre qui nous éclaire
Ne te voie en ces lieux mettre un pied téméraire.
Fuis, dis-je ; et sans retour précipitant tes pas,
De ton horrible aspect purge tous mes États.
Et toi, Neptune, et toi, si jadis mon courage
D'infâmes assassins nettoya ton rivage,
Souviens-toi que pour prix de mes efforts heureux
Tu promis d'exaucer le premier de mes vœux.
Dans les longues rigueurs d'une prison cruelle
Je n'ai point imploré ta puissance immortelle.
Avare du secours que j'attends de tes soins,
Mes vœux t'ont réservé pour de plus grands besoins :
Je t'implore aujourd'hui. Venge un malheureux père.
J'abandonne ce traître à toute ta colère ;
Étouffe dans son sang ses désirs effrontés :
Thésée à tes fureurs connaîtra tes bontés.

HIPPOLYTE

D'un amour criminel Phèdre accuse Hippolyte !
Un tel excès d'horreur rend mon âme interdite ;

Tant de coups imprévus m'accablent à la fois
Qu'ils m'ôtent la parole et m'étouffent la voix.

THÉSÉE

Traître, tu prétendais qu'en un lâche silence
Phèdre ensevelirait ta brutale insolence.
Il fallait, en fuyant, ne pas abandonner
Le fer qui dans ses mains aide à te condamner ;
Ou plutôt il fallait, comblant ta perfidie,
Lui ravir tout d'un coup la parole et la vie.

HIPPOLYTE

D'un mensonge si noir justement irrité,
Je devrais faire ici parler la vérité,
Seigneur ; mais je supprime un secret qui vous touche.
Approuvez le respect qui me ferme la bouche,
Et sans vouloir vous-même augmenter vos ennuis,
Examinez ma vie, et songez qui je suis.
Quelques crimes toujours précèdent les grands crimes.
Quiconque a pu franchir les bornes légitimes
Peut violer enfin les droits les plus sacrés ;
Ainsi que la vertu, le crime a ses degrés,
Et jamais on n'a vu la timide innocence
Passer subitement à l'extrême licence.
Un jour seul ne fait point d'un mortel vertueux
Un perfide assassin, un lâche incestueux.
Élevé dans le sein d'une chaste héroïne,
Je n'ai point de son sang démenti l'origine.
Pitthée, estimé sage entre tous les humains,
Daigna m'instruire encore au sortir de ses mains.
Je ne veux point me peindre avec trop d'avantage ;
Mais si quelque vertu m'est tombée en partage,
Seigneur, je crois surtout avoir fait éclater
La haine des forfaits qu'on ose m'imputer.
C'est par là qu'Hippolyte est connu dans la Grèce.
J'ai poussé la vertu jusques à la rudesse.
On sait de mes chagrins l'inflexible rigueur.
Le jour n'est pas plus pur que le fond de mon cœur.
Et l'on veut qu'Hippolyte épris d'un feu profane...

THÉSÉE

Oui, c'est ce même orgueil, lâche, qui te condamne.
Je vois de tes froideurs le principe odieux :
Phèdre seule charmait tes impudiques yeux,
Et pour tout autre objet ton âme indifférente
Dédaignait de brûler d'une flamme innocente.

HIPPOLYTE

Non, mon père, ce cœur, c'est trop vous le celer,
N'a point d'un chaste amour dédaigné de brûler.
Je confesse à vos pieds ma véritable offense :
J'aime, j'aime, il est vrai, malgré votre défense.
Aricie à ses lois tient mes vœux asservis ;
La fille de Pallante a vaincu votre fils.
Je l'adore, et mon âme, à vos ordres rebelle,
Ne peut ni soupirer ni brûler que pour elle.

THÉSÉE

Tu l'aimes ? Ciel ! Mais non, l'artifice est grossier ;
Tu te feins criminel pour te justifier.

HIPPOLYTE

Seigneur, depuis six mois je l'évite, et je l'aime.
Je venais, en tremblant, vous le dire à vous-même.
Hé quoi ! de votre erreur rien ne vous peut tirer ?
Par quel affreux serment faut-il vous rassurer ?
Que la terre, le ciel, que toute la nature...

THÉSÉE

Toujours les scélérats ont recours au parjure.
Cesse, cesse, et m'épargne un importun discours,
Si ta fausse vertu n'a point d'autre secours.

HIPPOLYTE

Elle vous paraît fausse et pleine d'artifice.
Phèdre au fond de son cœur me rend plus de justice.

THÉSÉE

Ah ! que ton impudence excite mon courroux !

HIPPOLYTE

Quel temps à mon exil, quel lieu prescrivez-vous ?

THÉSÉE

Fusses-tu par delà les colonnes d'Alcide,
Je me croirais encor trop voisin d'un perfide.

HIPPOLYTE

Chargé du crime affreux dont vous me soupçonnez,
Quels amis me plaindront, quand vous m'abandonnez ?

THÉSÉE

Va chercher des amis dont l'estime funeste
Honore l'adultère, applaudisse à l'inceste,
Des traîtres, des ingrats sans honneur et sans loi,
Dignes de protéger un méchant tel que toi.

HIPPOLYTE

Vous me parlez toujours d'inceste et d'adultère.
Je me tais. Cependant Phèdre sort d'une mère,
Phèdre est d'un sang, Seigneur, vous le savez trop bien,
De toutes ces horreurs plus rempli que le mien.

THÉSÉE

Quoi ? ta rage à mes yeux perd toute retenue ?
Pour la dernière fois, ôte-toi de ma vue.
Sors, traître ; n'attends pas qu'un père furieux
Te fasse avec opprobre arracher de ces lieux.

SCÈNE 3
Thésée, *seul.*

Misérable, tu cours à ta perte infaillible !
Neptune, par le fleuve aux dieux mêmes terrible[1],
M'a donné sa parole, et va l'exécuter.
Un dieu vengeur te suit, tu ne peux l'éviter.
Je t'aimais ; et je sens que malgré ton offense,
Mes entrailles pour toi se troublent par avance.
Mais à te condamner tu m'as trop engagé.
Jamais père en effet fut-il plus outragé ?
Justes dieux, qui voyez la douleur qui m'accable,
Ai-je pu mettre au jour un enfant si coupable ?

SCÈNE 4
Thésée, Phèdre

PHÈDRE

Seigneur, je viens à vous, pleine d'un juste effroi.
Votre voix redoutable a passé jusqu'à moi.
Je crains qu'un prompt effet n'ait suivi la menace.
S'il en est temps encor, épargnez votre race,
Respectez votre sang, j'ose vous en prier.
Sauvez-moi de l'horreur de l'entendre crier ;
Ne me préparez point la douleur éternelle
De l'avoir fait répandre à la main paternelle.

THÉSÉE

Non, Madame, en mon sang ma main n'a point
[trempé ;
Mais l'ingrat toutefois ne m'est point échappé.
Une immortelle main de sa perte est chargée ;
Neptune me la doit, et vous serez vengée.

1. Le Styx.

PHÈDRE

Neptune vous la doit ! Quoi ? vos vœux irrités...

THÉSÉE

Quoi ! craignez-vous déjà qu'ils ne soient écoutés ?
Joignez-vous bien plutôt à mes vœux légitimes.
Dans toute leur noirceur retracez-moi ses crimes ;
Échauffez mes transports trop lents, trop retenus.
Tous ses crimes encor ne vous sont point connus.
Sa fureur contre vous se répand en injures ;
Votre bouche, dit-il, est pleine d'impostures ;
Il soutient qu'Aricie a son cœur, a sa foi,
Qu'il l'aime.

PHÈDRE

Quoi, Seigneur !

THÉSÉE

Il l'a dit devant moi,
Mais je sais rejeter un frivole artifice.
Espérons de Neptune une prompte justice.
Je vais moi-même encor au pied de ses autels
Le presser d'accomplir ses serments immortels.

SCÈNE 5

Phèdre, *seule.*

Il sort. Quelle nouvelle a frappé mon oreille ?
Quel feu mal étouffé dans mon cœur se réveille ?
Quel coup de foudre, ô ciel ! et quel funeste avis !
Je volais tout entière au secours de son fils,
Et m'arrachant des bras d'Œnone épouvantée,
Je cédais au remords dont j'étais tourmentée.
Qui sait même où m'allait porter ce repentir ?
Peut-être à m'accuser j'aurais pu consentir ;
Peut-être, si la voix ne m'eût été coupée,
L'affreuse vérité me serait échappée.

Hippolyte est sensible, et ne sent rien pour moi !
Aricie a son cœur ! Aricie a sa foi !
Ah, dieux ! Lorsqu'à mes vœux l'ingrat inexorable
S'armait d'un œil si fier, d'un front si redoutable,
Je pensais qu'à l'amour son cœur toujours fermé
Fût contre tout mon sexe également armé.
Une autre cependant a fléchi son audace ;
Devant ses yeux cruels une autre a trouvé grâce.
Peut-être a-t-il un cœur facile à s'attendrir ;
Je suis le seul objet qu'il ne saurait souffrir,
Et je me chargerais du soin de le défendre ?

SCÈNE 6

Phèdre, Œnone

PHÈDRE

Chère Œnone, sais-tu ce que je viens d'apprendre ?

ŒNONE

Non ; mais je viens tremblante, à ne vous point mentir.
J'ai pâli du dessein qui vous a fait sortir ;
J'ai craint une fureur à vous-même fatale.

PHÈDRE

Œnone, qui l'eût cru ? j'avais une rivale !

ŒNONE

Comment ?

PHÈDRE

Hippolyte aime, et je n'en puis douter.
Ce farouche ennemi qu'on ne pouvait dompter,
Qu'offensait le respect, qu'importunait la plainte,
Ce tigre, que jamais je n'abordai sans crainte,
Soumis, apprivoisé, reconnaît un vainqueur ;
Aricie a trouvé le chemin de son cœur.

Voir *Au fil du texte*, p. X.

ŒNONE

Aricie ?

PHÈDRE

Ah ! douleur non encore éprouvée !
À quel nouveau tourment je me suis réservée !
Tout ce que j'ai souffert, mes craintes, mes transports,
La fureur de mes feux, l'horreur de mes remords,
Et d'un cruel refus l'insupportable injure,
N'était qu'un faible essai du tourment que j'endure.
Ils s'aiment ! Par quel charme ont-ils trompé mes yeux ?
Comment se sont-ils vus ? depuis quand ? dans quels [lieux ?
Tu le savais. Pourquoi me laissais-tu séduire ?
De leur furtive ardeur ne pouvais-tu m'instruire ?
Les a-t-on vus souvent se parler, se chercher ?
Dans le fond des forêts allaient-ils se cacher ?
Hélas ! ils se voyaient avec pleine licence.
Le ciel de leurs soupirs approuvait l'innocence ;
Ils suivaient sans remords leur penchant amoureux ;
Tous les jours se levaient clairs et sereins pour eux.
Et moi, triste rebut de la nature entière,
Je me cachais au jour, je fuyais la lumière.
La mort est le seul dieu que j'osais implorer.
J'attendais le moment où j'allais expirer ;
Me nourrissant de fiel, de larmes abreuvée,
Encor dans mon malheur de trop près observée,
Je n'osais dans mes pleurs me noyer à loisir.
Je goûtais en tremblant ce funeste plaisir,
Et sous un front serein déguisant mes alarmes,
Il fallait bien souvent me priver de mes larmes.

ŒNONE

Quel fruit recevront-ils de leurs vaines amours ?
Ils ne se verront plus.

PHÈDRE

Ils s'aimeront toujours !
Au moment que je parle, ah ! mortelle pensée !

Ils bravent la fureur d'une amante insensée.
Malgré ce même exil qui va les écarter,
Ils font mille serments de ne se point quitter.
Non, je ne puis souffrir un bonheur qui m'outrage,
Œnone ; prends pitié de ma jalouse rage ;
Il faut perdre Aricie, il faut de mon époux
Contre un sang odieux réveiller le courroux.
Qu'il ne se borne pas à des peines légères :
Le crime de la sœur passe celui des frères.
Dans mes jaloux transports je le veux implorer.
Que fais-je ? Où ma raison se va-t-elle égarer ?
Moi jalouse ! Et Thésée est celui que j'implore !
Mon époux est vivant, et moi je brûle encore !
Pour qui ? Quel est le cœur où prétendent mes vœux ?
Chaque mot sur mon front fait dresser mes cheveux.
Mes crimes désormais ont comblé la mesure.
Je respire à la fois l'inceste et l'imposture ;
Mes homicides mains, promptes à me venger,
Dans le sang innocent brûlent de se plonger.
Misérable ! et je vis ? et je soutiens la vue
De ce sacré soleil dont je suis descendue ?
J'ai pour aïeul le père et le maître des dieux ;
Le ciel, tout l'univers est plein de mes aïeux ;
Où me cacher ? Fuyons dans la nuit infernale.
Mais que dis-je ? Mon père y tient l'urne fatale[1],
Le sort, dit-on, l'a mise en ses sévères mains :
Minos juge aux enfers tous les pâles humains.
Ah ! combien frémira son ombre épouvantée,
Lorsqu'il verra sa fille à ses yeux présentée,
Contrainte d'avouer tant de forfaits divers,
Et des crimes peut-être inconnus aux enfers !
Que diras-tu, mon père, à ce spectacle horrible ?
Je crois voir de ta main tomber l'urne terrible,
Je crois te voir, cherchant un supplice nouveau,
Toi-même, de ton sang devenir le bourreau.

1. Urne dans laquelle étaient déposés les votes décidant du sort des morts.

Pardonne ! Un dieu cruel a perdu ta famille :
Reconnais sa vengeance aux fureurs de ta fille.
Hélas ! du crime affreux dont la honte me suit,
Jamais mon triste cœur n'a recueilli le fruit ;
Jusqu'au dernier soupir de malheurs poursuivie,
Je rends dans les tourments une pénible vie.

ŒNONE

Hé ! repoussez, Madame, une injuste terreur !
Regardez d'un autre œil une excusable erreur.
Vous aimez. On ne peut vaincre sa destinée.
Par un charme fatal vous fûtes entraînée.
Est-ce donc un prodige inouï parmi nous ?
L'amour n'a-t-il encor triomphé que de vous ?
La faiblesse aux humains n'est que trop naturelle ;
Mortelle, subissez le sort d'une mortelle.
Vous vous plaignez d'un joug imposé dès longtemps :
Les dieux mêmes, les dieux, de l'Olympe habitants,
Qui d'un bruit si terrible épouvantent les crimes,
Ont brûlé quelquefois de feux illégitimes.

PHÈDRE

Qu'entends-je ? Quels conseils ose-t-on me donner ?
Ainsi donc jusqu'au bout tu veux m'empoisonner,
Malheureuse ? Voilà comme tu m'as perdue.
Au jour que je fuyais c'est toi qui m'as rendue ;
Tes prières m'ont fait oublier mon devoir ;
J'évitais Hippolyte, et tu me l'as fait voir.
De quoi te chargeais-tu ? Pourquoi ta bouche impie
A-t-elle, en l'accusant, osé noircir sa vie ?
Il en mourra peut-être, et d'un père insensé
Le sacrilège vœu peut-être est exaucé.
Je ne t'écoute plus. Va-t'en, monstre exécrable ;
Va, laisse-moi le soin de mon sort déplorable,
Puisse le juste ciel dignement te payer ;
Et puisse ton supplice à jamais effrayer
Tous ceux qui, comme toi, par de lâches adresses,
Des princes malheureux nourrissent les faiblesses,

Les poussent au penchant où leur cœur est enclin,
Et leur osent du crime aplanir le chemin !
Détestables flatteurs, présent le plus funeste
Que puisse faire aux rois la colère céleste !

ŒNONE, *seule.*

Ah ! dieux ! pour la servir j'ai tout fait, tout quitté,
Et j'en reçois ce prix ? Je l'ai bien mérité.

ACTE V

SCÈNE 1

Hippolyte, Aricie, Ismène

ARICIE

Quoi ! vous pouvez vous taire en ce péril extrême ?
Vous laissez dans l'erreur un père qui vous aime ?
Cruel, si de mes pleurs méprisant le pouvoir,
Vous consentez sans peine à ne me plus revoir,
Partez, séparez-vous de la triste Aricie ;
Mais du moins en partant assurez votre vie,
Défendez votre honneur d'un reproche honteux,
Et forcez votre père à révoquer ses vœux.
Il en est temps encor. Pourquoi, par quel caprice,
Laissez-vous le champ libre à votre accusatrice ?
Éclaircissez Thésée.

HIPPOLYTE

Hé ! que n'ai-je point dit !
Ai-je dû mettre au jour l'opprobre de son lit ?
Devais-je, en lui faisant un récit trop sincère,
D'une indigne rougeur couvrir le front d'un père ?
Vous seule avez percé ce mystère odieux.
Mon cœur pour s'épancher n'a que vous et les dieux.
Je n'ai pu vous cacher, jugez si je vous aime,
Tout ce que je voulais me cacher à moi-même.
Mais songez sous quel sceau je vous l'ai révélé.
Oubliez, s'il se peut, que je vous ai parlé,

Madame, et que jamais une bouche si pure
Ne s'ouvre pour conter cette horrible aventure.
Sur l'équité des dieux osons nous confier :
Ils ont trop d'intérêt à me justifier ;
Et Phèdre, tôt ou tard de son crime punie,
N'en saurait éviter la juste ignominie.
C'est l'unique respect que j'exige de vous.
Je permets tout le reste à mon libre courroux.
Sortez de l'esclavage où vous êtes réduite ;
Osez me suivre, osez accompagner ma fuite ;
Arrachez-vous d'un lieu funeste et profané,
Où la vertu respire un air empoisonné ;
Profitez, pour cacher votre prompte retraite,
De la confusion que ma disgrâce y jette.
Je vous puis de la fuite assurer les moyens :
Vous n'avez jusqu'ici de gardes que les miens ;
De puissants défenseurs prendront notre querelle,
Argos nous tend les bras, et Sparte nous appelle ;
À nos amis communs portons nos justes cris,
Ne souffrons pas que Phèdre, assemblant nos débris,
Du trône paternel nous chasse l'un et l'autre,
Et promette à son fils ma dépouille et la vôtre.
L'occasion est belle, il la faut embrasser...
Quelle peur vous retient ? Vous semblez balancer ?
Votre seul intérêt m'inspire cette audace.
Quand je suis tout de feu, d'où vous vient cette glace ?
Sur les pas d'un banni craignez-vous de marcher ?

ARICIE

Hélas ! qu'un tel exil, Seigneur, me serait cher !
Dans quels ravissements, à votre sort liée,
Du reste des mortels je vivrais oubliée !
Mais n'étant point unis par un lien si doux,
Me puis-je avec honneur dérober avec vous ?
Je sais que sans blesser l'honneur le plus sévère,
Je me puis affranchir des mains de votre père :
Ce n'est point m'arracher du sein de mes parents,
Et la fuite est permise à qui fuit ses tyrans.
Mais vous m'aimez, Seigneur, et ma gloire alarmée...

HIPPOLYTE

Non, non, j'ai trop de soin de votre renommée.
Un plus noble dessein m'amène devant vous :
Fuyez vos ennemis, et suivez votre époux.
Libres dans nos malheurs, puisque le ciel l'ordonne,
Le don de notre foi ne dépend de personne.
L'hymen n'est point toujours entouré de flambeaux.
Aux portes de Trézène, et parmi ces tombeaux,
Des princes de ma race antiques sépultures,
Est un temple sacré formidable aux parjures.
C'est là que les mortels n'osent jurer en vain :
Le perfide y reçoit un châtiment soudain ;
Et craignant d'y trouver la mort inévitable,
Le mensonge n'a point de frein plus redoutable.
Là, si vous m'en croyez, d'un amour éternel
Nous irons confirmer le serment solennel ;
Nous prendrons à témoin le dieu qu'on y révère ;
Nous le prierons tous deux de nous servir de père.
Des dieux les plus sacrés j'attesterai le nom ;
Et la chaste Diane, et l'auguste Junon,
Et tous les dieux enfin, témoins de mes tendresses,
Garantiront la foi de mes saintes promesses.

ARICIE

Le roi vient. Fuyez, Prince, et partez promptement.
Pour cacher mon départ je demeure un moment.
Allez, et laissez-moi quelque fidèle guide,
Qui conduise vers vous ma démarche timide.

SCÈNE 2

Thésée, Aricie, Ismène

THÉSÉE

Dieux ! éclairez mon trouble, et daignez à mes yeux
Montrer la vérité, que je cherche en ces lieux !

ARICIE

Songe à tout, chère Ismène, et sois prête à la fuite.

SCÈNE 3

Thésée, Aricie

THÉSÉE

Vous changez de couleur, et semblez interdite,
Madame. Que faisait Hippolyte en ce lieu ?

ARICIE

Seigneur, il me disait un éternel adieu.

THÉSÉE

Vos yeux ont su dompter ce rebelle courage,
Et ses premiers soupirs sont votre heureux ouvrage.

ARICIE

Seigneur, je ne vous puis nier la vérité :
De votre injuste haine il n'a pas hérité ;
Il ne me traitait point comme une criminelle.

THÉSÉE

J'entends ; il vous jurait une amour éternelle.
Ne vous assurez point sur ce cœur inconstant,
Car à d'autres que vous il en jurait autant.

ARICIE

Lui, Seigneur ?

THÉSÉE

Vous deviez le rendre moins volage :
Comment souffriez-vous cet horrible partage ?

ARICIE

Et comment souffrez-vous que d'horribles discours
D'une si belle vie osent noircir le cours ?

Avez-vous de son cœur si peu de connaissance ?
Discernez-vous si mal le crime et l'innocence ?
Faut-il qu'à vos yeux seuls un nuage odieux
Dérobe sa vertu qui brille à tous les yeux ?
Ah ! c'est trop le livrer à des langues perfides.
Cessez ; repentez-vous de vos vœux homicides ;
Craignez, Seigneur, craignez que le ciel rigoureux
Ne vous haïsse assez pour exaucer vos vœux.
Souvent dans sa colère il reçoit nos victimes,
Ses présents sont souvent la peine de nos crimes.

THÉSÉE

Non, vous voulez en vain couvrir son attentat ;
Votre amour vous aveugle en faveur de l'ingrat.
Mais j'en crois des témoins certains, irréprochables :
J'ai vu, j'ai vu couler des larmes véritables.

ARICIE

Prenez garde, Seigneur : vos invincibles mains
Ont de monstres sans nombre affranchi les humains,
Mais tout n'est pas détruit, et vous en laissez vivre
Un... Votre fils, Seigneur, me défend de poursuivre.
Instruite du respect qu'il veut vous conserver,
Je l'affligerais trop si j'osais achever.
J'imite sa pudeur, et fuis votre présence
Pour n'être pas forcée à rompre le silence.

SCÈNE 4

Thésée, *seul.*

Quelle est donc sa pensée ? et que cache un discours
Commencé tant de fois, interrompu toujours ?
Veulent-ils m'éblouir par une feinte vaine ?
Sont-ils d'accord tous deux pour me mettre à la gêne ?
Mais moi-même, malgré ma sévère rigueur,
Quelle plaintive voix crie au fond de mon cœur ?
Une pitié secrète et m'afflige et m'étonne.
Une seconde fois interrogeons Œnone.

Je veux de tout le crime être mieux éclairci.
Gardes, qu'Œnone sorte, et vienne seule ici.

SCÈNE 5
Thésée, Panope

PANOPE

J'ignore le projet que la reine médite,
Seigneur, mais je crains tout du transport qui l'agite.
Un mortel désespoir sur son visage est peint,
La pâleur de la mort est déjà sur son teint.
Déjà, de sa présence, avec honte chassée,
Dans la profonde mer Œnone s'est lancée.
On ne sait point d'où part ce dessein furieux,
Et les flots pour jamais l'ont ravie à nos yeux.

THÉSÉE

Qu'entends-je ?

PANOPE

Son trépas n'a point calmé la reine :
Le trouble semble croître en son âme incertaine.
Quelquefois, pour flatter ses secrètes douleurs,
Elle prend ses enfants et les baigne de pleurs ;
Et soudain, renonçant à l'amour maternelle,
Sa main avec horreur les repousse loin d'elle.
Elle porte au hasard ses pas irrésolus ;
Son œil tout égaré ne nous reconnaît plus.
Elle a trois fois écrit, et changeant de pensée,
Trois fois elle a rompu sa lettre commencée.
Daignez la voir, Seigneur, daignez la secourir.

THÉSÉE

Ô ciel ! Œnone est morte, et Phèdre veut mourir ?
Qu'on rappelle mon fils, qu'il vienne se défendre ;
Qu'il vienne me parler, je suis prêt de l'entendre.
Ne précipite point tes funestes bienfaits,
Neptune ; j'aime mieux n'être exaucé jamais.

J'ai peut-être trop cru des témoins peu fidèles,
Et j'ai trop tôt vers toi levé mes mains cruelles.
Ah ! de quel désespoir mes vœux seraient suivis !

SCÈNE 6
Thésée, Théramène

THÉSÉE

Théramène, est-ce toi ? Qu'as-tu fait de mon fils ?
Je te l'ai confié dès l'âge le plus tendre.
Mais d'où naissent les pleurs que je te vois répandre ?
Que fait mon fils ?

THÉRAMÈNE

Ô soins tardifs et superflus !
Inutile tendresse ! Hippolyte n'est plus.

THÉSÉE

Dieux !

THÉRAMÈNE

J'ai vu des mortels périr le plus aimable,
Et j'ose dire encor, Seigneur, le moins coupable.

THÉSÉE

Mon fils n'est plus ? Hé quoi ! quand je lui tends les
[bras,
Les dieux impatients ont hâté son trépas !
Quel coup me l'a ravi ? quelle foudre soudaine ?

THÉRAMÈNE

À peine nous sortions des portes de Trézène,
Il était sur son char. Ses gardes affligés
Imitaient son silence, autour de lui rangés ;
Il suivait tout pensif le chemin de Mycènes ;
Sa main sur ses chevaux laissait flotter les rênes ;
Ses superbes coursiers, qu'on voyait autrefois
Pleins d'une ardeur si noble obéir à sa voix,

Voir *Au fil du texte*, p. X.

L'œil morne maintenant et la tête baissée,
Semblaient se conformer à sa triste pensée.
Un effroyable cri, sorti du fond des flots,
Des airs en ce moment a troublé le repos ;
Et du sein de la terre, une voix formidable
Répond en gémissant à ce cri redoutable.
Jusqu'au fond de nos cœurs notre sang s'est glacé ;
Des coursiers attentifs le crin s'est hérissé.
Cependant, sur le dos de la plaine liquide,
S'élève à gros bouillons une montagne humide ;
L'onde approche, se brise, et vomit à nos yeux,
Parmi des flots d'écume, un monstre furieux.
Son front large est armé de cornes menaçantes ;
Tout son corps est couvert d'écailles jaunissantes ;
Indomptable taureau, dragon impétueux,
Sa croupe se recourbe en replis tortueux.
Ses longs mugissements font trembler le rivage.
Le ciel avec horreur voit ce monstre sauvage,
La terre s'en émeut, l'air en est infecté ;
Le flot qui l'apporta recule épouvanté.
Tout fuit ; et sans s'armer d'un courage inutile,
Dans le temple voisin chacun cherche un asile.
Hippolyte lui seul, digne fils d'un héros,
Arrête ses coursiers, saisit ses javelots,
Pousse au monstre, et d'un dard lancé d'une main sûre,
Il lui fait dans le flanc une large blessure.
De rage et de douleur le monstre bondissant
Vient aux pieds des chevaux tomber en mugissant,
Se roule, et leur présente une gueule enflammée
Qui les couvre de feu, de sang et de fumée.
La frayeur les emporte, et sourds à cette fois,
Ils ne connaissent plus ni le frein ni la voix ;
En efforts impuissants leur maître se consume ;
Ils rougissent le mors d'une sanglante écume.
On dit qu'on a vu même, en ce désordre affreux,
Un dieu qui d'aiguillons pressait leur flanc poudreux.
À travers des rochers la peur les précipite.
L'essieu crie et se rompt : l'intrépide Hippolyte

Voit voler en éclats tout son char fracassé ;
Dans les rênes lui-même, il tombe embarrassé.
Excusez ma douleur. Cette image cruelle
Sera pour moi de pleurs une source éternelle.
J'ai vu, Seigneur, j'ai vu votre malheureux fils
Traîné par les chevaux que sa main a nourris.
Il veut les rappeler, et sa voix les effraie ;
Ils courent ; tout son corps n'est bientôt qu'une plaie.
De nos cris douloureux la plaine retentit.
Leur fougue impétueuse enfin se ralentit ;
Ils s'arrêtent non loin de ces tombeaux antiques
Où des rois ses aïeux sont les froides reliques.
J'y cours en soupirant, et sa garde me suit.
De son généreux sang la trace nous conduit,
Les rochers en sont teints, les ronces dégouttantes
Portent de ses cheveux les dépouilles sanglantes.
J'arrive, je l'appelle, et me tendant la main,
Il ouvre un œil mourant qu'il referme soudain :
« Le ciel, dit-il, m'arrache une innocente vie.
Prends soin après ma mort de la triste Aricie.
Cher ami, si mon père un jour désabusé
Plaint le malheur d'un fils faussement accusé,
Pour apaiser mon sang et mon ombre plaintive,
Dis-lui qu'avec douceur il traite sa captive,
Qu'il lui rende... » À ce mot, ce héros expiré
N'a laissé dans mes bras qu'un corps défiguré,
Triste objet, où des dieux triomphe la colère,
Et que méconnaîtrait l'œil même de son père.

THÉSÉE

Ô mon fils ! cher espoir que je me suis ravi !
Inexorables dieux, qui m'avez trop servi !
À quels mortels regrets ma vie est réservée !

THÉRAMÈNE

La timide Aricie est alors arrivée.
Elle venait, Seigneur, fuyant votre courroux,
À la face des dieux l'accepter pour époux.

Elle approche ; elle voit l'herbe rouge et fumante ;
Elle voit (quel objet pour les yeux d'une amante !)
Hippolyte étendu, sans forme et sans couleur.
Elle veut quelque temps douter de son malheur,
Et ne connaissant plus ce héros qu'elle adore,
Elle voit Hippolyte, et le demande encore.
Mais trop sûre à la fin qu'il est devant ses yeux,
Par un triste regard elle accuse les dieux,
Et froide, gémissante, et presque inanimée,
Aux pieds de son amant elle tombe pâmée.
Ismène est auprès d'elle ; Ismène, tout en pleurs,
La rappelle à la vie, ou plutôt aux douleurs.
Et moi, je suis venu, détestant la lumière,
Vous dire d'un héros la volonté dernière,
Et m'acquitter, Seigneur, du malheureux emploi
Dont son cœur expirant s'est reposé sur moi.
Mais j'aperçois venir sa mortelle ennemie.

SCÈNE DERNIÈRE

Thésée, Phèdre, Théramène,
Panope, gardes

THÉSÉE

Eh bien ! vous triomphez, et mon fils est sans vie.
Ah ! que j'ai lieu de craindre, et qu'un cruel soupçon
L'excusant dans mon cœur, m'alarme avec raison !
Mais, Madame, il est mort, prenez votre victime :
Jouissez de sa perte, injuste ou légitime.
Je consens que mes yeux soient toujours abusés.
Je le crois criminel, puisque vous l'accusez.
Son trépas à mes pleurs offre assez de matières
Sans que j'aille chercher d'odieuses lumières,
Qui ne pouvant le rendre à ma juste douleur,
Peut-être ne feraient qu'accroître mon malheur.
Laissez-moi, loin de vous, et loin de ce rivage,
De mon fils déchiré fuir la sanglante image.
Confus, persécuté d'un mortel souvenir,
De l'univers entier, je voudrais me bannir.

Voir *Au fil du texte*, p. IX.

Tout semble s'élever contre mon injustice ;
L'éclat de mon nom même augmente mon supplice.
Moins connu des mortels, je me cacherais mieux.
Je hais jusques aux soins dont m'honorent les dieux,
Et je m'en vais pleurer leurs faveurs meurtrières,
Sans plus les fatiguer d'inutiles prières.
Quoi qu'ils fissent pour moi, leur funeste bonté
Ne me saurait payer de ce qu'ils m'ont ôté.

PHÈDRE

Non, Thésée, il faut rompre un injuste silence ;
Il faut à votre fils rendre son innocence.
Il n'était point coupable.

THÉSÉE

Ah ! père infortuné !
Et c'est sur votre foi que je l'ai condamné !
Cruelle, pensez-vous être assez excusée...

PHÈDRE

Les moments me sont chers, écoutez-moi, Thésée,
C'est moi qui sur ce fils chaste et respectueux
Osai jeter un œil profane, incestueux.
Le ciel mit dans mon sein une flamme funeste ;
La détestable Œnone a conduit tout le reste.
Elle a craint qu'Hippolyte, instruit de ma fureur,
Ne découvrît un feu qui lui faisait horreur.
La perfide, abusant de ma faiblesse extrême,
S'est hâtée à vos yeux de l'accuser lui-même.
Elle s'en est punie, et fuyant mon courroux,
A cherché dans les flots un supplice trop doux.
Le fer aurait déjà tranché ma destinée ;
Mais je laissais gémir la vertu soupçonnée.
J'ai voulu, devant vous exposant mes remords,
Par un chemin plus lent descendre chez les morts.
J'ai pris, j'ai fait couler dans mes brûlantes veines
Un poison que Médée apporta dans Athènes[1].

1. Cf. Index nominum.

Déjà jusqu'à mon cœur le venin parvenu
Dans ce cœur expirant jette un froid inconnu,
Déjà je ne vois plus qu'à travers un nuage
Et le ciel et l'époux que ma présence outrage ;
Et la mort, à mes yeux dérobant la clarté,
Rend au jour qu'ils souillaient toute sa pureté.

PANOPE

Elle expire, Seigneur.

THÉSÉE

D'une action si noire
Que ne peut avec elle expirer la mémoire !
Allons, de mon erreur, hélas ! trop éclaircis,
Mêler nos pleurs au sang de mon malheureux fils !
Allons de ce cher fils embrasser ce qui reste,
Expier la fureur d'un vœu que je déteste.
Rendons-lui les honneurs qu'il a trop mérités,
Et pour mieux apaiser ses mânes irrités,
Que malgré les complots d'une injuste famille
Son amante aujourd'hui me tienne lieu de fille !

EURIPIDE

HIPPOLYTE

1. Traduction de M. Artaud, Paris, Firmin-Didot, 1857.

HIPPOLYTE

PERSONNAGES

VÉNUS [1]
HIPPOLYTE
SUIVANTS D'HIPPOLYTE
UN SERVITEUR
LA NOURRICE DE PHÈDRE
PHÈDRE
LE CHŒUR, *composé de femmes de Trézène*
THÉSÉE
UN MESSAGER
DIANE

La scène est aux portes du palais de Thésée, à Trézène. À l'entrée du palais on voit deux statues, l'une de Diane, l'autre de Vénus.

1. Le traducteur a latinisé les noms des divinités grecques (c'est ce que fait Racine).

VÉNUS. — Je suis la déesse Vénus, renommée et non sans gloire parmi les mortels et dans le ciel. Entre tous les êtres qui voient la clarté du soleil, et qui habitent entre le Pont-Euxin et les bornes atlantiques, ceux qui respectent ma puissance, je les favorise, et je renverse tous les orgueilleux qui me bravent ; car il est aussi dans la nature des dieux de se plaire aux hommages que leur rendent les hommes. Je montrerai bientôt la vérité de ces paroles : en effet, le fils de Thésée, Hippolyte, né d'une Amazone, élève du vertueux Pitthée, seul ici entre les citoyens de Trézène, m'appelle la plus malfaisante des divinités ; il dédaigne l'amour et fuit le mariage. La sœur de Phébus, Diane, fille de Jupiter, est l'objet de son culte ; il la regarde comme la plus grande des déesses. Accompagnant toujours la vierge divine à travers les vertes forêts, il détruit les animaux sauvages avec ses chiens agiles, et entretient un commerce plus élevé qu'il n'appartient à un mortel. Je n'envie point ces plaisirs ; car à quoi bon ? mais les outrages d'Hippolyte envers moi, je les punirai aujourd'hui même ; j'ai dès longtemps préparé ma vengeance, il m'en coûtera peu pour l'accomplir.

Il était sorti un jour de la demeure de Pitthée, pour assister à la célébration des augustes mystères sur la terre de Pandion [1] : la noble épouse de son père, Phèdre, le vit, et fut éprise d'un violent amour, que j'insinuai moi-même dans son cœur. Avant de venir ici à Trézène, elle éleva sur la roche même de Pallas, d'où l'on découvre ce pays, un temple à Vénus, consacré à l'objet de son amour absent, et elle voulut qu'en l'honneur d'Hippolyte ce temple fût, dans l'avenir, appelé de son nom. Mais depuis que Thésée a quitté la terre de Cécrops, en s'exilant pour expier le meurtre des Pallantides, il est venu en ces lieux, avec son épouse, se soumettre à une année d'exil : ici la malheureuse Phèdre gémit, et, frappée des traits de l'Amour, elle dépérit en

1. Athènes.

silence, et aucun de ses serviteurs ne connaît son mal. Mais il ne faut pas que cet amour reste ainsi stérile : j'instruirai Thésée de cette passion, elle sera dévoilée ; et celui qui me montre une âme ennemie périra par les imprécations de son père, car le dieu des mers, Neptune, a promis à Thésée d'exaucer trois de ses vœux. Quant à Phèdre, elle est sans reproche mais elle n'en doit pas moins périr ; car sa perte n'est pas chose dont je m'inquiète assez pour y sacrifier le plaisir de me venger de mes ennemis et de me satisfaire.

Mais je vois le fils de Thésée, Hippolyte, qui s'avance, et qui se repose des fatigues de la chasse ; je vais sortir de ces lieux. Une suite nombreuse de serviteurs qui l'accompagne chante des hymnes en l'honneur de la déesse Diane ; car il ne sait pas que les portes de l'enfer s'ouvrent pour lui, et que ce jour est le dernier qu'il doit voir.

HIPPOLYTE. — Suivez-moi, suivez-moi, en chantant la fille de Jupiter, la céleste Diane, notre protectrice.

LES SUIVANTS D'HIPPOLYTE. — Auguste et vénérable enfant de Jupiter, salut ; salut, fille de Jupiter et de Latone, ô la plus belle de toutes les vierges, toi qui habites dans le vaste ciel la noble cour de ton père, le palais étincelant d'or de Jupiter.

HIPPOLYTE. — Salut, ô Diane, la plus belle des vierges qui habitent l'Olympe ! Ô ma souveraine, je t'offre cette couronne [1], tressée par mes mains dans une prairie intacte, où jamais le berger n'ose faire paître ses troupeaux que le tranchant du fer n'a jamais violés, et où l'abeille seule voltige au printemps, mais que la Pudeur arrose d'une eau pure. Ceux qui ne doivent rien à l'étude, et à qui la nature inspire la sagesse en toutes choses également, ceux-là seuls ont droit d'en cueillir les fleurs, interdites aux méchants. Ô souveraine chérie, reçois donc d'une main pure cette couronne pour ta chevelure dorée ! Seul en effet parmi les mortels, je jouis de ce privilège ; je suis admis dans ta familiarité et je converse avec toi, entendant ta voix, mais sans voir ton visage. Ah ! puisse la fin de mes jours répondre au commencement !

1. De là le titre complet de la pièce d'Euripide : *Hippolyte porte-couronne*.

UN SERVITEUR. — Prince, car c'est aux dieux qu'est réservé le nom de maître, veux-tu recevoir de moi un bon conseil ?

HIPPOLYTE. — Très volontiers ; autrement, je ne me montrerais point sage.

LE SERVITEUR. — Connais-tu donc une loi à laquelle les mortels sont soumis ?

HIPPOLYTE. — Je ne sais ; mais à quelle loi se rapporte ta question ?

LE SERVITEUR. — C'est de haïr l'orgueil, et ce qui n'est pas approuvé de tout le monde.

HIPPOLYTE. — Sans doute je la connais : et quel est l'homme orgueilleux qui ne soit détesté ?

LE SERVITEUR. — Au contraire, ceux qui sont affables n'ont-ils pas le don de plaire ?

HIPPOLYTE. — Plus qu'aucun autre, et ils en tirent profit sans beaucoup de peine.

LE SERVITEUR. — Penses-tu que les dieux aussi adoptent la même règle ?

HIPPOLYTE. — Oui, puisque les lois que suivent les mortels leur viennent des dieux.

LE SERVITEUR. — Pourquoi donc ne rends-tu pas hommage à une vénérable déesse ?

HIPPOLYTE. — Laquelle ? Mais prends garde que ta bouche ne s'égare.

LE SERVITEUR. — À celle qui préside aux portes de ton palais, à Vénus.

HIPPOLYTE. — C'est de loin que je l'adore, car je suis pur.

LE SERVITEUR. — C'est pourtant une déesse auguste, et en honneur chez les mortels.

HIPPOLYTE. — Parmi les dieux comme parmi les hommes, chacun a ceux qu'il préfère.

LE SERVITEUR. — Heureux si tu étais sage autant qu'il le faut !

HIPPOLYTE. — Je n'aime pas une divinité dont le culte a besoin de la nuit.

LE SERVITEUR. — Mon fils, il faut rendre aux dieux les honneurs qui leur sont dus.

HIPPOLYTE. — Allez, compagnons, entrez dans le palais, et préparez le repas : au retour de la chasse, on aime une table bien servie. Il faut aussi prendre soin de mes coursiers, afin qu'après avoir satisfait ma faim, je les attelle à mon char et les exerce à mon aise : quant à ta Vénus, qu'elle se cherche un autre adorateur !

Le Serviteur. — Pour moi (car il ne faut pas imiter la jeunesse), plein des sentiments que doit exprimer un esclave, j'adore ton image, puissante Vénus. Mais il convient de pardonner à la fougue de la jeunesse, qui se permet contre toi des paroles téméraires ; feins de ne pas les entendre ; les dieux doivent être plus sages que les mortels.

Le Choeur. — (*Strophe* 1.) Il est une roche renommée, d'où s'échappe une eau pure, source abondante où puisent les urnes : là, une de mes compagnes lavait dans le courant du ruisseau des vêtements de pourpre, qu'elle étendait ensuite sur le penchant du rocher, aux rayons du soleil, c'est d'elle que j'ai appris d'abord la maladie de notre reine.

(*Antistrophe* 1.) Phèdre, consumée sur un lit de douleur, se renferme dans son palais, et un voile léger couvre sa tête blonde. Voici le troisième jour, m'a-t-on dit, que son corps n'a pris aucune nourriture, atteinte d'un mal secret, elle veut mettre fin à sa triste destinée.

(*Strophe* 2.) Ô jeune femme ! tu es sans doute frappée de délire par quelque divinité, soit Pan, soit Hécate, soit les Corybantes, ou Cybèle, qui erre sur les montagnes. Peut-être as-tu commis quelque offense envers Diane chasseresse ; et c'est pour avoir manqué en quelque chose à ses sacrifices, que tu es en proie à ce mal ? car elle s'élance aussi sur la mer, franchissant la terre à travers les tourbillons de l'onde salée.

(*Antistrophe* 2.) Serait-ce que peut-être ton époux, le noble chef des enfants d'Érechthée, est charmé dans ton palais par une rivale, qui prend dans ta couche une place clandestine ? ou bien quelque nautonier, venu de la Crète, a-t-il abordé dans ce port hospitalier, apportant des nouvelles à la reine ; et l'affliction qu'elles lui ont causée la retient enchaînée dans son lit ?

(*Épode.*) Le caractère capricieux des femmes est d'ordinaire le jouet d'une humeur chagrine et intraitable, dans les douleurs de l'enfantement ou dans les désirs impudiques. J'ai senti moi-même autrefois ces vapeurs courir dans mes entrailles, et j'invoquais alors la déesse qui nous assiste dans nos couches, Diane, qui lance les flèches rapides ; et elle fut toujours pour moi vénérable et tutélaire, d'accord avec les dieux. Mais voici la vieille nourrice de Phèdre, qui porte sa maîtresse hors du palais ; un sombre nuage obscurcit son front. Mon cœur est impatient d'en apprendre la cause, et de savoir quelle blessure a flétri la beauté de la reine.

LA NOURRICE. — Ô souffrances des mortels ! cruelles maladies ! (*À Phèdre.*) Que dois-je faire ou ne pas faire pour toi ? Voici cette lumière brillante, voici ce grand air que tu demandais ; ta couche de douleur est maintenant hors du palais, puisque venir en ces lieux était ton vœu continuel. Mais bientôt tu auras hâte de retourner dans ton appartement, car tu changes sans cesse, et rien ne peut te réjouir ; ce que tu as te déplaît, et ce que tu n'as pas te paraît préférable. La maladie vaut mieux que l'art de guérir ; la première est une chose toute simple, mais l'autre réunit l'inquiétude de l'esprit et la fatigue des mains. Toute la vie des hommes est remplie de douleurs, il n'est point de relâche à leurs souffrances. Mais s'il est un autre bien plus précieux que la vie, un obscur nuage l'enveloppe et le dérobe à nos yeux. Nous nous montrons éperdument épris de cette vie, quelle qu'elle soit, qui brille sur la terre, par inexpérience d'une autre vie et par ignorance de ce qui se passe aux enfers, et nous nous laissons abuser par de vaines fables.

PHÈDRE. — Soulevez mon corps, redressez ma tête. Chères amies, mes membres affaiblis sont près de se dissoudre. Esclaves fidèles, soutenez mes mains défaillantes. Que ce vain ornement pèse à ma tête ! Détache-le ; laisse flotter mes cheveux sur mes épaules.

LA NOURRICE. — Prends courage, ma fille, et n'agite pas ton corps avec tant d'inquiétude ; tu supporteras plus facilement ton mal, avec du calme et une noble résolution. Souffrir est la condition nécessaire des mortels.

PHÈDRE. — Hélas ! hélas ! que ne puis-je, au bord d'une source limpide, puiser une eau pure pour me désaltérer ! Que ne puis-je, couchée à l'ombre des peupliers, me reposer sur une verte prairie !

LA NOURRICE. — Ô ma fille ! que dis-tu ? Ne va pas parler ainsi devant la foule ; ne tiens pas ces discours, œuvre de la démence !

PHÈDRE. — Conduisez-moi sur la montagne ; je veux aller dans la forêt, à travers les pins, où les meutes cruelles poursuivent les bêtes sauvages et s'élancent sur les cerfs tachetés. Ô dieux ! que je voudrais animer les chiens par ma voix, approcher de ma blonde chevelure le javelot thessalien, et lancer le trait d'une main sûre !

LA NOURRICE. — Ma fille, où s'égare ta pensée ? À quel propos, toi aussi, t'occuper de chasse ? d'où te vient ce désir de claires fontaines, quand près du palais coule un ruisseau d'eau vive, où tu peux te désaltérer ?

PHÈDRE. — Diane, souveraine de Limné et des gymnases où retentissent les pieds des chevaux, que ne suis-je dans les plaines où tu règnes, occupée à dompter des coursiers vénètes !

LA NOURRICE. — Pourquoi encore cette parole insensée qui vient de t'échapper ? Tout à l'heure tu t'élançais sur la montagne, poursuivant le plaisir de la chasse, et maintenant c'est sur le sable du rivage que tu veux guider tes coursiers. Ah ! ma fille, c'est aux devins qu'il faut demander quel est le dieu qui t'agite et qui fait délirer ton esprit.

PHÈDRE. — Malheureuse, qu'ai-je fait ? où ai-je laissé égarer ma raison ? Je suis en proie au délire, un dieu malveillant m'y a plongée. Hélas ! infortunée que je suis ! Chère nourrice, remets ce voile sur ma tête ; car j'ai honte de ce que j'ai dit. Cache-moi ; des larmes s'échappent de mes yeux, et mon visage se couvre de honte. Le retour de ma raison est pour moi un supplice ; le délire est un malheur sans doute, mais il vaut mieux périr sans connaître son mal.

LA NOURRICE. — Je voile ton visage : quand la mort voilera-t-elle ainsi mon corps ? Ma longue vie m'a instruite. Oui, il vaut mieux pour les mortels former des amitiés modérées, et non qui pénètrent jusqu'à la moelle de l'âme ; il vaut mieux pour le cœur des affections faciles à rompre, qu'on puisse resserrer ou relâcher à son gré. Mais être seule à souffrir pour deux, comme je souffre pour elle, c'est un trop lourd fardeau. Il est bien vrai de dire que les passions excessives sont plus funestes qu'agréables dans la vie, et qu'elles nuisent fort à la santé de l'âme. Aussi, à tout excès je préfère la maxime, « Rien de trop » ; et les sages seront d'accord avec moi.

LE CHŒUR. — Vieille et fidèle nourrice de Phèdre, notre reine, nous sommes témoins de ses tristes infortunes ; mais nous ignorons quel est son mal, et nous voudrions t'interroger, et l'apprendre de toi.

(La Nourrice, qui était au fond du théâtre, auprès de Phèdre, vient un moment sur le devant de la scène, pour s'entretenir avec le Chœur.)

LA NOURRICE. — Je l'ignore, malgré mes questions ; elle refuse de le dire.

LE CHŒUR. — Tu ignores donc aussi la cause de ce mal ?

LA NOURRICE. — Je n'en sais pas plus que toi ; sur tout cela elle garde le silence.

LE CHŒUR. — Comme son corps est affaibli et consumé de langueur !

LA NOURRICE. — Et comment ne le serait-il pas, depuis trois jours qu'elle n'a pris de nourriture ?

LE CHŒUR. — Est-ce l'effet de son délire, ou dessein formé de mourir ?

LA NOURRICE. — De mourir ; elle s'abstient de nourriture pour terminer sa vie.

LE CHŒUR. — Ce serait une chose étrange, que cette résolution plût à son époux.

LA NOURRICE. — Elle dissimule son mal, et prétend qu'elle n'est pas malade.

LE CHŒUR. — Mais n'en a-t-il pas la preuve, en voyant son visage ?

LA NOURRICE. — Il est absent, et se trouve loin de ces lieux.

LE CHŒUR. — Mais toi, que n'emploies-tu la violence pour connaître sa maladie et la cause de son égarement ?

LA NOURRICE. — J'ai tout essayé, et je n'ai avancé à rien ; mais à présent encore mon zèle ne se ralentira point, et tu pourras juger par toi-même de ce que je suis pour ma malheureuse maîtresse.

(*La Nourrice, après s'être entretenue avec le Chœur, qui est sur le devant de la scène, revient auprès de Phèdre, dont le lit est étendu au-devant du palais.*)

LA NOURRICE. — Allons, ma chère enfant, oublions toutes deux notre premier entretien : toi, reprends ta douceur, éclaircis ton front soucieux et tes sombres pensées ; et moi, abandonnant la voie où j'ai eu tort de te suivre, je les désavoue ; je tiendrai un autre langage qui te soit plus agréable. Et si tu es atteinte d'un mal secret, voici des femmes qui pourraient m'aider à soulager ta souffrance ; mais si ton mal peut être révélé à des hommes, parle, pour qu'on le fasse connaître à des médecins. Eh bien ! pourquoi ce silence ? Il ne faut pas te taire, ma fille, mais me reprendre si je me trompe, ou suivre mes avis s'ils sont bons. Dis un mot, tourne un regard vers moi. Oh ! que je suis malheureuse ! Femmes, c'est en vain que je prends tant de peines, je suis tout aussi peu avancée qu'auparavant : tout à l'heure mes paroles n'ont pu la toucher, et maintenant elles ne peuvent la fléchir. Mais pourtant, sache-le bien, fusses-tu plus farouche que la mer, si tu meurs, tu auras trahi tes enfants ; ils n'auront point part aux biens de leur père, j'en atteste cette fière Amazone qui a enfanté un maître à tes fils, un bâtard, dont les sentiments sont plus hauts que la naissance. Tu le connais bien, Hippolyte !

PHÈDRE. — Ah dieux !

LA NOURRICE. — Ce reproche te touche ?

PHÈDRE. — Tu me fais mourir, nourrice. Au nom des dieux, je t'en prie, à l'avenir garde le silence sur cet homme.

LA NOURRICE. — Vois-tu ? ta haine est juste, et cependant tu refuses de secourir tes fils et de sauver tes jours.

PHÈDRE. — Je chéris mes fils ; mais ce sont d'autres orages qui m'agitent.

LA NOURRICE. — Ô ma fille ! tu as gardé tes mains pures de sang.

PHÈDRE. — Oui, mes mains sont pures ; mais mon cœur est souillé.

LA NOURRICE. — Est-ce l'effet de quelque maléfice envoyé par un ennemi ?

PHÈDRE. — C'est un ami qui me perd malgré lui et malgré moi.

LA NOURRICE. — Thésée a-t-il commis quelque offense envers toi ?

PHÈDRE. — Puissé-je du moins ne l'avoir point offensé moi-même !

LA NOURRICE. — Quelle est donc cette chose terrible qui te pousse à mourir ?

PHÈDRE. — Laisse là mes fautes ; ce n'est pas envers toi que je suis coupable.

LA NOURRICE. — Non certes, et bien volontairement ; mais de toi seule dépend ma vie.

PHÈDRE. — Que fais-tu ? veux-tu me faire violence en te suspendant à ma main ?

LA NOURRICE. — Et à tes genoux, que je ne te lâcherai point.

PHÈDRE. — Malheur à toi, infortunée, si tu apprends ce malheureux secret !

LA NOURRICE. — Est-il donc un malheur plus grand pour moi que de te perdre ?

PHÈDRE. — Tu en mourras ; et pourtant l'événement peut tourner à mon honneur.

LA NOURRICE. — Et cependant tu caches ce qui t'honore, malgré mes supplications.

PHÈDRE. — C'est qu'à ma passion infâme je médite une issue glorieuse.

LA NOURRICE. — Si donc tu parles, tu en seras plus honorée.

PHÈDRE. — Va-t'en, au nom des dieux ! et lâche ma main.

LA NOURRICE. — Non certes, puisque tu me refuses le prix de ma fidélité.

PHÈDRE. — Eh bien ! je te l'accorderai ; je respecte ton caractère de suppliante.

LA NOURRICE. — Dès lors je me tais, car c'est à toi de parler.

PHÈDRE. — Ô ma mère infortunée, quel funeste amour égara ton cœur !

LA NOURRICE. — Celui dont elle fut éprise pour un taureau ? Pourquoi rappeler ce souvenir ?

PHÈDRE. — Et toi, sœur malheureuse, épouse de Bacchus !

LA NOURRICE. — Qu'as-tu donc, ma fille ? Tu invectives tes proches.

PHÈDRE. — Et moi, je meurs la dernière et la plus misérable !

LA NOURRICE. — Je suis frappée de stupeur. Où tend ce discours ?

PHÈDRE. — De là vient mon malheur ; il n'est pas récent.

LA NOURRICE. — Je n'en sais pas plus ce que je veux apprendre.

PHÈDRE. — Hélas ! que ne peux-tu dire toi-même ce qu'il faut que je dise !

LA NOURRICE. — Je n'ai pas la science des devins, pour pénétrer ce qui est obscur.

PHÈDRE. — Qu'est-ce donc que l'on appelle aimer ?

LA NOURRICE. — C'est à la fois, ma fille, ce qu'il y a de plus doux et de plus amer.

PHÈDRE. — Pour moi, je n'en aurai éprouvé que l'amertume.

LA NOURRICE. — Que dis-tu ? Ô mon enfant, aimes-tu quelque homme ?

PHÈDRE. — Tu connais ce fils de l'Amazone ?

LA NOURRICE. — Hippolyte, dis-tu ?

PHÈDRE. — C'est toi qui l'as nommé.

LA NOURRICE. — Grands dieux ! qu'as-tu dit, ma fille ? Je suis perdue ! O femmes ! pareille chose n'est pas supportable ; je ne saurais plus souffrir la vie ; le jour m'est odieux, la lumière m'est odieuse ! J'abandonne mon corps, je le sacrifie ; je me délivrerai de la vie en mourant. Adieu ! c'est fait de moi. Les plus sages sont donc entraînées au crime malgré elles ! Vénus n'est donc pas une déesse, mais plus qu'une déesse, s'il existe quelque chose de plus grand, elle qui a perdu Phèdre, et sa famille, et moi-même ?

LE CHŒUR. — Avez-vous ouï, avez-vous entendu la reine dévoiler sa passion funeste, inouïe ? Pour moi, puissé-je périr, chère amie, avant d'accomplir ce qu'a conçu ta pensée ! Hélas ! hélas ! ô malheureuse, quelles souffrances ! Ô douleur, dont se repaissent les mortels ! Tu es perdue, tu as mis en lumière de tristes secrets. Quelle longue suite de misères t'attend désormais ! Quelque chose de nouveau va se passer dans ce palais. Il n'y a plus à chercher sur qui tombe la persécution de Vénus, ô malheureuse fille de la Crète !

PHÈDRE. — Femmes de Trézène, qui habitez cette extrémité de la terre de Pélops [1], souvent déjà, dans la longue durée des nuits, je me suis demandé ce qui corrompt la vie des mortels. Selon moi, ce n'est pas en vertu de leur nature qu'ils sont malheureux, car un grand nombre ont le sens droit ; mais voici ce qu'il faut considérer : nous savons ce qui est bien, nous le connaissons, mais nous ne le faisons pas, les uns par paresse, les autres parce qu'ils préfèrent le plaisir à ce qui est honnête. Or, il y a bien des plaisirs dans la vie : les longs entretiens frivoles, l'oisiveté, mal si attrayant, et la honte. Il y en a de deux espèces : l'une qui n'a rien de mauvais, l'autre qui est le fléau des familles ; et si les occasions qui réclament l'une ou l'autre étaient bien claires, elles n'auraient pas toutes deux le même nom. Après avoir reconnu d'avance ces vérités, il n'est point de charme magique capable de les altérer en moi, au point de me jeter dans des sentiments contraires. Mais je vais vous exposer aussi la route que mon esprit a suivie. Après que l'amour m'eut blessée, je considérai les meilleurs moyens de le supporter. Je commençai donc dès lors par taire mon mal et par le cacher ; car on ne peut en rien se fier à la langue, qui sait fort bien donner des conseils aux autres, mais qui est victime des maux qu'elle s'attire elle-même. Ensuite je résolus de résister au délire de ma passion, et de la vaincre par la chasteté. Mais enfin, ne pouvant par ces moyens triompher de Vénus, mourir me parut être le meilleur parti. Personne ne condamnera ces résolutions. Puisse, en effet, ma vertu ne pas rester cachée, et mon déshonneur ne point avoir de nombreux témoins ! Je connaissais combien ma passion était infâme, et je savais d'ailleurs que j'étais femme, objet de haine pour tous. Périsse misérablement la femme qui, la première,

1. Le Péloponnèse.

souilla le lit conjugal par l'adultère ! C'est des nobles familles que cette corruption commença à se répandre parmi les femmes ; car quand le crime est honoré des gens de haute naissance, certes il doit être bien plus en honneur chez les hommes de basse condition. Je hais aussi ces femmes qui, chastes en paroles, se livrent en secret à des désordres audacieux. De quel front, ô Vénus, ma souveraine, osent-elles lever les yeux sur leurs époux ? Ne redoutent-elles point les ténèbres, complices de leurs crimes ? Ne craignent-elles pas que les voûtes de leurs maisons ne prennent la parole pour les accuser ? Voilà, mes amies, voilà ce qui me décide à mourir, pour n'être jamais surprise à déshonorer mon époux, ni les enfants dont je suis mère ; mais que, libres, florissants, parlant sans crainte, ils puissent habiter la noble ville d'Athènes, glorieux de leur mère ; car l'homme, même le plus audacieux, devient esclave dès qu'il a rougi de sa mère ou de son père. On le dit avec raison : le seul bien comparable à la vie, c'est un cœur juste et honnête. Le temps dévoile les méchants lorsque le moment est venu, comme un miroir réfléchit les traits d'une jeune fille. Que jamais on ne m'associe à leur nombre !

Le Chœur. — Ciel ! combien partout la vertu est belle, et quels glorieux hommages elle obtient parmi les mortels !

La Nourrice. — Ô ma maîtresse ! tout à l'heure, il est vrai, ton malheur m'a inspiré soudain un effroi terrible ; mais à présent je reconnais mon erreur et, chez les hommes, la réflexion est plus sage d'ordinaire que le premier mouvement. Ce qui t'arrive n'a en effet rien d'extraordinaire ni de déraisonnable : la colère d'une déesse s'est appesantie sur toi. Tu aimes ; qu'y a-t-il d'étonnant ? c'est le partage de bien des mortels. Et faut-il que l'amour te fasse renoncer à la vie ? Ah ! malheur à ceux qui aiment ou qui aimeront désormais, si la mort est leur partage nécessaire ! Vénus est irrésistible, lorsqu'elle déchaîne toute sa violence : ceux qui lui cèdent, elle les traite avec douceur ; mais quand elle rencontre un cœur fier et rebelle, avec quelle hauteur pensez-vous qu'elle s'en empare et se plaise à l'humilier ? Vénus s'élance dans les airs, elle pénètre au sein des mers : tout est né d'elle ; c'est elle qui fait germer et qui nourrit l'amour, auquel tous sur la terre nous devons la vie. Tous ceux qui possèdent les écrits des anciens, ceux qui jouissent du commerce des Muses, savent comment Jupiter fut jadis épris de Sémélé ; ils savent que la brillante Aurore enleva parmi les dieux Céphale, par amour pour lui : cependant ces divinités habitent toujours le ciel, et ne se dérobent pas aux regards des autres dieux ; elles se résignent sans doute à la destinée qui les a vaincues : et toi, tu ne céderais pas à la tienne ? Il fallait que ton père te mît au monde à certaines conditions, et sous l'empire d'autres dieux, si tu ne te résignes pas à ces lois. Combien crois-tu qu'il y ait d'époux sensés qui voient leur couche souillée, et feignent de ne pas voir ? combien est-il de pères qui favorisent les amours de leurs enfants coupables ? Car c'est sagesse parmi les hommes de cacher le mal. Les mortels ne doivent pas chercher dans leur vie une perfection trop rigide, non plus qu'on ne prend la peine de décorer le toit qui couvre une maison. Dans l'abîme où tu es tombée, comment espérerais-tu t'en sauver ? Mais si pour toi le bien l'emporte sur le mal, malgré ta condition mortelle, tu dois t'estimer bien heureuse. Ainsi, ma chère fille, renonce à de mauvaises pensées et cesse tes outrages ; car c'est un véritable outrage que de vouloir s'élever au-dessus des dieux. Ose aimer, c'est une déesse qui l'a voulu ; et ce mal qui te dévore, mène-le à une fin heureuse. Il est des enchantements et des paroles propres à calmer les fureurs amoureuses ; on trouvera un remède pour ton mal. Certes, les hommes seraient bien lents dans leurs inventions, si nous autres femmes ne trouvions pas de tels secrets.

LE CHŒUR. — Phèdre, les avis qu'elle te donne sont les plus utiles dans ton malheur présent ; mais tes sentiments, je les approuve. Cependant cet éloge t'est plus odieux et plus pénible à entendre que les discours de ta nourrice.

PHÈDRE. — Voilà ce qui ruine les familles et les États les mieux constitués : ce sont les discours artificieux. Il faut dire non ce qui flatte l'oreille, mais ce qui doit conduire à la gloire.

LA NOURRICE. — À quoi bon ce magnifique langage ? ce ne sont pas de belles paroles qu'il te faut, mais l'homme que tu aimes. Il faut m'éclairer au plus vite, en m'expliquant directement sur ta passion. Car si ta vie n'était dans un si grand péril, et si tu étais une femme de bon sens, jamais, pour favoriser tes voluptés et tes désirs coupables, je ne t'encouragerais à cette démarche ; mais maintenant notre tâche difficile est de sauver ta vie, et pour cela rien ne doit coûter.

PHÈDRE. — Ô exécrables conseils ! Ne fermeras-tu pas ta bouche, ne cesseras-tu pas de répéter des paroles si honteuses ?

LA NOURRICE. — Honteuses, il est vrai ; mais elles sont meilleures pour toi que ta vertu ; et la chose vaudra mieux, pourvu qu'elle te sauve, que ce renom pour lequel tu es fière de mourir.

PHÈDRE. — Au nom des dieux (tes paroles sont flatteuses mais infâmes), ne va pas plus loin ! car c'est innocemment que j'ai soumis mon cœur à l'amour. Mais si tu persistes à parer l'infamie, je tomberai dans l'abîme que je veux fuir.

La Nourrice. — S'il te plaît ainsi, il fallait ne pas tomber en faute ; mais si au contraire tu en as pris ton parti, crois-moi : c'est la seconde grâce que je te demande. J'ai chez moi un philtre propre à apaiser les fureurs de l'amour ; le souvenir vient de m'en revenir à l'esprit : sans t'induire à des actions honteuses, ni sans porter atteinte à ta raison, il fera cesser ton mal, pourvu que tu ne sois pas pusillanime. Mais il faut que je me procure quelque signe de celui que tu aimes, ou quelque parole, ou un morceau de ses vêtements, pour ne faire qu'un de deux cœurs.

Phèdre. — Ce philtre s'emploie-t-il comme breuvage, ou doit-on s'en oindre le corps ?

La Nourrice. — Je ne sais. Souffre qu'on te serve, ma fille, et n'exige pas qu'on t'instruise.

Phèdre. — Je crains que tu ne sois trop habile.

La Nourrice. — Tout est pour toi sujet d'alarmes : que crains-tu encore ?

Phèdre. — Que tu ne révèles quelque chose au fils de Thésée.

La Nourrice. — Sois tranquille ; ma fille, je mènerai tout à bien. Toi seulement, puissante Vénus, viens à mon aide ; et pour le reste de mes desseins, il suffira d'en faire part aux amis qui sont dans le palais.

Le Chœur, *seul.* — *(Strophe* 1.) Amour, Amour, qui verses par les yeux le désir, en insinuant une douce volupté dans les cœurs que tu envahis, ne me sois point hostile, et ne déchaîne pas contre moi ta fureur. En effet, ni le feu, ni les traits lancés par les astres, ne sont plus terribles que les traits de Vénus lancés par les mains de l'Amour, fils de Jupiter.

(*Antistrophe* 1.) En vain, en vain, sur les bords de l'Alphée, la Grèce immole des hécatombes de taureaux à Jupiter Olympien et à Apollon Pythien, dans le sanctuaire de Delphes, si nous négligions le culte de l'Amour, tyran des hommes, gardien des plaisirs de Vénus, et auteur de la ruine des mortels, qu'il précipite dans tous les malheurs lorsqu'il fond sur eux.

(*Strophe* 2.) Dans Œchalie Vénus ravit une jeune fille [1], chaste vierge qui n'avait pas connu l'hymen, l'entraîna loin de sa demeure sur un navire, et la donna en mariage au fils d'Alcmène,

1. Hercule (fils d'Alcmène) enleva Iole, pour en faire sa concubine, et tua son père et ses frères.

comme une bacchante de l'enfer, au milieu du sang, du carnage et des flammes ; funeste hymen qui fit son malheur !

(*Antistrophe* 2.) Ô murs sacrés de Thèbes, eaux de Dircé, vous pourriez témoigner aussi des maux que Vénus traîne à sa suite ! C'est elle qui embrasa des feux de la foudre la mère de Bacchus [1], fils de Jupiter, auquel un hymen fatal l'avait unie. Car son souffle furieux dessèche tout, et comme une abeille elle s'envole.

PHÈDRE. — Femmes, faites silence : je suis perdue.

LE CHŒUR. — Phèdre, que se passe-t-il donc de terrible dans ton palais ?

PHÈDRE. — Restez tranquilles, que j'entende ce qu'on dit au-dedans.

LE CHŒUR. — Je me tais ; mais c'est là un début sinistre.

PHÈDRE. — Hélas ! hélas ! malheureuse que je suis ! cruelles souffrances !

LE CHŒUR. — Que signifient ces cris ? quelles paroles profères-tu ? Dis-nous, femme, quel bruit soudain épouvante ton cœur ?

PHÈDRE. — Je suis perdue. Approchez vous-mêmes de ces portes, et écoutez le bruit qu'on entend dans le palais.

LE CHŒUR. — Tu es près de l'entrée ; les paroles qu'on prononce au-dedans arrivent aisément jusqu'à toi. Dis-moi, dis-moi, quel malheur est survenu.

PHÈDRE. — Le fils de la guerrière Amazone, Hippolyte, profère des menaces terribles contre ma nourrice.

LE CHŒUR. — J'entends un bruit confus, mais je ne puis saisir clairement les paroles ; à travers la porte, tu dois les distinguer.

PHÈDRE. — Voici qu'il l'appelle bien clairement une infâme entremetteuse, qui trahit l'honneur de son maître.

LE CHŒUR. — Hélas ! quel malheur ! Tu es trahie, ma chère. Quel conseil te donner ? Le secret est divulgué, tu es perdue...

PHÈDRE. — Hélas ! hélas !

LE CHŒUR. — Trahie par tes amis.

PHÈDRE. — Elle m'a perdue en racontant ma misère, à bonne intention, pour guérir mon mal, mais en blessant l'honneur.

LE CHŒUR. — Quoi donc ? que feras-tu, ô toi qui souffres des maux qui sont sans remède ?

1. Sémélé, aimée de Zeus (Jupiter), fut brûlée par ses foudres en enfantant Dionysos (Bacchus).

PHÈDRE. — Je ne sais qu'une ressource : c'est de mourir au plus vite, seul remède aux maux qui m'accablent.
(*Hippolyte entre sur la scène, plein d'une vive indignation, sans voir Phèdre, qui se tient à l'écart.*)

HIPPOLYTE. — Ô terre, ô lumière du soleil ! quelles abominables paroles viens-je d'entendre ?

LA NOURRICE. — Fais silence, mon fils, avant qu'on entende les éclats de ta voix.

HIPPOLYTE. — Non, après les choses horribles que j'ai entendues, je ne saurais me taire.

LA NOURRICE. — Je t'en conjure, par ta main que je touche.

HIPPOLYTE. — Ne porte pas les mains sur moi, et ne touche pas mes vêtements.

LA NOURRICE. — Oh ! par tes genoux que j'embrasse, ne me perds pas.

HIPPOLYTE. — Comment puis-je te perdre ? Tes paroles, disais-tu, n'ont rien de criminel.

LA NOURRICE. — Ces paroles, mon fils, n'étaient pas faites pour être divulguées.

HIPPOLYTE. — Ce qui est honnête n'en est que plus honorable à dire en public.

LA NOURRICE. — Ô mon fils, ne viole pas tes serments !

HIPPOLYTE. — Ma bouche a juré, mais non mon cœur.

LA NOURRICE. — Que fais-tu, mon fils ? Tu vas perdre tes amis.

HIPPOLYTE. — Je les ai en horreur ; nulle âme coupable n'est mon amie.

LA NOURRICE. — Pardonne ; il est dans la nature de l'homme de faire des fautes.

HIPPOLYTE. — Ô Jupiter ! pourquoi as-tu mis au monde les femmes, cette race de mauvais aloi ? Si tu voulais donner l'existence au genre humain, il ne fallait pas le faire naître des femmes ; mais les hommes, déposant dans tes temples de riches offrandes d'or, de fer ou d'airain, auraient acheté des enfants chacun en raison du prix qu'il pouvait y mettre, et ils auraient vécu dans leurs maisons, libres et sans femmes. Mais à présent, dès que nous pensons à introduire ce fléau dans nos maisons, nous épuisons toute notre fortune. Une chose prouve combien la femme est un fléau funeste : le père qui l'a mise au monde et l'a élevée y joint une dot pour la faire entrer dans une autre famille, et s'en débarrasser ; l'époux qui reçoit dans sa maison cette plante parasite se réjouit, il couvre de riches parures sa méprisable idole, il la charge de robes, le malheureux ! et dépense toute la fortune de sa famille. Il est réduit à cette extrémité : s'il s'est allié à une illustre famille, il lui faut se complaire dans un hymen plein d'amertume ; ou s'il a rencontré une bonne épouse et des parents dans le besoin, il faut couvrir son malheur sous l'apparence du bonheur. Ce qu'il y a de plus tolérable est d'avoir dans sa maison une femme nulle, et inutile par sa simplicité. Mais je hais surtout la savante : que jamais du moins ma maison n'en reçoive qui sache plus qu'il ne convient à une femme de savoir ; car ce sont les savantes que Vénus rend fécondes en fraudes, tandis que la femme simple, par l'insuffisance de son esprit, est exempte d'impudicité. Il faudrait que les femmes n'eussent point auprès d'elles de servantes, mais qu'elles fussent servies par de muets animaux, pour qu'elles n'eussent personne à qui parler, ni qui pût à son tour leur adresser la parole. Mais à présent les femmes perverses forment au-dedans de la maison des desseins pervers, que leurs servantes vont réaliser au-dehors. C'est ainsi, âme dépravée, que tu es venue à moi, pour négocier l'opprobre du lit de mon père, souillure dont je me purifierai dans une eau courante. Comment donc livrerais-je mon cœur au crime, moi qui me crois impur pour t'avoir entendue ? Sache-le bien, malheureuse ! c'est ma piété qui te sauve ; car si tu ne m'avais arraché par surprise un serment sacré, jamais je n'aurais pu me défendre de révéler ce crime à mon père. Mais maintenant, tant que Thésée sera absent de ce palais et de cette contrée, je m'éloigne, et ma bouche gardera le silence. Je verrai, en revenant au retour de mon père, de quel front vous le recevrez, toi et ta maîtresse ; je serai témoin de ton audace, qui m'est bien connue. Malédiction sur vous ! Jamais je ne me lasserai de haïr les femmes, dût-on dire que je me répète toujours : c'est qu'en effet elles sont toujours méchantes. Ou qu'on leur enseigne enfin la modestie, ou qu'on souffre que je les attaque toujours. (*Il sort.*)

LE CHŒUR. — Infortunées ! malheureuse destinée des femmes ! quel moyen, quelle ressource avons-nous pour dénouer le nœud fatal dans lequel Phèdre est enlacée ?

PHÈDRE. — Je subis un juste châtiment, ô terre, ô lumière ! Où fuir pour échapper à mon sort ? Comment cacher ma honte, ô mes amis ? Quel dieu viendrait à mon aide ? quel mortel voudrait m'assister, ou se faire le complice de mes crimes ? Les malheurs de ma vie sont arrivés à leur comble ; je suis la plus misérable des femmes.

LE CHŒUR. — Hélas ! hélas ! c'en est fait. Ô ma maîtresse ! les artifices de ta servante ont mal réussi ; tu es perdue.

PHÈDRE. — Ô monstre ! ô corruptrice d'une trop crédule amitié ! qu'as-tu fait de moi ? Puisse Jupiter mon père te frapper, t'écraser de ses foudres ! N'avais-je pas prévu ce qui arrive ? Ne t'avais-je pas dit de garder le silence sur ce qui cause aujourd'hui ma honte et ma misère ? Tu n'as pas eu la force de te taire, et je mourrai déshonorée ; mais il me faut recourir à de nouveaux artifices. En effet, celui-ci, le cœur enflammé de colère, m'accusera devant son père de tes crimes ; il dira mon aventure au vieux Pitthée, et remplira la terre de Trézène du bruit de mon infamie. Va, puisses-tu périr, toi et tous ceux qui, prompts à servir un penchant coupable, entraînent leurs amis au crime malgré eux !

LA NOURRICE. — Ô ma maîtresse ! il est vrai, tu as droit de me reprocher mes torts ; ce que tu souffres est en effet plus fort que ton jugement : mais si tu veux m'écouter, je pourrai aussi te répondre. Je t'ai nourrie, et je te suis dévouée ; en cherchant à te guérir, j'ai aigri tes douleurs. Si j'avais réussi, on vanterait ma sagesse ; car c'est d'après l'événement qu'on juge de notre prudence.

PHÈDRE. — Est-il donc juste, et peut-il me suffire, après m'avoir percé le cœur, de convenir de tes torts ?

LA NOURRICE. — Voilà trop de discours ; j'ai eu tort, je l'avoue ; mais, ma fille, même après ce qui s'est passé, il est encore des moyens de te sauver.

PHÈDRE. — Tais-toi ; tu m'as donné jusqu'ici de trop funestes conseils, et tu m'as induite au mal. Fuis donc loin de moi, et songe à toi-même. Pour moi, je saurai pourvoir à ce qui me regarde. Quant à vous, nobles filles de Trézène, accordez-moi la seule grâce que je vous demande : c'est d'ensevelir dans le silence tout ce que vous avez entendu ici.

LE CHŒUR. — Je jure par l'auguste Diane, fille de Jupiter, de ne jamais rien révéler de tes tristes secrets.

PHÈDRE. — Voilà de bonnes paroles. Mais j'ai beau chercher, je ne trouve qu'un seul remède à mon malheur, pour laisser à mes enfants une vie honorée et me sauver moi-même, dans la situation critique où je suis tombée. Non, jamais je ne déshonorerai ma noble famille ; jamais, pour sauver ma vie, je ne reparaîtrai, chargée de honte, aux yeux de Thésée.

LE CHŒUR. — Veux-tu donc consommer un mal sans remède ?

PHÈDRE. — Je veux mourir : quant au moyen, j'y aviserai.

LE CHŒUR. — Prononce des paroles de bon augure.

PHÈDRE. — Et toi, donne-moi de sages conseils. Je vais réjouir Vénus, auteur de ma ruine, en me délivrant aujourd'hui de la vie ; je succombe sous les traits cruels de l'Amour. Mais ma mort deviendra aussi funeste à un autre, pour qu'il apprenne à ne pas s'enorgueillir de mes maux ; en partageant à son tour ma souffrance, il s'instruira à devenir modeste.

LE CHŒUR. — (*Strophe* 1.) Que ne suis-je sous les cavernes profondes, portée sur des ailes, et mêlée par un dieu aux troupes errantes des oiseaux ! Je m'élèverais au-dessus des flots de la mer Adriatique et des eaux de l'Éridan, où les sœurs infortunées de Phaéthon, pleurant son imprudence, versent des larmes d'ambre transparent dans les ondes pourprées de leur père !

(*Antistrophe* 1.) J'irais aux bords fertiles des Hespérides aux chants harmonieux, où le dieu des mers ne livre plus passage aux nautoniers, et fixe pour barrière inviolable le ciel, soutenu par Atlas ; là où des sources d'ambroisie coulent dans le palais de Jupiter, et où la terre divine et féconde en délices dispense la félicité aux dieux.

(*Strophe* 2.) Ô navire crétois aux blanches ailes, qui, à travers les flots de la mer retentissante, transportas ma souveraine d'une maison fortunée à la jouissance d'un hymen malheureux ! sans doute de l'un et de l'autre rivage, ou du moins de la terre de Crète, un sinistre augure vola vers l'illustre Athènes ; mais ils attachèrent les câbles sur le rivage de Munychium, et descendirent sur la terre ferme.

(*Antistrophe* 2.) Par l'effet de ces tristes présages, Vénus blessa son cœur par la funeste atteinte d'un amour criminel : accablée sous ce coup terrible, elle va suspendre aux lambris de la chambre nuptiale un fatal lacet, destiné à finir ses jours, témoignant ainsi son respect pour une déesse implacable et sa préférence pour une honnête renommée, en délivrant son cœur d'un amour dont elle a tant souffert.

UN MESSAGER, *dans l'intérieur du palais*. — Hélas ! hélas ! accourez à l'aide, vous tous qui êtes près du palais ! Ma maîtresse, l'épouse de Thésée, s'est donné la mort.

LE CHŒUR. — Hélas ! hélas ! c'en est fait ! la royale épouse n'est plus ; un lacet fatal a terminé sa vie.

LE MESSAGER. — Hâtez-vous donc ! apportez vite un fer pour trancher le nœud qui retient son cou.

PREMIER DEMI-CHŒUR. — Mes amies, que faire? Entrerons-nous dans le palais pour délivrer la reine des liens qui la suffoquent ?

DEUXIÈME DEMI-CHŒUR. — Hé quoi ! les jeunes serviteurs ne sont-ils pas là ? Se mêler de ce qui ne nous regarde pas n'est point sans danger dans la vie.

LE MESSAGER. — Redressez et étendez ce malheureux corps, triste gardien de la maison pour mon maître absent.

LE CHŒUR. — Elle n'est plus, l'infortunée, à ce que j'entends ! Déjà l'on étend son corps privé de vie.

THÉSÉE. — Femmes, savez-vous quels sont ces cris qui retentissent dans le palais ? Des voix bruyantes d'esclaves sont arrivées jusqu'à moi. Quand je reviens de consulter l'oracle, ma famille ne juge pas à propos d'ouvrir les portes et de me faire un joyeux accueil. Est-il arrivé quelque chose au vieux Pitthée [1] ? Quoiqu'il soit bien avancé en âge, j'aurais cependant beaucoup de regret s'il avait quitté la vie.

LE CHŒUR. — Ce n'est pas un vieillard que ce coup a frappé, Thésée ; ce sont des morts plus jeunes que tu as à pleurer.

THÉSÉE. — Dieux ! est-ce par hasard la vie de mes enfants qui m'est ravie ?

LE CHŒUR. — Ils vivent, mais leur mère a péri de la mort la plus cruelle.

THÉSÉE. — Que dis-tu ? mon épouse a péri ? Par quel événement ?

LE CHŒUR. — Elle-même a noué le lacet auquel elle s'est suspendue.

THÉSÉE. — A-t-elle succombé au chagrin, ou à une catastrophe soudaine ?

LE CHŒUR. — Elle n'est plus, c'est tout ce que je sais ; j'arrive moi-même tout à l'heure au palais, ô Thésée, pour prendre part à ton infortune.

THÉSÉE. — Hélas ! hélas ! pourquoi cette couronne de feuillages [2] sur ma tête, si le malheur m'attend à mon retour de l'oracle ? Esclaves, ouvrez les portes du palais, abaissez les

1. Roi de Trézène, grand-père maternel de Thésée.
2. Thésée revient d'un sanctuaire et porte sur sa tête les feuillages rituels.

barrières ; que je voie le cruel spectacle d'une épouse dont la mort m'accable. (*On ouvre, et l'on voit le corps de Phèdre.*)

LE CHŒUR. — Infortunée, que de malheurs ! Ton supplice et ton acte de désespoir jettent la confusion dans ce palais. Ô résolution funeste ! ô mort violente ! par un attentat impie, tu portes sur toi-même une main meurtrière. Quelle divinité a donc détruit ta vie ?

THÉSÉE. — Ô douleur ! ô le plus cruel de tous les maux que j'ai soufferts ! Ô fortune ! combien tu t'es appesantie sur ma famille et sur moi ! Tache inattendue, imprimée sur ma maison par quelque génie malfaisant ; ou plutôt désastre qui fait de ma vie un insupportable fardeau ! Infortuné, je vois devant moi une mer de malheurs si immense, que je ne saurais jamais y échapper, ni surmonter les flots de ce désastre ! Et toi, malheureuse, de quel nom dois-je appeler ton sort, pour rencontrer la vérité ? En effet, tel qu'un oiseau qui s'échappe des mains, tu fuis d'un vol rapide vers la demeure des morts. Hélas ! hélas ! que je suis à plaindre ! C'est de loin dans le passé que me poursuit ce sort envoyé par les dieux, pour punir les fautes d'un de mes ancêtres.

LE CHŒUR. — Ô roi, tu n'es pas le seul à qui arrive un pareil malheur ! bien d'autres que toi ont aussi perdu une digne épouse.

THÉSÉE. — Je veux descendre aux enfers, je veux mourir, pour habiter avec toi le séjour ténébreux, privé que je suis de ton commerce chéri ; car c'est moi, plus que toi-même, que tu as perdu. Mais qui m'apprendra la cause qui a porté le coup mortel à ton cœur ? Me dira-t-on ce qui s'est passé ? ou est-ce en vain que mon palais réunit une foule de serviteurs ? Ah ! quelles douleurs tu me causes ! quel deuil je retrouve dans mon palais ! Comment le supporter ? comment l'exprimer ? Ah ! je suis perdu ! ma maison est déserte, et mes enfants sont orphelins.

LE CHŒUR. — Tu nous as quittées, tu nous as quittées, ô la plus chère et la meilleure des femmes qu'éclaire la lumière du soleil, et la lune, flambeau de la nuit étoilée ! Ah ! malheureux époux ! quel désastre est venu fondre sur ta maison ! Mes yeux se remplissent de larmes qui coulent sur ton sort ; mais je frémis aussi du malheur qui doit suivre celui-ci.

THÉSÉE. — Eh ! mais qu'est-ce donc que ces tablettes suspendues dans sa main chérie ? Nous annoncent-elles quelque nouveau malheur ? L'infortunée m'aurait-elle écrit ses dernières volontés, et ses prières touchant notre union et ses enfants ? Sois sans crainte, infortunée ! nulle femme n'entrera désormais dans la couche et dans la maison de Thésée. Mais voici que l'empreinte de l'anneau d'or, que portait celle qui n'est plus, charme ma vue ! Brisons les liens du cachet, et voyons ce que me disent ces tablettes.

LE CHŒUR. — Hélas ! hélas ! voici encore, dans cette chaîne de maux, une nouvelle calamité envoyée par les dieux. Pour moi, puissé-je, après ce qui s'est passé, obtenir un sort qui me délivre de la vie ! La maison de nos rois n'est plus ; hélas ! hélas ! elle est anéantie. Ô Dieu ! s'il est possible, ne détruis pas cette maison, mais écoute ma prière ; car, à certain indice, comme un devin, je prévois un augure sinistre.

THÉSÉE. — Grands dieux ! quel est cet autre malheur intolérable, inouï, qui s'ajoute à mon premier malheur ? Ô infortuné que je suis !

LE CHŒUR. — Qu'y a-t-il ? Dis-le-moi, si l'on peut m'en instruire.

THÉSÉE. — Elles crient, elles crient d'horribles attentats, ces tablettes ! Où fuir les maux qui m'accablent ? car je tombe anéanti sous la terrible plainte que profère cet écrit.

LE CHŒUR. — Hélas ! hélas ! voilà un langage précurseur de calamités.

THÉSÉE. — Non, ma bouche ne peut plus le taire cet horrible attentat, quoiqu'il m'en coûte à le dire. Ô Trézène ! ô citoyens ! Hippolyte a osé souiller mon lit par la violence, au mépris des regards augustes de Jupiter. Mais, ô Neptune, mon père, des trois vœux que jadis tu m'as promis d'accomplir, exauces-en un contre mon fils ! et que ce jour ne se passe pas sans qu'il soit puni, si les promesses que tu m'as faites sont efficaces !

LE CHŒUR. — Ô roi, rétracte ces vœux ! je t'en conjure au nom des dieux, car tu reconnaîtras bientôt ton erreur, crois-moi.

THÉSÉE. — Non ; je veux en outre le bannir de ce pays. De ces deux fatalités l'une ou l'autre le frappera : ou Neptune, exauçant mes imprécations, le fera périr et l'enverra chez Pluton ; ou, banni de cette contrée, errant sur la terre étrangère, il traînera une vie misérable.

LE CHŒUR. — Mais voici ton fils lui-même, Hippolyte, qui vient à propos. Thésée, calme ta colère, et prends des sentiments favorables pour ta famille.

HIPPOLYTE. — En entendant tes cris, mon père, je suis venu à la hâte : cependant j'ignore la cause de tes gémissements, et je voudrais l'apprendre de toi. Mais que vois-je ? ton épouse sans vie ? Voilà qui me cause une vive surprise. Je viens de la quitter ; il y a peu de temps encore, elle voyait la lumière. Que lui est-il arrivé ? comment est-elle morte ? Mon père, je veux l'entendre de ta bouche. Tu te tais ? Mais le silence ne convient pas dans la douleur ; car le cœur, qui désire tout apprendre, même dans le malheur se montre avide. Cependant il n'est pas juste, mon père, de cacher tes souffrances à tes amis, et plus encore qu'à tes amis.

THÉSÉE. — Ô mortels sujets à tant d'erreurs, à quoi bon enseigner tant d'arts divers ? Pourquoi tant d'inventions et de découvertes, lorsqu'il est une chose que vous ignorez et négligez toujours, l'art d'enseigner la sagesse à ceux qui manquent de bon sens ?

HIPPOLYTE. — Ce serait assurément un maître habile, celui qui saurait contraindre les insensés à écouter la voix de la sagesse. Mais, mon père, ce n'est pas le moment de se livrer à ces discussions subtiles, et je crains que le désespoir ne t'égare.

THÉSÉE. — Hélas ! il fallait aux mortels un signe certain pour connaître les cœurs, et distinguer le faux ami du véritable. Il faudrait que tous les hommes eussent deux voix, l'une sincère, l'autre telle que la leur donne le hasard, pour que celle qui médite l'imposture fût confondue par la voix sincère, qui nous préserverait de toute déception.

HIPPOLYTE. — Quelqu'un de tes amis m'aurait-il calomnié auprès de toi, et suis-je l'objet de tes soupçons, sans être coupable ? En vérité, je suis frappé de stupeur ; le délire et l'égarement de tes discours me troublent moi-même.

THÉSÉE. — Ciel ! où aboutiront les excès de l'esprit humain ? Quel sera le terme de son audace et de sa témérité ? Si en effet sa perversité s'accroît à chaque génération, si les vices des enfants surpassent toujours ceux du père, il faudra que les dieux ajoutent à cette terre un autre monde, qui puisse contenir les méchants et les pervers. Voyez ce monstre, né de mon sang, qui a souillé ma couche, et à qui ce corps inanimé reproche trop clairement sa scélératesse ! Souillé d'un tel crime, ose ici regarder ton père en face. C'est donc toi qui, supérieur aux autres mortels, jouis du commerce des dieux ? toi qui es chaste et pur de toute corruption ? Non, je ne crois plus à tes jactances ; ce serait imputer aux dieux l'ignorance et l'erreur. Vante-toi désormais, abuse les hommes en te nourrissant de ce qui n'a point eu vie, prends Orphée pour maître, livre-toi au délire mystique, et repais-toi des fumées de la science ; te voilà démasqué. Je le dis hautement à tous : fuyez ces hypocrites ; sous de nobles paroles ils cachent la bassesse de leurs intrigues. Phèdre n'est plus ; crois-tu que sa mort te dérobe au châtiment ? mais, misérable, cette mort même dépose contre toi. Eh ! quels serments, quels discours pourraient démentir ces tablettes, et te justifier du crime dont elles t'accusent ? Diras-tu qu'elle te haïssait, et que le fils d'une étrangère est odieux aux enfants légitimes ? Il fallait donc qu'elle fût insensée et connût bien peu le prix de la vie, si par haine pour toi elle a sacrifié ce qu'elle avait de plus cher. Mais peut-être l'impudicité naturelle aux femmes n'est pas un défaut des hommes ? — Ah ! je connais des jeunes gens qui ne sont en rien plus invulnérables que les femmes lorsque Vénus trouble leur jeune cœur ; mais la nature virile qu'ils ont en partage les soutient. Maintenant à quoi bon discuter tes paroles, quand ce cadavre est contre toi le témoin le plus irrécusable ? Fuis au plus tôt de cette terre, et ne porte point tes pas vers Athènes, fondée par une main divine, ni dans les limites de la contrée soumise à mon empire. Car si je laissais une telle offense impunie, le brigand Sinis [1], qui infestait l'isthme de Corinthe, ne s'avouerait plus mis à mort par moi, et m'accuserait d'une vaine jactance ; et les rochers que la mer vit naître des ossements de Sciron [1] ne témoigneraient plus que je suis le fléau des méchants.

LE CHŒUR. — Comment pourrais-je appeler aucun mortel heureux quand la destinée des rois est sujette à de telles révolutions ?

HIPPOLYTE. — Mon père, ta colère et les transports de ton âme sont terribles ; cependant le sujet qui offre matière à de beaux discours n'est point honorable, si on l'examine de près. Je suis peu exercé à parler devant la foule ; devant un petit nombre d'auditeurs et d'hommes de mon âge, je serais plus habile. Mais ce fait a aussi sa raison ; car ceux qui sont méprisés des sages sont ceux dont la parole charme le mieux la multitude. Cependant, quand le malheur fond sur moi, je suis contraint de rompre le silence.

Et d'abord je commence par la première attaque que tu as dirigée contre moi, comme devant m'accabler, sans que j'aie rien à répondre. Tu vois l'astre du jour et la terre ? entre tous ceux qu'elle porte, il n'est point d'homme plus pur que moi, quoique tu prétendes le contraire. En effet, je sais avant tout honorer les dieux, j'ai des amis incapables de vouloir le mal et dont l'honneur rougirait de demander de coupables services, ou d'aider les pervers dans leurs honteuses entreprises. Je ne tourne pas mes amis en ridicule, mais je suis le même pour eux, absents ou

1. Cf. Index nominum.

présents ; et, s'il est un crime dont je sois innocent, c'est celui dont tu me crois convaincu ; jusqu'à ce jour, mon corps est resté pur du commerce des femmes ; je ne connais les plaisirs de l'amour que de nom et par les peintures que j'en ai vues ; et je n'ai aucun goût pour ces spectacles, car j'ai encore la virginité de l'âme. Peut-être cependant ma chasteté ne peut te convaincre ; mais c'est à toi de montrer comment je me suis corrompu. Serait-ce que sa beauté surpassait celle de toutes les femmes ? ou bien espérais-je hériter de ton trône, et te remplacer dans ton lit ? J'aurais été fou, ou plutôt complètement dépourvu de sens. Diras-tu que la royauté a des charmes pour les hommes chastes ? Nullement, à moins que le pouvoir des rois n'ait corrompu le cœur de ceux qui le convoitent. Je voudrais vaincre et être le premier dans les combats de la Grèce ; mais dans la cité le second, et vivre toujours heureux, avec l'amitié des gens de bien ; car je puis prendre part aux affaires publiques, et l'absence du danger donne plus de joie que le souverain pouvoir. Sur un seul point j'ai gardé le silence, je t'ai dit tout le reste ; si j'avais un témoin intègre, tel que je suis, si je me défendais en présence de Phèdre encore vivante, par l'examen des faits tu reconnaîtrais les coupables. Mais j'en jure par Jupiter, gardien des serments, et par cette terre qui me porte, jamais je n'attentai sur le lit paternel, jamais je n'en eus le désir, jamais je n'en conçus la pensée. Que je meure obscur et sans nom, sans patrie, sans famille, errant, proscrit de ma terre natale, que la terre et la mer rejettent de leur sein mon corps privé de sépulture, si j'ai commis le forfait qu'on m'impute ! Quant à Phèdre, si la crainte l'a portée à se donner la mort, c'est ce que j'ignore ; il ne m'est pas permis d'en dire davantage. Elle a été avisée, ne pouvant être chaste ; mais moi qui ai la chasteté, je n'en ai pas fait un heureux usage.

LE CHŒUR. — Tu t'es suffisamment justifié d'une odieuse accusation, en prenant les dieux à témoin de tes serments.

THÉSÉE. — N'est-ce pas un enchanteur et un faiseur de prodiges, pour espérer fléchir mon âme à force de soumission, après m'avoir indignement outragé ?

HIPPOLYTE. — De ta part, mon père, une chose m'étonne; car si tu étais mon fils, et moi ton père, je t'aurais donné la mort, au lieu de te punir de l'exil, si tu avais osé porter sur mon épouse une main criminelle.

THÉSÉE. — Combien est juste ce que tu as prononcé ! Mais tu ne mourras pas en vertu de la loi que tu t'imposes toi-même ; une prompte mort doit en effet plaire aux malheureux ; mais, errant, exilé de ta patrie, tu traîneras une vie misérable sur une terre étrangère ; car c'est là le prix réservé à l'homme impie.

HIPPOLYTE. — Ô dieux ! que vas-tu faire ? N'attendras-tu pas les révélations du temps contre moi ? Tu me bannis de ma patrie ?

THÉSÉE. — Et au-delà des mers, au-delà des bornes atlantiques, si je le pouvais ; tant je te hais !

HIPPOLYTE. — Sans examiner ni mes serments, ni les preuves, ni les paroles des devins, me proscriras-tu sans jugement ?

THÉSÉE. — Ces tablettes, sans avoir besoin des sorts, t'accusent suffisamment ; quant aux oiseaux qui volent au-dessus de nos têtes, peu m'importent leurs vains présages.

HIPPOLYTE. — Ô dieux ! pourquoi donc me taire plus longtemps lorsque je meurs victime de mon respect pour vous ? Mais non ; je ne persuaderais pas ceux que je dois convaincre, et je violerais mes serments en vain.

THÉSÉE. — Ah ! que ta vertu affectée me fait mourir ! Sors donc au plus tôt de cette contrée.

HIPPOLYTE. — Infortuné, de quel côté tourner mes pas ? De qui recevrai-je l'hospitalité dans mon exil, chargé d'une telle accusation ?

THÉSÉE. — De ceux qui se plaisent à accueillir pour hôtes les corrupteurs de femmes, et à se faire complices des crimes domestiques.

HIPPOLYTE. — Hélas ! mon cœur est pénétré d'une douleur mortelle et je verse des larmes de penser que tu m'accuses et que je suis coupable à tes yeux.

THÉSÉE. — Il fallait gémir et te désespérer alors que tu osais outrager l'épouse de ton père.

HIPPOLYTE. — Ô murs de ce palais, que n'élevez-vous la voix, pour témoigner si je suis un criminel !

THÉSÉE. — Est-ce à de muets témoins que tu as recours ? mais celui-ci, quoiqu'il ne parle pas, prouve clairement ton crime.

HIPPOLYTE. — Ah ! que ne puis-je me contempler moi-même en face, pour pleurer sur les maux dont je suis victime !

THÉSÉE. — Tu es en effet beaucoup plus habitué au culte de toi-même qu'à témoigner à tes parents le pieux respect que tu leur dois.

HIPPOLYTE. — Ô ma mère infortunée ! ô funeste naissance ! puisse aucun de mes amis n'être fils d'une étrangère [1] !

1. Antiope, mère d'Hippolyte, n'étant pas grecque, son fils est considéré comme un bâtard.

THÉSÉE. — Esclaves, que ne l'entraînez-vous de ces lieux ? N'avez-vous pas entendu depuis longtemps l'arrêt d'exil que j'ai porté contre lui ?

HIPPOLYTE. — Malheur à celui d'entre eux qui portera la main sur moi ! Mais chasse-moi toi-même, si ton cœur est si irrité.

THÉSÉE. — Je le ferai, si tu n'obéis à mes ordres ; car je n'éprouve aucune pitié pour ton exil. (*Il sort.*)

HIPPOLYTE. — L'arrêt est irrévocable, je le vois. Malheureux que je suis ! je sais la preuve de mon innocence, et je n'ose la révéler ! Ô la plus chère des déesses, fille de Latone, ô ma divine protectrice, avec qui je partageais les plaisirs de la chasse, il me faut donc fuir la glorieuse Athènes ! Adieu, cité illustre, adieu, terre d'Érechthée. Ô sol de Trézène, qui offres de si heureux emplois au temps de la jeunesse, adieu ; c'est la dernière fois que je vous vois et vous adresse la parole. Et vous, mes jeunes compagnons, de même âge que moi, venez, que vos vœux me suivent, conduisez mes pas hors de cette contrée ; jamais vous ne trouverez un cœur plus chaste que le mien, malgré l'injuste opinion de mon père.

LE CHŒUR, *seul.* — (*Strophe* 1.) Certes, l'idée d'une sollicitude des dieux me soulage de bien des tourments. Mais au moment même où j'espère en une Providence, je ne sais que croire en confrontant les actes et les destins des mortels. Car ils ne sont que les jouets de continuelles vicissitudes. La vie humaine n'obéit qu'à un perpétuel caprice.

(*Antistrophe* 1.) Que la divine destinée accorde à mes prières une fortune qui suffise au bonheur et un cœur exempt de soucis ; que j'obtienne une renommée qui ne soit ni trop éclatante ni trop obscure ; changeant chaque jour mes mœurs faciles, puissé-je passer une vie heureuse avec ceux qui m'entourent !

(*Strophe* 2.) Mais cette sérénité ne règne plus dans mon cœur, et mes espérances sont déçues depuis que nous avons vu l'astre brillant d'Athènes exilé sur la terre étrangère par l'ordre d'un père irrité. Ô sables du rivage de la patrie, ô forêts, ô montagnes, où, avec ses chiens agiles, il poursuivait les animaux sauvages, à la suite de la chaste Diane !

(*Antistrophe* 2.) On ne te verra plus, sur un char attelé de cavales vénètes, diriger dans la carrière de Limné tes chevaux exercés à la course ; ta lyre aux sons harmonieux se reposera, désormais inutile, dans la maison paternelle ; les retraites de la fille de Latone sous l'épaisseur du feuillage resteront sans couronnes ; et ton exil met fin aux rivalités des jeunes filles qui se disputaient ton hymen.

(*Épode.*) Et moi, témoin de ton infortune, je verserai des larmes sur ton triste destin. Ô malheureuse mère, tu as enfanté en vain ! Ah ! ma fureur éclate contre les dieux. Grâces, qui présidez aux tendres unions, pourquoi laissez-vous bannir de sa patrie et de sa famille ce malheureux, qui n'a commis aucun crime ?

LE CHŒUR. — Mais je vois un compagnon d'Hippolyte, qui, l'air triste, court en hâte vers le palais.

LE MESSAGER. — Où pourrai-je trouver le roi de ce pays, Thésée ? Femmes, si vous le savez, indiquez-le-moi ; est-il dans ce palais ?

LE CHŒUR. — Le voici lui-même qui en sort.

LE MESSAGER. — Thésée, j'apporte une nouvelle affligeante pour toi, pour les citoyens d'Athènes et pour les habitants de la terre de Trézène.

THÉSÉE. — Qu'y a-t-il ? quelque nouvelle calamité fond-elle sur ces deux villes voisines ?

LE MESSAGER. — Hippolyte n'est plus ; ou du moins il n'a plus que peu d'instants à voir encore la lumière.

THÉSÉE. — Quelle main l'a frappé ? est-il tombé sous les coups d'un étranger dont il a violé l'épouse, comme celle de son père ?

LE MESSAGER. — La cause de sa mort est son propre char et les imprécations que ta bouche a lancées contre ton fils, en invoquant ton père, le souverain des mers.

THÉSÉE. — Ô dieux, ô Neptune, oui, tu es vraiment mon père [1], puisque tu as exaucé mes imprécations ! — Dis-moi comment il a péri, comment le bras de la justice vengeresse a frappé celui qui m'a déshonoré ?

LE MESSAGER. — Près du rivage battu par les flots, nous étions occupés à peigner les crins de ses coursiers, et nous pleurions ; car déjà on nous avait annoncé qu'Hippolyte ne remettrait plus le pied sur cette terre, condamné par toi aux rigueurs de

1. D'après la légende, Poséidon (Neptune) aurait été en fait le véritable père de Thésée, et non Égée.

l'exil. Lui-même il arrive pleurant des mêmes larmes que nous, qui étions sur le rivage ; à sa suite marchait une foule nombreuse d'amis de son âge. Enfin, après avoir calmé ses gémissements : « Pourquoi, dit-il, me désoler ainsi ? il faut obéir aux ordres d'un père. Attelez ces coursiers à mon char ; car cette ville n'existe plus pour moi. » Aussitôt chacun s'empresse, et, plus vite que la parole, nous amenons à notre maître ses chevaux attelés. Il saisit les rênes sur le demi-cercle au-devant et il adapte ses pieds aux brodequins mêmes du char. Puis s'adressant aux dieux, les mains étendues, « Ô Jupiter, s'écrie-t-il, fais-moi périr si je suis un méchant ; mais, soit après ma mort, soit pendant que je vois encore le jour, que mon père sache avec quelle indignité il me traite. » En même temps il saisit l'aiguillon, et en presse ses coursiers ; pour nous, ses serviteurs, auprès du char, et non loin des rênes, nous suivions notre maître sur la route directe d'Argos et d'Épidaure. Mais à peine étions-nous entrés dans la partie déserte, hors des limites de ce pays, s'offre à nous un rivage, à l'entrée même du golfe Saronique : là tout à coup un bruit comme un tonnerre souterrain de Jupiter éclate avec un fracas terrible, et à faire frissonner ; les chevaux dressent la tête et les oreilles ; une vive frayeur nous saisit, ignorant d'où venait ce bruit ; mais, en regardant vers le rivage de la mer retentissante, nous voyons s'élever jusqu'au ciel une vague immense, qui dérobe à nos yeux la vue des plages de Sciron ; elle cache l'isthme et le rocher d'Esculape : puis elle se gonfle, et lance alentour avec fracas des flots d'écume poussés par le souffle de la mer ; elle s'abat sur le rivage où était le char d'Hippolyte, et, crevant comme un orage, elle vomit un taureau, monstre sauvage dont les affreux mugissements font retentir tous les lieux d'alentour ; spectacle dont les yeux ne pouvaient supporter l'horreur. Soudain un effroi terrible s'empare des coursiers ; leur maître, si exercé à les conduire, saisit les rênes, les tire à lui en se penchant en arrière, comme un matelot qui meut la rame, et les entrelace à son propre corps ; mais les chevaux effrayés mordent leur frein, s'emportent, et ne connaissent plus ni la main de leur conducteur, ni les rênes, ni le char. Si, les guides en main, il s'efforçait de diriger leur course dans des chemins unis, le monstre apparaissait au-devant d'eux, pour les faire reculer, en jetant l'épouvante au milieu de l'attelage ; s'élançaient-ils furieux à travers les rochers, il se glissait le long du char, et suivait les chevaux en silence, jusqu'à ce qu'enfin il fit échouer le char et le bouleversa sens dessus dessous, en brisant contre un rocher le cercle de la roue. Tout est dans la confusion ; les rayons des roues et les chevilles des essieux volent en éclats. Cependant l'infortuné, embarrassé dans les rênes, sans pouvoir se dégager de ses liens inextricables, est traîné à travers les rochers, qui brisent sa tête chérie et déchirent son corps. « Arrêtez, criait-il d'une voix lamentable, coursiers que j'ai nourris avec tant de soin ! épargnez votre maître. Ô terribles imprécations de mon père. Qui viendra délivrer un innocent du supplice ? » Nous voulions voler à son secours, mais nous restions en arrière. Enfin, dégagé je ne sais comment des rênes qui l'enchaînaient, il tombe, près de rendre le dernier soupir ; à l'instant, les chevaux et le monstre ont disparu je ne sais où, derrière une hauteur. Pour moi, ô roi, je suis esclave de ta maison ; mais je ne pourrai jamais croire que ton fils est un méchant ; non, quand toutes les femmes se pendraient, quand on ferait des pins du mont Ida autant de tablettes accusatrices, je resterais convaincu de son innocence.

LE CHŒUR. — Hélas ! les voilà accomplies ces menaces de nouveaux malheurs ! Contre le destin et la nécessité il n'est pas de refuge.

THÉSÉE. — Ma haine pour ce perfide m'a fait d'abord entendre ce récit avec quelque joie ; mais par respect pour les dieux et par égard pour celui-ci, qui est né de moi, je ne puis ni me réjouir ni m'affliger de ce malheur.

LE MESSAGER. — Eh bien donc, faut-il transporter ici l'infortuné ? ou comment devons-nous le traiter pour te plaire ? Songes-y ; mais, si tu veux en croire mes conseils, tu ne seras pas cruel envers ton fils dans le malheur.

THÉSÉE. — Qu'on le transporte en ces lieux, je veux le voir en face, lui qui niait avoir souillé mon lit ; je veux le confondre et par mes paroles et par le châtiment qu'il a reçu des dieux.

LE CHŒUR. — C'est toi, Vénus, qui gouvernes à ton gré le cœur inflexible des dieux et celui des mortels ; et, à ta suite, l'enfant ailé parcourt l'univers d'un vol rapide ; il plane sur la terre et sur la mer retentissante : l'amour charme celui dont il envahit le cœur en délire, porté sur ses ailes brillantes de l'éclat de l'or, il adoucit la nature sauvage des animaux des montagnes, de ceux qui peuplent la mer ou que nourrit la terre, que l'ardent soleil éclaire de ses rayons, et les hommes aussi ; entre tous ces êtres, Vénus, tu possèdes seule les honneurs de la royauté.

DIANE. — Noble fils d'Égée, je t'ordonne d'écouter ton fils ; c'est la fille de Latone, c'est Diane qui te parle. Thésée, ô malheureux, pourquoi te réjouir de ces maux sur de vagues indices ? Après avoir fait mourir injustement ton fils et t'être laissé abuser par les calomnies de ton épouse, un malheur trop certain t'a frappé. Pourquoi ne caches-tu pas ta honte avec toi dans les profonds abîmes du Tartare ? ou que ne t'élances-tu dans les airs, sur des ailes, loin du désastre qui est ton ouvrage ? car il ne t'est plus permis de vivre parmi les hommes justes.

Écoute, Thésée, l'énumération de tes infortunes ; et, quoique ce soit sans profit, je te laisserai du moins des regrets. Mais je suis venue en ces lieux pour faire connaître l'innocence de ton fils, et la gloire qui entoure sa mort, et les fureurs de ton épouse, et aussi ses généreux combats. En effet, blessée par les traits de la déesse qui m'est la plus odieuse, ainsi qu'à tous les cœurs amis de la virginité, Phèdre s'est éprise d'amour pour ton fils. Tout en s'efforçant de vaincre Vénus par la raison, elle a succombé malgré elle par les artifices de sa nourrice, qui révéla à ton fils sa passion, sous la foi du serment. Hippolyte, comme cela devait être, ne se laissa pas séduire à ses paroles, et cependant, sous le poids de tes malédictions, il n'a pas non plus violé la foi des serments, car il était pieux. Pour Phèdre, craignant de se voir convaincue, elle a écrit ces lettres calomnieuses, elle a perdu ton fils par ses mensonges, et cependant tu l'as crue.

THÉSÉE. — Hélas !

DIANE. — Thésée, ce récit te déchire ; mais reste tranquille, écoute la suite, et tu gémiras bien plus encore. N'avais-tu pas à réclamer de ton père l'accomplissement de trois vœux ? tu en as fait tomber un sur ton fils, cruel, quand tu pouvais le faire tomber sur un ennemi. Ton père Neptune, guidé par la justice, t'a accordé ce qu'il devait, puisqu'il t'avait promis ; mais tu t'es montré coupable envers lui et envers moi, toi qui n'as attendu ni les preuves ni les paroles des devins, toi qui, au lieu de laisser au temps le soin d'éclaircir tes soupçons, as précipité ta vengeance et lancé contre ton fils des imprécations qui ont causé sa mort.

THÉSÉE. — Ah ! déesse, que je meure !

DIANE. — Ton crime est affreux, toutefois tu peux encore en obtenir le pardon ; c'est Vénus qui l'a voulu ainsi, pour assouvir son ressentiment ; telle est la loi des dieux : aucun d'eux n'a le droit de s'opposer aux désirs et aux volontés d'un autre, mais toujours nous nous cédons mutuellement. Car, sache-le bien, sans la crainte que j'ai de Jupiter, jamais je n'en serais venue à ce degré de honte, de laisser mourir celui de tous les mortels qui m'est le plus cher. Cependant ta faute a pour excuse d'abord l'ignorance, et ensuite la mort de ton épouse, qui a fait disparaître les preuves orales propres à manifester la vérité. Maintenant c'est surtout sur toi que ces maux ont fondu ; mais l'affliction est aussi pour moi, car la mort des gens de bien ne saurait plaire aux dieux ; ce sont les méchants, avec leurs enfants et toute leur race, que nous aimons à abattre.

LE CHŒUR. — Le voici, l'infortuné ! on l'apporte ; son jeune corps et sa tête blonde sont horriblement défigurés. Ô maison déplorable ! Quel double coup de la main des dieux a plongé ce palais dans le deuil ?

HIPPOLYTE, *poussant des cris de douleur*. — Ah ! ah ! hélas ! Malheureuse victime des injustes arrêts d'un injuste père ! Je meurs. Ô dieux !... les douleurs ravagent ma tête, les convulsions ébranlent mon cerveau. Arrête ! que mon corps épuisé se repose un instant. Ah ! ah !... Ô char funeste, coursiers que j'ai nourris de mes mains, c'est vous qui m'avez déchiré, qui m'avez arraché la vie. Hélas ! hélas ! Amis, au nom des dieux, maniez avec précaution les plaies de mon corps. Qui se tient à droite près de mes flancs ? Soulevez doucement mon corps, portez avec des mouvements doux et réguliers un malheureux voué à la vengeance des dieux par l'erreur d'un père. Jupiter, Jupiter, vois-tu ce spectacle ? Moi dont le cœur pur respecta toujours les dieux, moi qui me distinguai entre tous par ma chasteté, une mort cruelle me précipite au séjour de Pluton ; c'est en vain que j'ai pratiqué envers les hommes les pénibles devoirs de la vertu. Ah ! ah ! hélas !... la douleur, la cruelle douleur redouble. — Laissez un infortuné, et que la mort vienne me guérir ! Tuez-moi, frappez-moi ; qui me donnera un glaive pour trancher le fil de mes jours et endormir ma vie ? Ô fatale imprécation de mon père ! les crimes de mes aïeux, les meurtres commis par mes ancêtres viennent s'accumuler sur ma tête. Pourquoi donc fondent-ils sur moi qui n'en suis point coupable ? Hélas ! que dire ? Comment délivrer ma vie de cette souffrance implacable ? Puissent mes maux s'endormir dans la nuit de l'enfer, où règne la sombre nécessité !

DIANE. — Infortuné, à quel sort funeste as-tu été attaché ? c'est ton cœur généreux qui t'a perdu.

HIPPOLYTE. — Ô douce exhalaison d'un parfum divin, malgré mes douleurs, je t'ai sentie, et je suis soulagé. Oui, la déesse Diane est en ces lieux.

DIANE. — Infortuné, c'est elle, la divinité que tu chéris.

HIPPOLYTE. — Vois-tu, ma souveraine, l'état déplorable où je suis ?

DIANE. — Je le vois, mais il n'est pas permis à mes yeux de verser des larmes.

HIPPOLYTE. — Ton chasseur, ton serviteur fidèle n'est plus.

DIANE. — Hélas ! non ; toi qui m'es si cher, tu péris.

HIPPOLYTE. — Il n'est plus, le guide de tes coursiers, le gardien de tes statues.

DIANE. — La perfide Vénus a ourdi cette trame.

HIPPOLYTE. — Hélas ! je reconnais la divinité qui m'a perdu.

DIANE. — Tes dédains l'ont blessée, et ta sagesse l'indignait.

HIPPOLYTE. — Nous sommes trois, je le comprends, qu'elle a perdus à elle seule.

DIANE. — Toi, ton père et son épouse.

HIPPOLYTE. — J'ai donc à pleurer aussi sur le malheur d'un père ?

DIANE. — Il a été trompé par les artifices d'une déesse.

HIPPOLYTE. — Que cette catastrophe te rend malheureux, ô mon père !

THÉSÉE. — Je suis perdu, mon fils, la vie n'a plus de charme pour moi.

HIPPOLYTE. — Je gémis sur toi et sur ton erreur bien plus que sur moi-même.

THÉSÉE. — Que ne puis-je mourir au lieu de toi, mon fils !

HIPPOLYTE. — Ô dons amers de ton père Neptune !

THÉSÉE. — Ah ! jamais ma bouche n'aurait dû les demander.

HIPPOLYTE. — Mais quoi ! tu m'aurais donné la mort, tant tu étais alors irrité !

THÉSÉE. — C'est que les dieux avaient égaré mon jugement.

HIPPOLYTE. — Hélas ! pourquoi la race des mortels ne peut-elle aussi maudire les dieux ?

DIANE. — Arrête, Hippolyte ; car, lors même que tu seras dans les ténèbres des enfers, ce ne sera pas impunément que le ressentiment de Vénus t'aura pris pour victime, en récompense de ta piété et de tes vertus. C'est moi qui de ma main te vengerai sur un autre des siens, qu'elle chérit entre tous les mortels, en le perçant de mes traits inévitables. Pour toi, infortuné, en dédommagement de tes souffrances, je te ferai rendre les plus grands honneurs dans la ville de Trézène ; les jeunes filles, avant d'avoir subi le joug de l'hymen, couperont leur chevelure en ton honneur, et te payeront, pendant une longue suite de siècles, un tribut de deuil et de larmes. Toujours les poétiques regrets des jeunes vierges garderont ta mémoire, et jamais l'amour de

Phèdre pour toi ne tombera dans le silence et dans l'oubli. Et toi, fils du vieil Égée, prends ton fils dans tes bras, et presse-le sur ton sein ; car c'est sans le vouloir que tu l'as perdu ; mais il est naturel aux hommes de s'égarer quand les dieux le veulent. Je t'exhorte, Hippolyte, à ne point haïr ton père, car tu connais la destinée qui te fait périr. Adieu ; il ne m'est pas permis de voir les morts, ni de souiller mes regards par les derniers soupirs d'un mourant, et déjà je te vois approcher du moment fatal.

HIPPOLYTE. — Toi aussi, reçois mes adieux, vierge bienheureuse ; puisses-tu quitter sans peine notre longue intimité ! Je me réconcilie avec mon père, puisque tu le désires ; car jusqu'ici j'ai toujours obéi à tes ordres. Mais, hélas ! déjà les ténèbres s'étendent sur mes yeux ; reçois-moi dans tes bras, mon père, et redresse mon corps brisé.

THÉSÉE. — Ah ! mon fils ! que fais-tu de ton malheureux père ?

HIPPOLYTE. — Je me meurs, et déjà je vois les portes des enfers.

THÉSÉE. — Me laisseras-tu l'âme souillée ?

HIPPOLYTE. — Non, je t'absous de ce meurtre.

THÉSÉE. — Que dis-tu ? Tu m'absous du sang versé ?

HIPPOLYTE. — J'en atteste Diane et son arc redoutable.

THÉSÉE. — Ô fils chéri ! que tu te montres généreux pour ton père !

HIPPOLYTE. — Adieu, mon père, mille fois adieu.

THÉSÉE. — Oh ! que ton cœur est bon et pieux !

HIPPOLYTE. — Demande aux dieux des fils légitimes qui me ressemblent.

THÉSÉE. — Ne m'abandonne pas encore, mon fils ; retiens tes forces.

HIPPOLYTE. — C'en est fait de la force pour moi ; je me meurs, mon père ; voile au plus tôt mon visage.

THÉSÉE. — Ô terre illustre d'Athènes et de Pallas ! quel homme vous perdez ! Malheureux que je suis !... Ah ! Vénus, que je me souviendrai de ta vengeance !

LE CHŒUR. — Cette douleur commune à tous les citoyens est venue les affliger inopinément ; elle fera couler bien des larmes ; car les regrets que laisse la mémoire des grands hommes vont toujours croissant.

SÉNÈQUE

PHÈDRE [1]

1. Traduction de F. Greslou, Paris, C.L.F. Panckoucke, 1834.

PHÈDRE

PERSONNAGES

HIPPOLYTE
PHÈDRE
THÉSÉE
LA NOURRICE DE PHÈDRE
UN MESSAGER
CHŒUR D'ATHÉNIENS
TROUPE DE VENEURS

La scène est à Athènes et dans la campagne environnante.

ACTE I

SCÈNE 1
Hippolyte, troupe de veneurs

HIPPOLYTE

Allez, répandez-vous autour de ces bois épais, et parcourez d'un pas rapide les sommets de la montagne de Cécrops, les vallées qui s'étendent sous les roches de Parnes, et les bords du fleuve qui coule à flots précipités dans les gorges de Thrie. Gravissez les blanches cimes de ces collines neigeuses. Vous autres, tournez-vous du côté de cette forêt d'aunes élevés ; marchez vers ces prairies que le Zéphyr caresse de sa fraîche haleine, et sème de toutes les fleurs du printemps ; allez dans ces maigres campagnes où, comme le Méandre à travers ses plaines unies, serpente lentement le mol Ilissus dont les faibles eaux n'effleurent qu'à peine des sables stériles. Vous, dirigez vos pas vers les sentiers étroits des bois de Marathon, où les femelles des animaux sauvages, suivies de leurs petits, vont chercher la nuit leur pâture. Vous, tournez vers l'Acharnie que réchauffent les vents tièdes du midi. Qu'un autre s'élance à travers les rochers du doux Hymette, un autre sur la terre étroite d'Aphidna. Trop longtemps nous avons négligé le rivage sinueux que domine le cap de Sunium. Si quelqu'un de vous aime la gloire du chasseur, qu'il aille vers les champs de Phlyéus ; là se tient un sanglier terrible, l'effroi des laboureurs, et connu par ses ravages. Lâchez la corde aux chiens qui courent sans donner de la voix, mais retenez les ardents molosses, et laissez les braves crétois s'agiter avec force pour échapper à l'étroite prison de leur collier. Ayez soin de serrer de plus près ces chiens de Sparte : c'est une race hardie, et impatiente de trouver la bête. Le moment viendra où leurs aboiements devront retentir dans le creux des rochers. Maintenant ils doivent, le nez bas, recueillir les parfums, chercher les retraites en flairant, tandis que la lumière est encore douteuse, et que la terre humide de la rosée de la nuit garde encore les traces. Que l'un charge sur ses épaules ces larges toiles, qu'un autre porte ces filets. Armez l'épouvantail de plumes rouges dont l'éclat, troublant les bêtes sauvages, les poussera dans nos toiles. Toi, tu lanceras les javelots ; toi, tu tiendras des deux mains le lourd épieu garni de fer pour t'en servir au moment ; toi, tu te mettras en embuscade, et tes cris forceront les bêtes effrayées à se précipiter dans nos filets ; toi enfin, tu achèveras notre victoire, et plongeras le couteau recourbé dans le flanc des animaux.

Sois-moi favorable, ô déesse courageuse, toi qui règnes au fond des bois solitaires, toi dont les flèches inévitables atteignent les bêtes féroces qui se désaltèrent dans les froides eaux de l'Araxe, et celles qui s'ébattent sur les glaces du Danube. Ta main poursuit les lions de Gétulie, et les biches de Crète. D'un trait plus léger tu perces les daims rapides. Tu frappes et le tigre, à la robe tachetée, qui vient tomber à tes pieds, et le bison velu, et le bœuf sauvage de la Germanie au front orné de cornes menaçantes. Tous les animaux qui paissent dans les déserts, ceux que connaît le pauvre Garamante, ceux qui se cachent dans les bois parfumés de l'Arabie, ou sur les pics sauvages des Pyrénées, ou dans les forêts de l'Hyrcanie, ou dans les champs incultes que parcourt le Scythe nomade, tous craignent ton arc, ô Diane. Chaque fois qu'un chasseur est entré dans les bois le cœur plein de ta divinité, les toiles ont gardé la proie ; aucune bête, en se débattant, n'a pu rompre les filets ; les chariots gémissent sous le poids de la venaison ; les chiens reviennent à la maison la gueule rouge de sang, et les habitants des campagnes regagnent leurs chaumières dans l'ivresse d'un joyeux triomphe.

Allons, la déesse des bois nous favorise, les chiens donnent le signal par des cris aigus, les forêts m'appellent, hâtons-nous, et prenons le plus court chemin.

SCÈNE 2
Phèdre, la nourrice

PHÈDRE

Ô Crète, reine puissante de la vaste mer, dont les innombrables vaisseaux couvrent tout l'espace que Neptune livre aux navigateurs jusqu'aux rivages de l'Assyrie, pourquoi m'as-tu fait asseoir comme otage à un foyer odieux ? Pourquoi, associant ma destinée à celle d'un ennemi, me forces-tu de passer ma vie dans la douleur et dans les larmes ? Thésée a fui de son royaume, et me garde en son absence la fidélité qu'il a coutume de garder à ses épouses. Compagnon d'un audacieux adultère, il a pénétré courageusement dans la profonde nuit du fleuve qu'on ne repasse jamais ; il s'est rendu le complice d'un amour furieux, pour arracher Proserpine du trône du roi des enfers. La crainte ni la honte ne l'ont pas arrêté ; le père d'Hippolyte va chercher jusqu'au fond du Tartare la gloire du rapt et de l'adultère. Mais un autre sujet de douleur pèse bien autrement sur mon âme. Ni le repos de la nuit ni le sommeil ne peuvent dissiper mes secrètes inquiétudes. Un mal intérieur me consume ; il s'augmente et s'enflamme dans mon sein, comme le feu qui bouillonne dans les entrailles de l'Etna. Les travaux de Minerve n'ont plus de charme pour moi, la toile s'échappe de mes mains. J'oublie d'aller aux temples présenter les offrandes que j'ai vouées aux dieux, et de me joindre aux Athéniennes pour déposer sur les autels, au milieu du silence des sacrifices, les torches discrètes des initiées, et honorer par de chastes prières et de pieuses cérémonies la déesse de la terre. J'aime à poursuivre les bêtes féroces à la course, et à lancer de mes faibles mains les flèches au fer pesant. Où t'égares-tu, ô mon âme ? quelle fureur te fait aimer l'ombre des forêts ? Je reconnais la funeste passion qui égara ma mère infortunée. Les bois sont le théâtre de nos fatales amours. Ô ma mère, combien tu me parais digne de pitié ! Tourmentée d'un mal funeste, tu n'as pas rougi d'aimer le chef indompté d'un troupeau sauvage. Cet objet d'un amour adultère avait le regard terrible ; il était impatient du joug, plus furieux que le reste du troupeau ; mais au moins il aimait quelque chose. Mais moi, malheureuse, quel dieu, quel Dédale pourrait trouver le moyen de satisfaire ma passion ? Non, quand il reviendrait sur la terre, cet ingénieux ouvrier qui enferma dans le labyrinthe obscur le monstre sorti de notre sang, il ne pourrait apporter aucun secours à mes maux. Vénus hait la famille du Soleil, et se venge sur nous des filets qui l'ont enveloppée avec son amant [1]. Elle charge toute la famille d'Apollon d'un amas d'opprobres. Aucune fille de Minos n'a brûlé d'un feu pur ; toujours le crime s'est mêlé à nos amours.

1. Voir « Soleil » dans l'Index nominum.

LA NOURRICE

Épouse de Thésée, noble fille de Jupiter, hâtez-vous d'effacer de votre chaste cœur ces pensées abominables : éteignez ces feux impurs, et ne vous laissez pas aller à une espérance funeste. Celui qui, dès le commencement, combat et repousse l'amour, est toujours sûr de vaincre à la fin et de trouver la paix. Si, au contraire, on se plaît à nourrir et à caresser un doux penchant, il n'est plus temps ensuite de se révolter contre un joug que l'on s'est imposé soi-même. — Je connais l'orgueil des rois ; je sais combien il est dur, combien difficilement il plie devant la vérité, et se soumet à de sages conseils : mais n'importe ; quelles que soient les conséquences de ma hardiesse, je m'y résigne. Le voisinage de la mort, qui délivre de tous les maux, donne plus de courage aux vieillards. Le premier degré de l'honneur, c'est de vouloir résister au mal et ne point s'écarter du devoir ; le second, c'est de connaître l'étendue de la faute qu'on va commettre. Où allez-vous, malheureuse ? voulez-vous ajouter au déshonneur de votre famille, et surpasser votre mère ? car un amour criminel est pire qu'une passion monstrueuse ; une passion monstrueuse est un coup du sort, un amour criminel est le fruit d'un cœur pervers et corrompu. Si vous croyez que l'absence de votre époux descendu aux enfers puisse assurer l'impunité de votre crime, et dissiper vos alarmes, vous vous trompez : en supposant que Thésée soit caché pour jamais dans les profonds abîmes de l'enfer, et ne doive jamais repasser le Styx, n'avez-vous pas votre père qui règne au loin sur les vastes mers, et tient cent peuples divers sous son sceptre paternel ? Un pareil forfait restera-t-il invisible à ses yeux ? Le regard d'un père est difficile à tromper. Mais admettons même qu'à force d'adresse et de ruse nous puissions cacher un si grand crime, le déroberons-nous aux regards de votre aïeul maternel dont la lumière embrasse le monde ? échappera-t-il au père des dieux, dont la main terrible ébranle l'univers en lançant les foudres de l'Etna ? L'œil de vos aïeux embrasse toutes choses, comment pourrez-vous éviter leurs regards ?

Mais, quand les dieux consentiraient à fermer complaisamment les yeux sur cet horrible adultère, et à jeter sur vos criminelles amours un voile favorable qui a toujours manqué aux grands crimes, comptez-vous pour rien le supplice affreux d'un esprit troublé par le remords, d'une conscience bourrelée, toujours pleine du forfait qu'elle se reproche, et effrayée d'elle-même ?

Le crime peut être quelquefois en sûreté, mais il n'est jamais en repos.

Éteignez, je vous en conjure, éteignez la flamme de cet amour impie : c'est un forfait inconnu aux nations les plus barbares, et qui ferait horreur aux Gètes vagabonds, aux habitants inhospitaliers du Taurus, aux peuples errants de la Scythie. Épurez votre cœur, et chassez-en le germe de ce crime horrible ; souvenez-vous de votre mère, craignez cet amour nouveau et monstrueux. Vous pensez à confondre la couche du père et celle du fils ! à mêler le sang de l'un et de l'autre dans vos flancs incestueux ! poursuivez donc, et troublez toute la nature par vos détestables amours. Pourquoi ne pas prendre plutôt un monstre pour amant ? pourquoi laisser vide le palais du Minotaure ? Il faut que le monde voie des monstres inconnus, il faut que les lois de la nature soient violées, à chaque nouvel amour d'une princesse de Crète.

PHÈDRE

Je reconnais la vérité de ce que tu dis, chère nourrice ; mais la passion me pousse dans la voie du mal : mon esprit voit l'abîme ouvert, et s'y sent entraîné ; il y va, il y retourne, et forme en vain de sages résolutions. Ainsi, quand le nocher pousse en avant un vaisseau pesamment chargé, que repoussent les flots contraires, il s'épuise en vains efforts et le navire cède au courant qui l'entraîne. La raison dispute vainement une victoire acquise à la passion ; et l'Amour tout-puissant domine ma volonté. Cet enfant ailé règne en tyran sur toute la terre ; Jupiter même est brûlé de ses feux invincibles. Le dieu de la guerre a senti la force de son flambeau ; Vulcain, le forgeron de la foudre, l'a également sentie, et ce dieu, qui entretient les ardents fourneaux de l'Etna, se laisse embraser aux flammes légères de l'Amour. Apollon, même le maître de l'arc, succombe aux traits, plus inévitables que les siens, lancés par cet enfant qui, dans son vol, frappe le ciel et la terre avec la même puissance.

LA NOURRICE

C'est la passion qui, dans sa lâche complaisance pour le vice, a fait de l'amour un dieu, et paré faussement d'un nom divin sa fougue insensée pour se donner une plus libre carrière. On dit que Vénus envoie son fils se promener par le monde ; et que cet enfant, dans son vol à travers les airs, lance de sa faible main ses flèches impudiques ; l'on donne ainsi au moindre des dieux la plus grande puissance parmi les Immortels. Vaines créations d'un esprit en délire qui invoque à l'appui de ses fautes l'existence d'une Vénus déesse, et l'arc de l'Amour ! C'est l'enivrement de la prospérité, l'excès de l'opulence, le luxe, père de mille besoins inconnus, qui engendrent cette passion funeste, compagne ordinaire des grandes fortunes : les mets accoutumés, la simplicité d'une habitation modeste, les aliments de peu de prix deviennent insipides. Pourquoi ce fléau, qui ravage les somptueux palais, ne se trouve-t-il que rarement dans la demeure du pauvre ? pourquoi l'amour est-il pur sous le chaume ? pourquoi le peuple garde-t-il des goûts simples et de saines affections ? pourquoi la médiocrité sait-elle mieux régler ses désirs ? pourquoi les riches, au contraire, et surtout ceux qui ont pour eux la puissance royale, sortent-ils des bornes légitimes ? celui qui peut trop, veut aller jusqu'à l'impossible. Vous savez quelle doit être la conduite d'une femme assise sur le trône ; tremblez donc, et craignez la vengeance de votre époux dont le retour est proche.

PHÈDRE

L'Amour m'accable de toute sa puissance, et je ne crains pas le retour de Thésée. On ne remonte plus vers la voûte des cieux, quand on est une fois descendu dans le muet empire de la nuit éternelle.

LA NOURRICE

Ne le croyez pas. Quand même Pluton aurait fermé sur lui les portes de son royaume, quand le chien du Styx en garderait toutes les issues, Thésée saura bien s'ouvrir une voie interdite au reste des mortels.

PHÈDRE

Peut-être que mon amour trouvera grâce devant lui.

LA NOURRICE

Il a été sans pitié pour la plus chaste des épouses. Antiope l'Amazone a éprouvé la rigueur de sa main cruelle [1]. Mais en supposant que vous puissiez fléchir votre époux irrité, comment fléchirez-vous le cœur insensible de son fils ? Il hait tout notre sexe, le seul nom de femme l'effarouche ; cruel envers lui-même, il se voue à un célibat perpétuel, il fuit le mariage, et vous savez d'ailleurs qu'il est fils d'une Amazone.

1. D'après une variante du mythe (rapportée entre autres par Ovide), Thésée aurait tué son épouse, Antiope, mère d'Hippolyte.

PHÈDRE

Ah ! je veux le suivre dans sa course rapide au sommet des collines neigeuses, à travers les roches hérissées qu'il foule en courant, je veux le suivre au fond des bois épais et sur la crête des montagnes.

LA NOURRICE

Croyez-vous qu'il s'arrête, qu'il s'abandonne à vos caresses, et qu'il se dépouille de son chaste vêtement pour favoriser d'impudiques amours ? Pensez-vous qu'il dépose sa haine à vos pieds, quand c'est pour vous seule qu'il hait toutes les femmes ?

PHÈDRE

Sera-t-il impossible de l'attendrir par des prières ?

LA NOURRICE

Son cœur est farouche.

PHÈDRE

Nous savons que les cœurs les plus farouches ont été vaincus par l'amour.

LA NOURRICE

Il fuira.

PHÈDRE

S'il fuit, je le suivrai, même à travers les mers.

LA NOURRICE

Souvenez-vous de votre père.

PHÈDRE

Je me souviens aussi de ma mère.

LA NOURRICE

Il hait tout notre sexe.

PHÈDRE

Je ne crains point de rivale.

LA NOURRICE

Votre époux reviendra.

PHÈDRE

Oui, complice de Pirithoüs.

LA NOURRICE

Votre père aussi viendra.

PHÈDRE

Il fut indulgent pour ma sœur.

LA NOURRICE

Vous me voyez suppliante à vos genoux ; par le respect dû à ces cheveux blanchis par l'âge, par ce cœur fatigué de soins, par ces mamelles qui vous ont nourrie, je vous en conjure, délivrez-vous de cette passion furieuse, et appelez la raison à votre secours. La volonté de guérir est un commencement de guérison.

PHÈDRE

Tout sentiment de pudeur n'est pas encore éteint en moi, chère nourrice, je t'obéis. Il faut vaincre cet amour qui ne veut pas se laisser conduire. Je ne veux pas souiller ma gloire. Le seul moyen de me guérir, l'unique voie de salut qui me reste, c'est de suivre mon époux : j'échapperai au crime par la mort.

LA NOURRICE

Ma fille, calmez ce transport furieux, modérez vos esprits. Vous méritez de vivre par cela seul que vous vous croyez digne de mort.

PHÈDRE

Non, je suis décidée à mourir ; il ne me reste plus qu'à choisir l'instrument de mon trépas. Sera-ce un fatal lacet qui terminera mes jours, ou me jetterai-je sur la pointe d'une épée ? ou vaut-il mieux me précipiter du haut de la citadelle de Minerve ? C'en est fait, prenons en main l'arme qui doit venger ma pudeur.

LA NOURRICE

Croyez-vous que ma vieillesse vous laisse ainsi courir à la mort ? Modérez cette fougue aveugle.

PHÈDRE

Il n'est pas facile de ramener personne à la vie ; il n'est aucun moyen d'empêcher de mourir celui qui en a pris la résolution, surtout quand la mort est dans son devoir comme dans sa volonté.

LA NOURRICE

Ô ma chère maîtresse, vous la seule consolation de mes vieux ans, si cette ardeur qui vous possède est si forte, méprisez la renommée ; elle ne s'attache pas toujours à la vérité ; elle est souvent meilleure ou pire que les actions. Essayons de fléchir cet esprit dur et intraitable. Je prends sur moi d'aborder ce jeune homme farouche, et d'émouvoir son âme insensible.

SCÈNE 3

LE CHŒUR

Déesse qui naquis au sein des mers orageuses [1], et que le double Amour appelle sa mère, combien sont redoutables les feux et les flèches de ton fils, et combien les traits qu'il lance en se jouant, avec un sourire perfide, sont inévitables ! la douce fureur qu'il inspire se répand jusque dans la moelle des os ; un feu caché ravage les veines ; il ne fait point de larges blessures, mais le trait invisible pénètre jusqu'à l'âme et la dévore.

Ce cruel enfant ne se repose jamais, ses flèches rapides volent incessamment par le monde. Les pays qui voient naître le soleil et ceux qui le voient mourir, les climats brûlés par les feux du Cancer, et ceux qui, dominés par la Grande Ourse du nord, ne connaissent pour habitants que des hordes vagabondes, tous sont également échauffés par l'amour. Il attise le feu brûlant des jeunes hommes, et ranime la chaleur éteinte aux cœurs glacés des vieillards ; il allume au sein des vierges des ardeurs inconnues, il force les dieux mêmes à descendre du ciel, et à venir habiter la terre sous des formes empruntées. C'est par lui qu'Apollon, devenu berger des troupeaux d'Admète, quitta sa lyre divine, et conduisit des taureaux au son de la flûte champêtre. Combien de fois le dieu qui gouverne l'Olympe et les nuages a-t-il revêtu des formes plus viles encore ? Tantôt c'est un oiseau superbe, aux blanches ailes, à la voix plus douce que celle du cygne mourant. Tantôt c'est un jeune taureau au front terrible, qui prête son dos complaisant aux jeux des jeunes filles, s'élance à travers l'humide empire de son frère, et, imitant avec les cornes de ses pieds les rames des navires, dompte les flots avec sa large

1. Vénus.

poitrine, et nage en tremblant pour la douce proie qu'il emporte. Blessée par les flèches de l'Amour, la reine des nuits déserte son empire, et confie à son frère la conduite de son char brillant, qui suit un autre cours que celui du soleil. Le dieu du jour apprend à conduire les deux coursiers noirs de sa sœur, et à décrire une courbe moindre que la sienne. Cette nuit se prolongea au-delà du terme ordinaire, et le jour ne se leva que bien tard à l'orient, parce que le char de la déesse des ombres avait marché plus lentement, chargé d'un poids inaccoutumé. Le fils d'Alcmène [1], vaincu par l'Amour, a jeté son carquois et la dépouille effrayante du lion de Némée ; il a laissé emprisonner ses doigts dans des cercles d'émeraudes, et parfumer sa rude chevelure. Il a noué autour de ses jambes le cothurne d'or, et la molle sandale aux rubans couleur de feu. Sa main, qui tout à l'heure encore portait la pesante massue, tourne entre ses doigts les fuseaux légers. La Perse et l'opulente Lydie ont vu avec orgueil la peau terrible du lion laissée à terre, et ces fortes épaules, qui avaient porté le poids du ciel, revêtues d'une tunique efféminée de pourpre tyrienne. Le feu de l'amour (croyez-en ses victimes) est un feu sacré, qui brûle et qui dévore. Depuis les profondeurs de la mer jusqu'à la hauteur des astres lumineux, le cruel enfant règne en maître absolu ; ses traits brûlants vont chercher les Néréides au fond des eaux bleuâtres, et la fraîcheur des mers ne peut éteindre les feux qu'ils allument. Les oiseaux brûlent des mêmes flammes. Les taureaux, en proie à la fureur de Vénus, se livrent entre eux des combats horribles pour la possession d'un troupeau tout entier ; s'il craint pour sa compagne, le cerf timide se précipite avec rage sur son rival, et sa colère éclate dans ses cris. Les noirs habitants de l'Inde se troublent à la vue des tigres saisis d'une fureur amoureuse ; le sanglier aiguise ses défenses, et se couvre d'écume ; les lions d'Afrique secouent leur crinière avec violence, et les bois retentissent de cris épouvantables. Les monstres de la mer et les taureaux de Lucanie cèdent à l'aiguillon de l'Amour. Rien ne se dérobe à son empire, tout cède à sa puissance, tout, jusqu'à la haine ; oui, les inimitiés les plus enracinées ne tiennent pas contre sa flamme victorieuse, et, pour tout dire en un mot, le cœur même des marâtres se laisse aller à sa douce influence.

1. Hercule.

ACTE II

SCÈNE 1

Le chœur, la nourrice, Phèdre

LE CHŒUR

Parlez, ô nourrice, quelle nouvelle apportez-vous ? où est la reine ? dites-nous si le feu cruel qui la consume est apaisé ?

LA NOURRICE

Nul espoir d'adoucir un mal si grand ; cette flamme insensée n'aura point de fin. Une brûlante ardeur la dévore intérieurement ; malgré ses efforts pour la cacher, cette passion concentrée s'échappe de son sein et se montre sur son visage. Le feu brille dans ses yeux, et ses paupières abaissées fuient la lumière du jour. Capricieuse et troublée, rien ne lui plaît longtemps. Elle s'agite en tous sens et se débat contre le mal qui la ronge. Tantôt ses genoux se dérobent sous elle comme si elle allait mourir, et sa tête s'incline sur son cou défaillant ; tantôt elle se remet sur sa couche, et, oubliant le sommeil, passe la nuit dans les larmes. Elle demande qu'on la soulève sur son lit, puis qu'on l'étende ; elle veut tour à tour qu'on dénoue sa chevelure, et qu'on en répare le désordre ; toutes les positions lui sont également insupportables ; elle ne songe plus à prendre des aliments ni à entretenir sa vie ; elle marche à pas mal assurés, et se soutient à peine. Plus de forces ; la pourpre qui colorait la neige de son teint s'est effacée. Le feu qui la consume dessèche ses membres ; sa démarche est tremblante, la fraîcheur et l'éclat de son beau corps ont disparu ; ses yeux brillants, où luisait un rayon de soleil, n'ont plus rien de cette vive lumière qui rappelait sa glorieuse origine ; des larmes s'en échappent et coulent sans cesse le long de ses joues, comme ces ruisseaux formés par les neiges du Taurus quand une pluie d'orage vient à les fondre. — Mais le palais s'ouvre à nos yeux ; la voici elle-même, étendue sur les coussins de son siège doré ; dans son fatal égarement, elle veut se délivrer de sa parure et de ses vêtements accoutumés.

PHÈDRE

Débarrassez-moi de ces robes de pourpre et d'or : loin de moi cette vive couleur de Tyr, et ces riches tissus recueillis sur les arbres de la Sérique. Je veux une étroite ceinture qui presse mon sein sans gêner mes mouvements ; point de colliers à mon cou ; ne chargez point mes oreilles de ces blanches pierres, don précieux de la mer des Indes. Laissez mes cheveux, et n'y versez point les parfums d'Assyrie : je veux qu'ils soient épars et tombent en désordre sur mes épaules ; dans ma course rapide, ils flotteront au gré des vents. Je porterai le carquois dans ma main gauche, et dans ma main droite l'épieu de Thessalie ; ainsi marchait la mère de l'insensible Hippolyte. Je parcourrai les bois dans le même appareil où l'on vit cette reine du Tanaïs ou des Palus-Méotides fouler le sol de l'Attique, à la tête de ses bataillons d'Amazones qu'elle avait amenés des rivages glacés de l'Euxin. Un simple nœud rassemblait ses cheveux et les laissait tomber sur ses épaules ; un bouclier en forme de croissant couvrait son sein. Je serai comme elle.

LA NOURRICE

Laissez là ces tristes plaintes ; la douleur ne soulage point les malheureux. Ne songeons qu'à fléchir le courroux de la chaste déesse des bois. Reine des forêts, la seule des immortelles qui vous plaisiez à habiter les montagnes, la seule aussi qu'on y adore, écartez de nous les malheurs que nous annoncent de sinistres présages. Grande déesse des forêts et des bois sacrés, ornement du ciel, et flambeau des nuits, vous qui partagez avec le dieu du jour le soin d'éclairer le monde, Hécate aux trois visages, rendez-vous favorable à nos vœux. Domptez le cœur de l'insensible Hippolyte ; qu'il apprenne à aimer, qu'il ressente les feux d'une ardeur partagée ; qu'il écoute la voix d'une amante. À vous de vaincre son cœur farouche et de le faire tomber dans les filets de l'amour ; à vous de ramener sous les lois de Vénus cet homme si fier, si dur et si sauvage ; consacrez toute votre puissance à ce grand changement ; et puisse votre visage briller toujours d'un vif éclat, votre disque n'être jamais offusqué de nuages ; que jamais, quand vous tiendrez les rênes de votre char nocturne, les chants des magiciennes de Thessalie ne vous forcent à descendre sur la terre ; que jamais berger ne se glorifie de vos faveurs. Soyez propice à nos vœux. Mais déjà vous les avez entendus. Je vois Hippolyte lui-même ; il s'apprête à vous offrir un solennel sacrifice ; il est seul. Pourquoi hésiter ? le hasard m'offre le moment et le lieu favorables ; il faut user d'adresse. Je tremble. Il est pénible d'avoir à exécuter un crime ordonné par un autre. Mais, quand on craint les rois, il faut renoncer à la justice, il faut bannir de son cœur tout sentiment honnête ; la vertu serait un mauvais instrument des volontés souveraines.

SCÈNE 2
Hippolyte, la nourrice

HIPPOLYTE

Quel motif conduit en ces lieux vos pas appesantis par l'âge, fidèle nourrice ? pourquoi ce trouble sur votre visage, et cette tristesse dans vos yeux ? les jours de mon père ne sont point menacés ? ni ceux de Phèdre, ni ceux de ses deux enfants ?

LA NOURRICE

Soyez tranquille à cet égard ; l'état du royaume est prospère, et la florissante famille de Thésée jouit d'un bonheur parfait. Mais vous, pourquoi ne partagez-vous pas cette félicité ? Votre sort m'inquiète, et je ne puis que vous plaindre, en voyant à quels maux vous vous condamnez vous-même. On peut pardonner le malheur à l'homme que le destin poursuit de ses rigueurs ; mais celui qui va au-devant des disgrâces, et qui se tourmente volontairement lui-même, mérite de perdre les biens dont il ne sait pas jouir. Souvenez-vous de votre jeunesse, et donnez à votre esprit les distractions qu'il demande. Allumez le flambeau des nocturnes plaisirs ; sacrifiez à Bacchus, et noyez dans son sein vos graves inquiétudes. Jouissez de la jeunesse, elle s'écoule avec rapidité. À votre âge le cœur s'ouvre facilement, le plaisir est doux ; livrez-vous à son empire. Pourquoi votre couche est-elle solitaire ? Quittez cette vie austère qui convient mal à votre âge ; livrez-vous aux voluptés, donnez-vous une libre carrière, et ne perdez pas sans fruit vos plus beaux jours. Dieu a tracé à chaque âge ses devoirs, et marqué les différentes saisons de notre vie. La joie sied bien au jeune homme, la tristesse au vieillard. Pourquoi vous comprimer ainsi vous-même, et fausser la plus heureuse nature ? Le laboureur a beaucoup à espérer d'une moisson qui, jeune encore, s'élance avec force et couvre les sillons de ses jets hardis. L'arbre qui doit élever au-dessus de tous les autres sa tête puissante est celui dont une main jalouse n'a point coupé les rameaux. Les âmes nobles se portent plus facilement jusqu'au faîte de la gloire, quand la liberté favorise et active leur développement. Sauvage et solitaire, vous ignorez les plus doux charmes de la vie, et vous consumez tristement votre jeunesse dans le mépris de Vénus. Croyez-vous que le seul devoir des hommes de cœur soit de se soumettre à une vie dure et laborieuse, de dompter des coursiers fougueux, et de se livrer tout entiers aux sanglants exercices de Mars ? Le souverain maître du monde, voyant les mains de la mort si actives à détruire, a pris soin de réparer les pertes du genre humain par des naissances toujours nouvelles. Ôtez de l'univers l'amour qui en répare les désastres, et comble le vide des générations éteintes, le globe ne sera plus qu'une solitude effrayante et confuse ; la mer sera vide et sans flottes qui la sillonnent ; plus d'oiseaux dans les plaines du ciel, plus d'animaux dans les bois ; l'air ne sera plus traversé que par les vents. Voyez que de fléaux divers détruisent et moissonnent la race humaine ; la mer, l'épée et le crime ! mais, en écartant même cette destruction nécessaire et fatale, n'allons-nous pas nous-mêmes au-devant de la mort ? Que la jeunesse garde un célibat stérile, tout ce que vous voyez autour de vous ne vivra qu'une vie d'homme, et s'éteindra pour jamais. Prenez donc la nature pour guide, fréquentez la ville, et recherchez la compagnie de vos concitoyens.

HIPPOLYTE

Il n'est pas de vie plus libre, plus exempte de vices, ni qui rappelle mieux les mœurs innocentes des premiers hommes, que celle qui se passe loin des villes, dans la solitude des bois. Les aiguillons brûlants de l'avarice n'entrent point dans le cœur de l'homme qui se garde pur au sommet des montagnes ; il ne rencontre là ni la faveur du peuple, ni les caprices de la multitude toujours injuste envers les hommes de bien, ni les poisons de l'envie, ni les mécomptes de l'ambition ; il n'est point l'esclave de la royauté, ne la désirant pas pour lui-même ; il ne se consume point dans la poursuite des vains honneurs et des richesses périssables ; il est libre d'espérance et de crainte ; il ne redoute point les morsures empoisonnées de la sombre envie. Il ne connaît point ces crimes qui naissent dans les villes et dans les grandes réunions d'hommes. Sa conscience bourrelée ne le force point de trembler à tous les bruits qu'il entend. Il n'a point à déguiser sa pensée. Pour lui point de riche palais appuyé sur mille colonnes, point de lambris incrustrés d'or. Sa piété ne verse point le sang à longs flots sur les autels ; cent taureaux blancs parsemés de farine ne viennent point offrir la gorge au sacrificateur. Mais il jouit du libre espace et de la pureté du ciel, il marche dans son innocence et dans sa joie. Il ne sait tendre de piège qu'aux animaux sauvages ; épuisé de fatigue, il repose ses membres dans les claires eaux de l'Ilissus. Tantôt il suit dans ses détours le rapide Alphée, tantôt il parcourt les bois épais qu'arrose la fraîche et limpide fontaine de Lerna. Il change de lieux à son gré : ici, il entend le chant plaintif des oiseaux mêlé au murmure des arbres agités par le vent, et aux frémissements des vieux hêtres. Tantôt il aime à s'asseoir sur les bords d'une onde errante, ou à goûter un doux sommeil sur de frais gazons, auprès d'une large fontaine aux eaux rapides, ou d'un clair ruisseau qui s'échappe avec un doux murmure entre des fleurs nouvelles. Des fruits détachés des arbres lui servent à apaiser sa faim, et les fraises cueillies sur leur tige légère lui fournissent une nourriture facile ; ce qu'il veut fuir surtout, c'est le luxe ambitieux des rois. Que les puissances du monde boivent le vin en tremblant dans des coupes d'or ; il aime, lui, à puiser l'eau des sources dans le creux de sa main. Son repos est plus tranquille sur cette couche dure, où il s'étend avec sécurité. Il n'a point besoin d'une retraite obscure et profonde pour y cacher ses intrigues coupables, la crainte ne le force pas de s'enfermer dans les détours d'une demeure impénétrable à tous les yeux. Il cherche l'air et la lumière, et il se plaît à vivre sous la voûte du ciel. Telle fut sans doute la vie des premiers hommes reçus au rang des demi-dieux. L'ardente soif de l'or n'était point connue dans ces âges d'innocence ; nulle pierre sacrée ne déterminait alors les droits de chacun et la borne des champs, les vaisseaux ne sillonnaient point encore les mers ; chacun ne connaissait que son rivage. Les villes ne s'étaient point encore enfermées d'une vaste ceinture de murailles et de tours. La main du soldat n'était point armée du fer homicide, et la baliste ne lançait point d'énormes pierres contre les portes ennemies pour les briser ; la terre assujettie ne gémissait point sous les pas du bœuf attelé au joug ; mais les campagnes fertiles nourrissaient d'elles-mêmes l'homme qui ne leur demandait rien ; il trouvait sur les arbres, il trouvait au fond des antres obscurs des richesses et des demeures naturelles. Mais cette alliance de l'homme avec la nature fut brisée par la fureur d'acquérir, par la colère aveugle, par toutes les passions qui bouleversent les âmes. La soif impie de commander se fit sentir dans le monde, le faible devint la proie du puissant, la force fut érigée en droit. Les hommes se firent la guerre, d'abord avec leurs seules mains ; les pierres, et les branches des arbres furent leurs armes grossières. Ils ne connaissaient point encore la flèche légère de cornouiller à la pointe acérée, ni l'épée à la longue lame qui pend à la ceinture du soldat, ni le casque à la crête ondoyante. La colère s'armait de ce qui lui tombait sous la main. — Bientôt le dieu de la guerre inventa des moyens nouveaux de se combattre, et mille instruments de mort : le sang coula par toute la terre, et la mer en fut rougie. Le crime ne s'arrêta plus ; il entra dans toutes les demeures des hommes, et se multiplia sous toutes les formes possibles. Le frère mourut de la main du frère, le père sous la main du fils ; l'époux tomba sous le fer de l'épouse, et les mères dénaturées s'armèrent contre la vie de leurs propres enfants. Je ne dis rien des marâtres : les bêtes sauvages sont moins cruelles. Mais la perversité de la femme est au-dessus de tout ; c'est elle qui est dans le monde l'ouvrière et la cause de tous les crimes ; c'est elle qui, par ses amours adultères, a réduit tant de villes en cendres, armé tant de nations les unes contre les autres, amené la ruine de tant de royaumes. Sans parler des autres, Médée seule, l'épouse d'Égée, suffit pour rendre ce sexe abominable.

LA NOURRICE

Pourquoi faire peser sur toutes les femmes le crime de quelques-unes ?

HIPPOLYTE

Je les hais toutes, je les abhorre, je les déteste, je les fuis. Soit raison, soit nature, soit colère aveugle, je veux les haïr. L'eau s'unira paisiblement au feu ; les Syrtes mouvantes offriront aux navires une passe commode et sans péril, le matin brillant se lèvera sur les ondes occidentales de la mer d'Hespérie, et les loups caresseront avec amour les daims timides, avant que mon cœur se dépouille de sa haine, et s'apaise envers la femme.

LA NOURRICE

Souvent l'amour subjugue les âmes les plus rebelles, et triomphe de leurs antipathies. Voyez le royaume de votre mère ; les fières Amazones se soumettent aussi à la puissance de Vénus, vous en êtes la preuve, vous l'unique enfant mâle conservé dans cette nation.

HIPPOLYTE

La seule chose qui me console de la perte de ma mère, c'est le droit qu'elle me donne de haïr toutes les femmes.

LA NOURRICE

Comme une roche dure et de tous côtés inabordable, qui résiste au mouvement des mers, et repousse au loin les vagues qui viennent l'assaillir, le cruel méprise mes discours... Mais voici Phèdre qui accourt à pas précipités, dans sa brûlante impatience. Que va-t-il arriver ? quelle sera l'issue de ce fatal amour ? — Elle est tombée par terre ; plus de mouvement ; la pâleur de la mort s'est répandue sur tous ses traits. Relevez-vous, ma fille, ouvrez les yeux, parlez, c'est votre Hippolyte lui-même qui vous tient dans ses bras.

SCÈNE 3

Phèdre, Hippolyte, la nourrice, serviteurs

PHÈDRE

Oh ! qui me rend à la douleur, qui ranime dans mon sein le mal qui me dévore ? J'étais heureuse dans cette défaillance qui m'ôtait le sentiment de moi-même. Mais pourquoi fuir cette douce lumière qui m'est rendue ? Du courage, ô mon cœur ; il faut oser, il faut accomplir toi-même le message que tu as donné. Parlons avec assurance ; demander avec crainte, c'est provoquer le refus. Il y a longtemps que mon crime est plus qu'à moitié commis. La pudeur n'est plus de saison : c'est un amour abominable sans doute ; mais, si j'arrive au terme de mes désirs, je pourrai peut-être plus tard cacher sous des nœuds légitimes cette satisfaction criminelle. Il est des forfaits que le succès justifie. Il faut commencer. Écoutez-moi, je vous prie, un moment sans témoin ; et faites retirer votre suite.

HIPPOLYTE

Parlez, nous sommes seuls, et personne ne peut nous entendre.

PHÈDRE

Les mots, prêts à sortir, s'arrêtent sur mes lèvres ; une force impérieuse m'oblige à parler, mais une force encore plus grande m'en empêche : soyez-moi témoins, dieux du ciel, que ce que je veux, je ne le veux pas.

HIPPOLYTE

Est-ce que vous ne pouvez exprimer ce que vous êtes pressée de me dire ?

PHÈDRE

Il est facile d'énoncer des sentiments vulgaires, mais les grands sentiments ne trouvent point de paroles.

HIPPOLYTE

Ne craignez pas, ô ma mère, de me confier vos chagrins.

PHÈDRE

Ce nom de mère est trop noble et trop imposant ; un nom plus humble convient mieux à mes sentiments pour vous. Appelez-moi votre sœur, cher Hippolyte, ou votre esclave : oui, votre esclave plutôt ; car je suis prête à faire toutes vos volontés. Si vous m'ordonnez de vous suivre à travers les neiges profondes, vous me verrez courir sur les cimes glacées du Pinde. Faut-il marcher au milieu des feux et des bataillons ennemis, je n'hésiterai pas à exposer mon sein nu à la pointe des épées. Prenez le sceptre que m'a confié votre père, et recevez-moi comme votre esclave. À vous de commander, à moi de vous obéir. Ce n'est point affaire de femme de régner sur les villes. Mais vous, qui êtes dans la force et dans la fleur de l'âge, prenez en main le sceptre paternel. Ouvrez-moi votre sein comme à une suppliante, protégez-moi comme votre esclave, ayez pitié d'une veuve.

HIPPOLYTE

Que le maître des dieux écarte ce triste présage ! mon père vit et nous sera bientôt rendu.

PHÈDRE

Le dieu qui règne sur le sombre empire, et sur les rives silencieuses du Styx, ne lâche point sa proie, et ne laisse remonter personne vers le séjour des vivants. Renverra-t-il le ravisseur de son épouse ? il faudrait le supposer bien indulgent pour les fautes de l'amour.

HIPPOLYTE

Les dieux du ciel plus favorables nous rendront Thésée ; mais, tant que nous resterons dans l'incertitude de son retour qu'appellent tous nos vœux, je garderai pour mes frères l'amitié que je leur dois, et mes tendres soins vous feront oublier votre veuvage. Moi-même je veux tenir auprès de vous la place de mon père.

PHÈDRE

Ô crédule espérance d'un cœur passionné ! ô illusions de l'amour ! en a-t-il assez dit ? je vais employer maintenant les prières. Prenez pitié de moi ; entendez mon silence, et les vœux cachés dans mon cœur ; je veux parler et je n'ose.

HIPPOLYTE

Quel est donc le mal qui vous tourmente ?

PHÈDRE

Un mal que ne ressentent pas souvent les marâtres.

HIPPOLYTE

Vos paroles sont obscures et couvertes ; parlez plus clairement.

PHÈDRE

Un amour furieux, un feu dévorant, me consument. Cette ardeur cachée pénètre jusqu'à la moelle de mes os, elle circule avec mon sang, brûle mes veines et mes entrailles, et parcourt tout mon corps comme une flamme rapide qui dévore les poutres d'un palais.

HIPPOLYTE

C'est l'excès de votre chaste amour pour Thésée qui vous trouble à ce point.

PHÈDRE

Oui, cher Hippolyte, j'aime le visage de Thésée, je l'aime tel qu'il était jadis, paré des grâces de la première jeunesse ; quand un léger duvet marquait ses joues fraîches et pures, au temps où il visita la demeure terrible du monstre de Crète, et prit en main le fil qui devait le conduire à travers les mille détours du Labyrinthe. Qu'il était beau alors ! Un simple bandeau retenait sa chevelure, une aimable rougeur colorait ses traits blancs et délicats : des muscles vigoureux se dessinaient sur ses bras mollement arrondis ; c'était le visage de Diane que vous aimez, ou celui d'Apollon, père de ma famille, ou plutôt c'était le vôtre, cher Hippolyte. Oui, oui, Thésée vous ressemblait quand il sut plaire à la fille de son ennemi. C'est ainsi qu'il portait sa noble tête ; cette beauté simple et naïve me frappe encore plus en vous ;

je retrouve sur votre visage toutes les grâces de votre père, auxquelles néanmoins un certain mélange des traits de votre mère ajoute un air de dignité sauvage. Vous avez dans une figure grecque la fierté d'une Amazone. Si vous aviez suivi Thésée sur la mer de Crète, c'est à vous plutôt qu'à lui que ma sœur eût donné le fil fatal. Ô ma sœur, ma sœur, quelle que soit la partie du ciel que tu éclaires de tes feux, je t'invoque aujourd'hui ; notre cause est la même ; une seule famille nous a perdues toutes deux ; tu as aimé le père et j'aime le fils. — Hippolyte, vous voyez suppliante à vos pieds l'héritière d'une royale maison ; pure et sans tache, et vertueuse jusqu'à ce moment, c'est vous seul qui m'avez rendue faible. Je m'abaisse jusqu'aux prières, c'est un parti pris, il faut que ce jour termine ma vie ou mon tourment ; prenez pitié de mon amour.

HIPPOLYTE

Puissant maître des dieux, tu n'as pas encore vengé ce crime ! tu le vois sans colère ! Quand donc tes mains lanceront-elles la foudre, si le ciel reste calme en ce moment ? Que l'Olympe tout entier s'ébranle, et que d'épaisses ténèbres cachent la face du jour. Que les astres reculent dans leur cours, et retournent en arrière ; toi surtout, roi de la lumière, peux-tu bien voir d'un œil tranquille ce forfait monstrueux de l'un de tes enfants ? Dérobe-nous la clarté du jour, et cache-toi dans la nuit. Pourquoi ta main n'est-elle pas armée, roi des dieux et des hommes ? pourquoi ta foudre aux trois carreaux n'a-t-elle pas encore embrasé l'univers ? Tonne sur moi, frappe-moi, que tes feux rapides me consument ; je suis coupable, j'ai mérité de mourir. Je suis aimé de la femme de mon père : elle m'a cru capable de partager sa flamme adultère et criminelle ! Seul donc je vous ai semblé une proie facile ? c'est mon indifférence pour votre sexe qui m'a valu ce fatal amour ? Ô la plus coupable de toutes les femmes ! ô fille plus déréglée dans vos passions que votre mère qui a mis un monstre au jour ! Elle ne s'est souillée du moins que par l'adultère ; son crime longtemps caché s'est découvert dans les deux natures de l'être qu'elle avait conçu, et le visage horrible de cet enfant monstrueux manifesta la honte de sa mère. C'est le même sein qui vous a portée. Ô trois et quatre fois heureux les mortels que le crime et la perfidie ont perdus, détruits et plongés dans la tombe ! Mon père, je vous porte envie ; Médée, votre marâtre, fut meilleure pour vous que la mienne ne l'est pour moi.

PHÈDRE

Je connais assez le destin cruel qui pèse sur notre famille : nos amours sont horribles ; mais je ne suis pas maîtresse de moi. Je te suivrai à travers les flammes, à travers les mers orageuses, à travers les rochers et les torrents impétueux ; où que tu ailles, ma passion furieuse m'emportera sur tes pas. Pour la seconde fois, superbe, tu me vois à tes genoux.

HIPPOLYTE

Ne me touchez pas ; retirez vos mains adultères qui font outrage à ma pureté. Mais quoi ? elle m'embrasse ! où est mon épée ? qu'elle meure comme elle le mérite. J'ai plongé ma main dans ses cheveux, je tiens relevée cette tête impudique ; jamais sang n'aura coulé plus justement sur tes autels, ô déesse des forêts !

PHÈDRE

Hippolyte, vous comblez tous mes vœux ; vous me guérissez de ma fureur. Mourir par vos mains en sauvant ma vertu, c'est plus de bonheur que je n'en demandais.

HIPPOLYTE

Non, retirez-vous, et vivez, car vous n'obtiendrez rien de moi. Ce fer, qui vous a touchée, ne doit point rester à ma ceinture. Le Tanaïs pourra-t-il me purifier assez ? Les eaux méotides qui vont se perdre dans la mer de Pont, sous des climats glacés, laveront-elles ma souillure ? Oh ! non, l'Océan lui-même avec tous ses flots n'effacerait pas la trace d'un pareil crime. Ô bois ! ô bêtes des forêts !

LA NOURRICE

Pourquoi hésiter ? c'est à nous de rejeter sur lui cet odieux attentat et de l'accuser lui-même d'une flamme incestueuse. Couvrons une accusation par une autre : le plus sûr, quand on craint, c'est de faire le premier pas, et d'attaquer. Tout s'est passé dans le secret, nul témoin ne viendra dire si nous sommes les auteurs ou les victimes de cet attentat. Athéniens, accourez ; au secours, fidèles serviteurs. Un infâme séducteur, Hippolyte, presse et menace la femme de Thésée ; il tient le fer en main, et veut effrayer cette chaste épouse par l'image de la mort. Il s'échappe d'un pas rapide, et, dans le trouble de sa fuite précipitée, son glaive est tombé ; le voici ; je tiens la preuve de son crime. Secourez d'abord sa victime infortunée. Ne touchez point à sa chevelure en désordre et lacérée par les mains du ravisseur, laissez-la comme un monument de sa violence cruelle. Répandez cette nouvelle dans la ville. — Et vous, chère maîtresse, reprenez vos sens. Pourquoi déchirer votre sein et fuir tous les regards ? C'est la volonté qui rend une femme coupable, et non le malheur.

SCÈNE 4

LE CHŒUR

Il a fui comme l'orage, comme le vent du nord qui chasse les nuages devant lui, comme ces étoiles qui glissent dans l'espace en laissant derrière elles une longue traînée de feu. Que la renommée, qui vante les héros des vieux âges, compare leur gloire à la tienne, tu les effaceras tous par l'éclat de tes vertus, comme la lune efface toutes les étoiles, dans la plénitude de sa lumière, quand elle réunit les extrémités de son croissant, et se hâte de s'emparer du ciel qu'elle doit éclairer toute la nuit de ses vives clartés. Ta vertu brille comme la lumière d'Hespérus, messager de la nuit qui s'élève du sein des mers pour amener les premières ombres du soir, et qui, le matin, les dissipe pour allumer, sous le nom de Lucifer, les premiers feux du jour.

Et toi, conquérant de l'Inde [1] soumise à ton thyrse vainqueur, dieu à l'éternelle jeunesse et à la flottante chevelure, qui conduis avec la lance entrelacée de feuilles de vigne les tigres attelés à ton char, et pares ton front de la mitre orientale, la chevelure négligée d'Hippolyte n'est pas moins belle que la tienne.

Ne sois point trop fier des charmes de ton visage. La renommée a répandu par le monde le nom du héros que la sœur de Phèdre avait aimé avant toi. Beauté, don périssable que les dieux font aux mortels, et qui ne dures qu'un moment, avec quelle vitesse, hélas ! tu te flétris ! moins promptement se fane la fleur printanière des prairies sous les feux brûlants de l'été ; quand le soleil au solstice répand toute l'ardeur de ses rayons du haut du ciel et amène la nuit derrière son char rapide, les blanches feuilles du lis perdent leur beauté, la rose qui pare les plus nobles têtes se fane et se décolore. Ainsi le doux incarnat de la jeunesse passe

1. Bacchus (Dionysos).

en un moment, chaque jour détruit quelqu'une des grâces d'un beau corps. La beauté est chose passagère : quel homme sage pourrait se confier en ce bien fragile ? il faut en jouir tant qu'on la possède. Le temps nous détruit en silence, et chaque heure nouvelle vaut moins que celle qui l'a précédée. Pourquoi chercher la solitude, ô Hippolyte ? la beauté ne court pas moins de danger dans les déserts. Si tu te reposes à midi au fond d'un bois solitaire, tu seras la proie des Naïades agaçantes, qui entraînent et retiennent dans leurs eaux les jeunes hommes dont la beauté les charme : les Dryades lascives et les Faunes des montagnes te dresseront des embûches pendant ton sommeil. Ou bien la reine des nuits, moins ancienne que les habitants de l'Arcadie, te contemplera du haut de la voûte étoilée, et oubliera de tenir en main les rênes de son char. Dernièrement nous l'avons vue rougir, sans qu'aucun nuage obscurcît la blancheur de son visage. Effrayés de cette lumière trouble et décomposée, nous avons cru que les enchantements des magiciennes de Thessalie l'avaient fait descendre sur la terre, et nous avons fait retentir l'airain bruyant. C'était toi qui l'arrêtais, c'était toi qui causais cette défaillance ; la déesse des nuits, pour te regarder, avait ralenti sa marche.

Expose moins souvent ton visage aux injures de l'hiver et aux ardeurs du soleil, et il surpassera la blancheur du marbre de Paros. Que de grâces dans la mâle fierté de ta figure, que de dignité dans ce front sévère ! tu peux comparer ta tête à celle d'Apollon ; ce dieu aime à laisser flotter les longs cheveux en désordre qui couvrent ses épaules ; toi, tu te plais à ne point parer ta tête, et à laisser ta courte chevelure se répandre au hasard. Les demi-dieux guerriers et habitués aux combats n'ont pas plus de force ni de vigueur que toi. Jeune encore, tes bras égalent déjà la puissance de ceux d'Hercule, et ta poitrine est plus large que celle de Mars. Quand tu veux monter sur un coursier généreux, ta main, plus habile que celle même de Castor, pourrait conduire le cheval célèbre du dieu de Lacédémone. Si tu veux tendre l'arc, et lancer le javelot de toutes tes forces, la flèche légère des archers de la Crète n'ira pas aussi loin que la tienne. Ou si tu veux, comme les Parthes, décocher des traits contre le ciel, aucun ne retombe sans ramener un oiseau frappé au cœur ; tes flèches vont chercher la proie jusqu'au sein des nuages. Mais hélas ! rarement la beauté fut heureuse pour les hommes, les siècles passés te l'apprennent. Puisse la divinité favorable écarter les périls qui te menacent ! puisse ta noble figure te laisser franchir le seuil de la triste vieillesse ! Il n'est point de crime que l'aveugle fureur de Phèdre ne puisse oser. Elle prépare en ce moment une accusation terrible contre son beau-fils. La perfide ! elle cherche des témoignages dans le désordre de ses cheveux ; elle détruit la beauté de son visage, et laisse couler un torrent de larmes sur ses joues. Ce dessein criminel est conduit avec toute la ruse dont ce sexe est capable.

Mais quel est ce guerrier qui porte sur son front le noble éclat du diadème, et lève avec orgueil sa tête majestueuse ? Comme il ressemblerait au jeune Pirithoüs, sans la pâleur de ses joues, et le désordre de ses cheveux hérissés… C'est Thésée lui-même, c'est Thésée revenu sur la terre.

ACTE III

SCÈNE 1
Thésée, la nourrice

THÉSÉE

Enfin je me suis échappé du sein de la nuit éternelle, et j'ai franchi la voûte souterraine qui couvre les mânes enfermés dans leur vaste et sombre prison. Mes yeux peuvent à peine soutenir l'éclat du jour tant désiré. Quatre fois Éleusis a recueilli les dons de Triptolème, quatre fois la Balance a égalisé la durée des nuits et des jours, depuis qu'un destin bizarre me retient entre la vie et la mort. Pendant tout ce temps, je n'ai conservé de la vie que le sentiment de l'avoir perdue. C'est à Hercule que je dois la fin de mes malheurs ; il a forcé la porte du sombre empire, et m'a ramené sur la terre en même temps que le chien du Tartare. Mais mon courage abattu ne retrouve plus sa vigueur première ; mes genoux tremblent sous moi. Oh ! que la route est pénible, des abîmes du Phlégéthon au séjour de la lumière ! Que de maux pour franchir cet espace, échapper à la mort, et suivre les pas d'Alcide ! Mais quel gémissement lugubre a frappé mes oreilles ? Parlez, quelqu'un. Les soupirs, les larmes, la douleur, m'attendaient au seuil de mon palais ; cet accueil lamentable était bien dû à un mortel échappé des enfers.

LA NOURRICE

Phèdre s'obstine, seigneur, dans la pensée de mourir ; elle se montre insensible à nos pleurs, et veut trancher le fil de ses jours.

THÉSÉE

Pourquoi ce dessein funeste ? d'où vient qu'elle veut mourir quand son époux lui est rendu ?

LA NOURRICE

C'est votre retour même qui précipite son trépas.

THÉSÉE

Ces paroles obscures cachent je ne sais quel grand mystère ; parlez ouvertement ; quel est le chagrin qui pèse sur son cœur ?

LA NOURRICE

Elle ne l'a dit à personne : c'est un mystère qu'elle cache au fond de son âme, résolue qu'elle est d'emporter avec elle au tombeau le secret douloureux qui la tue. Hâtez-vous de l'aller trouver, je vous en conjure ; les moments sont comptés.

THÉSÉE

Ouvrez à votre roi les portes de son palais.

SCÈNE 2

Thésée, Phèdre, serviteurs, la nourrice, *qui ne parle pas.*

THÉSÉE

Femme de Thésée, est-ce ainsi que vous accueillez le retour de votre époux si longtemps et si impatiemment attendu ? Jetez donc cette épée ; tirez-moi du trouble où je suis, et apprenez-moi la cause qui vous force à mourir.

PHÈDRE

Ah ! plutôt, noble Thésée, par votre sceptre de roi, par l'amour de nos enfants, par votre retour, par le trépas où je touche, permettez-moi de mourir.

THÉSÉE

Mais quel est le motif qui vous y porte ?

PHÈDRE

Vous dire le motif de ma mort, ce serait en perdre le fruit.

THÉSÉE

Nul autre que moi au monde ne le connaîtra.

PHÈDRE

Quand il n'y aurait point d'autre témoin, une femme pudique doit respecter les oreilles de son époux.

THÉSÉE

Parlez, je serai pour vous un discret confident.

PHÈDRE

Il faut garder son secret, si l'on ne veut pas qu'il soit divulgué par un autre.

THÉSÉE

On vous ôtera tout pouvoir d'attenter sur vous-même.

PHÈDRE

Quand on veut mourir, on en trouve toujours le moyen.

THÉSÉE

Mais, dites-moi, quelle est la faute que vous voulez expier en mourant ?

PHÈDRE

Ma vie même.

THÉSÉE

Mes larmes ne vous touchent-elles pas ?

PHÈDRE

C'est un bonheur de mourir digne d'être pleuré par les siens.

THÉSÉE

Elle persiste dans son silence. Mais ce qu'elle ne veut pas dire, sa vieille nourrice le dira ; les chaînes et les tortures vont l'y contraindre. Allons, que la force des tourments lui arrache ce fatal secret.

PHÈDRE

Non, je vous le dirai moi-même, arrêtez.

THÉSÉE

Pourquoi détourner tristement vos yeux ? pourquoi ces larmes soudaines qui coulent sur vos joues, et que vous me dérobez sous le voile dont vous cachez votre front ?

PHÈDRE

Père des dieux immortels, je te prends à témoignage, et toi aussi, roi du jour, Soleil, auteur de ma famille : j'ai résisté aux prières du séducteur, son épée et ses menaces n'ont rien pu sur mon cœur, mais mon corps a souffert violence ; et je veux par mon trépas laver cet outrage fait à ma pudeur.

THÉSÉE

Dites-moi, quel est le perfide qui m'a déshonoré ?

PHÈDRE

C'est l'homme que vous en soupçonneriez le moins.

THÉSÉE

Son nom ?

PHÈDRE

Cette épée vous l'apprendra : effrayé du bruit, le ravisseur l'a laissé tomber, en fuyant le concours des citoyens venus pour me défendre.

THÉSÉE

Oh ! quel crime affreux j'entrevois ! quel forfait monstrueux ! Cet ivoire porte les insignes royaux de ma famille ; je reconnais sur cette poignée l'emblème glorieux du peuple athénien... Mais où s'est-il échappé ?

PHÈDRE

Vos serviteurs l'ont vu s'enfuir éperdu, et courir d'un pas rapide.

SCÈNE 3

THÉSÉE

Ô saintes lois de la nature ! ô maître de l'Olympe, ô Neptune, roi des mers, où un pareil monstre a-t-il pris naissance ? Est-ce la Grèce qui l'a porté, ou le Taurus inhospitalier, ou le Phase de Colchide ? Le naturel des aïeux se retrouve dans leurs enfants, et rien de pur ne peut sortir d'une source corrompue. C'est bien là le sens dépravé de ces guerrières Amazones ; mépriser les nœuds de l'hymen, et se garder chaste longtemps pour ensuite se prostituer à tous. Ô sang infâme, que l'influence d'un climat plus doux ne saurait purifier ! Les bêtes elles-mêmes ne connaissent point ces criminelles amours, et une pudeur instinctive leur fait respecter les saintes lois de la nature. Fiez-vous donc à ce visage sévère, à cette gravité fausse et menteuse, à ce maintien négligé qui rappelait la vie austère de nos aïeux, à cette rigidité de mœurs digne d'un vieillard, à ce langage froid et sérieux ! Ô hypocrisie du visage de l'homme ! La pensée demeure invisible au fond du cœur ; les vices de l'âme se cachent sous la beauté du corps ; l'impudique se revêt de pudeur, l'audacieux prend un extérieur tranquille, la vertu devient le masque du crime, la vérité celui du mensonge, et la débauche affecte les dehors d'une vie sombre et austère. Ô toi, farouche habitant des forêts, toi si pur, si plein d'innocence et de pudeur naïve, c'est contre moi que tu prenais tous ces détours ? c'est en souillant ma couche, c'est par un inceste abominable que tu voulais commencer ta vie d'homme ? Ah ! je dois aujourd'hui rendre grâces aux dieux de ce qu'Antiope a déjà péri sous ma main, et de ce que, au moment de descendre aux rivages du Styx, je n'ai point laissé ta propre mère auprès de toi. Va cacher ta honte parmi des peuples inconnus : quand même tu serais séparé de ce pays par toute l'étendue des mers ; quand même tu habiterais le point de la terre opposé à celui que nous occupons ; quand tu t'exilerais aux dernières limites du monde, et franchirais la barrière du pôle septentrional ; quand tu pourrais, t'élevant au-delà du séjour des neiges et des frimas, laisser derrière toi le souffle orageux et glacial de Borée, tu n'éviteras jamais le châtiment de tes crimes. Ma vengeance obstinée te suivra partout. Je visiterai les lieux les plus lointains, les mieux défendus, les plus cachés, les plus divers, les plus inabordables ; aucun obstacle ne m'arrêtera, tu sais d'où je reviens ; le but que mes traits ne pourront atteindre, mes prières l'atteindront : le dieu des mers m'a promis d'exaucer trois vœux formés par moi, et a pris le Styx à témoin de cette promesse. Accorde-moi cette faveur, ô Neptune ! Que ce jour soit le dernier pour Hippolyte, et que ce coupable fils aille trouver les Mânes irrités contre l'auteur de ses jours. Rends-moi ce funeste service, ô mon père ! Je ne réclamerais point aujourd'hui la dernière faveur que tu me dois, sans un malheur affreux : dans les sombres cavernes de l'enfer, sous la main terrible de Pluton, quand j'avais tout à craindre de sa colère, je me suis retenu de former ce troisième vœu ; c'est maintenant, ô mon père, qu'il faut accomplir ta promesse. Tu hésites ? pourquoi ce silence qui règne encore sur tes ondes ? Déchaîne les vents, et que leur souffle, amassant de sombres nuages, répande partout la nuit et nous dérobe la vue du ciel et du jour. Épanche tous tes flots, fais monter tous les monstres de la mer, et soulève les vagues qui dorment au sein de tes plus profonds abîmes.

SCÈNE 4

LE CHŒUR

Ô Nature, puissante mère des dieux immortels, et toi souverain maître de l'Olympe, qui fais tourner d'un mouvement rapide les astres nombreux qui brillent à la voûte étoilée, qui presses leur marche vagabonde, et les forces d'accomplir leurs révolutions, pourquoi ce soin que tu prends de maintenir l'éternelle harmonie du monde céleste ? Nos bois, dépouillés de leur feuillage par les neiges glacées de l'hiver, reprennent au printemps leur verdure ; aux rayons brûlants du soleil d'été qui mûrit les dons de Cérès, succède une saison plus douce. Mais toi, qui présides à cet ordre admirable, et qui règles ce mouvement prodigieux des corps célestes, on ne sent plus ta présence dans le gouvernement des choses humaines. On ne te voit point récompenser les vertus et punir les crimes. C'est l'aveugle fortune qui règne sur la terre ; sa main capricieuse répand ses faveurs au hasard, et presque toujours sur les méchants. L'ignoble débauche opprime la chasteté. Le crime règne dans les palais des rois. Le peuple accorde les faisceaux à des hommes déshonorés, et passe de l'amour à la haine. La vertu gémit et la justice ne recueille que le malheur : la triste indigence est le partage des hommes purs, et l'adultère, que le vice élève, s'assied sur le trône. Ô justice ! ô vertu ! vous n'êtes que de vaines idoles.

Mais quelle nouvelle apporte ce messager qui accourt d'un pas rapide ? la douleur est peinte sur son visage, et des larmes coulent de ses yeux.

ACTE IV

SCÈNE 1

Le messager, Thésée

LE MESSAGER

Ô dure et cruelle condition d'un serviteur ! pourquoi faut-il que je sois contraint d'apporter une aussi affreuse nouvelle !

THÉSÉE

Ne crains rien ; annonce-moi hardiment le malheur que je dois apprendre ; mon cœur est préparé d'avance aux plus rudes coups.

LE MESSAGER

L'excès de la douleur m'empêche de trouver des paroles.

THÉSÉE

Parle, dis-moi quel malheur accable ma triste famille.

LE MESSAGER

Hippolyte, hélas ! a péri d'une mort cruelle.

THÉSÉE

Je sais depuis longtemps que je n'ai plus de fils. Maintenant c'est un vil séducteur qui cesse de vivre ; apprends-moi les détails de sa mort.

LE MESSAGER

À peine eut-il quitté la ville d'un pas rapide, que, pour rendre sa fuite encore plus prompte, il attela sur-le-champ ses superbes coursiers et prit en main les rênes de son char. Alors il se parla quelque temps à lui-même, maudit le lieu de sa naissance, prononça plusieurs fois le nom de son père, et lâcha les rênes en excitant la marche de ses coursiers. Tout à coup la vaste mer se soulève, monte et se dresse jusqu'au ciel. Aucun vent ne souffle sur les flots, l'air est calme et silencieux, la mer est tranquille au-dehors, c'est d'elle-même qu'est sortie la tempête : jamais l'Auster n'en excita de semblable dans le détroit de la Sicile, jamais le Corus ne souleva avec plus de fureur la mer d'Ionie, dans ces tempêtes effrayantes où l'on a vu le mouvement des flots ébranler les rochers, et leur blanche écume couvrir le promontoire de Leucate. — La mer monte et se dresse comme une montagne humide, qui, chargée d'un poids monstrueux, vient se briser sur le rivage. Ce n'est point contre les vaisseaux qu'est envoyé ce fléau, c'est la terre qu'il menace. Les vagues roulent avec violence ; on ne sait quel est ce poids que la mer porte dans ses flancs, quelle terre inconnue va paraître sous le soleil. Sans doute c'est une nouvelle Cyclade. Les rochers où s'élève le temple du dieu d'Épidaure ont disparu sous les flots, et avec eux le pic célèbre par les brigandages de Sciron, et la terre étroite que les deux mers embrassent. — Pendant que nous contemplons ce spectacle plein d'horreur, la mer fait entendre un mugissement terrible répété par les roches d'alentour. L'eau découle du sommet de la montagne humide, l'écume sort de cette tête effrayante qui absorbe et renvoie les vagues. On croirait voir le terrible souffleur bondir au milieu des flots, et lancer avec force l'eau qu'il a reçue dans ses vastes flancs. — Enfin cette masse énorme s'ébranle, et, se brisant à nos yeux, jette sur le rivage un monstre plus effroyable que tout ce que nous pouvions craindre : la mer se précipite en même temps sur la terre à la suite du monstre qu'elle a vomi. — La terreur nous glace jusqu'aux os.

THÉSÉE

Quelle forme avait cette masse effrayante ?

LE MESSAGER

C'était un taureau furieux à la tête azurée ; une crête superbe domine son front verdâtre : ses oreilles sont droites et hérissées ; ses cornes sont de deux couleurs : l'une conviendrait aux taureaux superbes qui marchent à la tête des troupeaux, l'autre est celle des taureaux marins. Ses yeux lancent des flammes et des étincelles bleuâtres. Son cou monstrueux est sillonné de muscles énormes, et ses larges naseaux se gonflent avec un bruit terrible. L'algue verte des mers s'attache à sa poitrine et à son fanon ; ses flancs sont parsemés de taches d'un jaune ardent. L'extrémité de son corps se termine en une bête monstrueuse ; c'est un immense dragon hérissé d'écailles, qui se traîne en replis tortueux, et semblable à ce géant des mers qui engloutit et rejette des vaisseaux tout entiers. — La terre a tremblé : les troupeaux éperdus fuient en désordre à travers les campagnes, et le pasteur oublie de suivre ses bœufs dispersés. Tous les animaux des bois prennent la fuite, le chasseur glacé d'effroi demeure immobile et privé de sentiment. Hippolyte seul ne tremble pas ; il serre fortement les rênes, arrête ses coursiers et calme leur frayeur en les encourageant de sa voix qui leur est connue. — Sur le chemin d'Argos est un sentier taillé dans le roc, et côtoyant la mer qu'il domine. C'est là que le monstre se place et prépare sa fureur. Après s'être assuré de lui-même, et avoir éprouvé sa colère, il s'élance d'un bond rapide, et, touchant à peine la terre dans la vivacité de sa course, vient s'abattre furieux sous les pieds des chevaux épouvantés. Votre fils alors lève un front menaçant, et, sans changer de visage, crie d'une voix terrible : « Ce vain épouvantail ne saurait ébranler mon courage ; vaincre des taureaux, c'est pour moi une tâche et une gloire héréditaires. » Mais, au même instant, les chevaux, rebelles au frein, entraînent le char : ils s'écartent de la route ; et, dans l'emportement de leur frayeur, ils courent au hasard devant eux, et se précipitent à travers des rochers. Hippolyte fait comme un pilote qui cherche à retenir son vaisseau battu par une mer orageuse, et emploie toutes les ressources de son art pour empêcher qu'il ne se brise contre les écueils : tantôt il tire fortement les rênes, tantôt il déchire leurs flancs à coups de fouet. — Le monstre s'attache à ses pas ; tantôt il marche à côté du char, tantôt il se présente à la tête des chevaux et les effraie de toutes les manières. Impossible de fuir plus longtemps, le taureau marin dresse devant eux ses cornes menaçantes. Alors les coursiers éperdus ne savent plus obéir à la voix qui leur commande ; ils s'efforcent de briser le joug qui les arrête, et, se dressant sur leurs pieds, précipitent le char : Hippolyte renversé tombe sur le visage, et son corps s'embarrasse dans les rênes ; il se débat, et ne fait que resserrer davantage les nœuds qui le pressent. Les chevaux s'aperçoivent du succès de leurs efforts, et, libres enfin de leurs mouvements, entraînent le char vide partout où l'effroi les conduit. C'est ainsi que les coursiers du Soleil, ne sentant point dans son char le poids accoutumé, et croyant traîner un usurpateur, s'emportèrent dans leur course, et renversèrent Phaéthon du haut des airs. Le sang d'Hippolyte rougit au loin les campagnes ; sa tête résonne et se brise contre les rochers ; ses cheveux sont arrachés par les ronces, les pierres insensibles déchirent son noble visage, et sa beauté, cause de tous ses malheurs, disparaît sous mille blessures. — Le char continue de fuir avec la même vitesse et d'entraîner sa victime expirante. Enfin il donne contre un tronc d'arbre brûlé dont la pointe aiguë et dressée arrête le corps d'Hippolyte et lui entre dans les entrailles ; ce triste incident tient le char quelque temps immobile ; mais les chevaux, un moment entravés, font un effort qui rompt l'obstacle et brise le corps de leur maître. Il a cessé de vivre ; déchiré par les ronces et par les pointes aiguës des buissons, tout son corps devient une proie dont chaque arbre de la route accroche un lambeau. — Ses tristes serviteurs parcourent la campagne avec des cris funèbres, et suivent pas à pas les traces que le sang de leur maître a laissées ; ses chiens gémissants cherchent partout ses membres épars. Ces soins empressés n'ont pu réunir encore tous les débris de son corps. Est-ce donc là tout ce qui reste de cette beauté merveilleuse ? Hélas ! ce jeune prince qui tout à l'heure partageait le trône et la gloire de son noble père dont il devait sans doute posséder l'héritage, et qui brillait comme un astre aux yeux des hommes, le voilà maintenant ! C'est lui dont on rassemble les membres pour le bûcher, c'est lui dont la dépouille attend les honneurs du tombeau.

THÉSÉE

Ô nature, nature ! combien sont forts ces liens du sang qui attachent le cœur des pères à leurs enfants ! Malgré moi-même, il faut plier sous ta puissance. J'ai voulu le tuer coupable, mort je dois le pleurer.

LE MESSAGER

Il ne convient pas de déplorer un accident qu'on a soi-même appelé de tous ses vœux.

THÉSÉE

Je regarde comme le plus grand malheur ce soin que prend la fortune de réaliser des souhaits impies.

LE MESSAGER

Si vous gardez votre colère contre votre fils, pourquoi ces larmes qui coulent de vos yeux ?

THÉSÉE

Si je pleure, ce n'est pas pour l'avoir perdu, mais pour l'avoir tué.

SCÈNE 2

LE CHŒUR

Que de révolutions terribles dans la vie humaine ! les rangs inférieurs de la société sont moins exposés aux coups de la fortune, et moins maltraités par les caprices du sort. On trouve le repos dans une vie obscure, et l'humble cabane laisse aller ses hôtes jusqu'à la vieillesse : mais le faîte aérien des palais est en butte à tous les vents, aux fureurs de l'Eurus et du Notus, aux ravages de Borée et du Corus pluvieux. Rarement la foudre tombe au sein de l'humide vallée, tandis que les carreaux de Jupiter ébranlent le superbe Caucase et la montagne de Phrygie où s'élève le bois de Cybèle. Le roi du ciel, craignant pour son empire, frappe tout ce qui s'en approche. Ces grandes révolutions ne peuvent trouver place dans l'étroite enceinte d'une maison plébéienne, mais elles grondent à l'entour des trônes ; le temps, dans son vol incertain, les amène sur ses ailes rapides, et jamais la fortune changeante ne tient ses promesses.

Un héros échappe à la nuit éternelle et remonte à la clarté des cieux ; à peine arrivé sous le soleil, il s'attriste et maudit son retour. Sa patrie et le palais de ses pères lui deviennent plus insupportables que les gouffres de l'enfer. Chaste Minerve, révérée dans l'Attique, le retour de Thésée remonté sur la terre et sorti des prisons infernales n'est point une faveur dont tu doives remercier ton oncle avare : le nombre de ses victimes est toujours le même.

Mais quelle voix lamentable sort du fond de ce palais ? et que veut Phèdre éperdue avec un glaive dans ses mains ?

ACTE V

SCÈNE 1
Thésée, Phèdre

THÉSÉE

Quel est ce transport furieux, et cette douleur qui vous égare ? pourquoi cette épée ? pourquoi ces cris et ces gémissements lugubres sur le corps de votre ennemi ?

PHÈDRE

C'est contre moi qu'il faut tourner ta fureur, ô Neptune ; c'est contre moi qu'il faut déchaîner les monstres de la mer, ceux que Téthys cache dans les derniers replis de son sein profond, ceux que le vieil Océan nourrit dans ses plus sombres abîmes. Ô cruel Thésée, que les tiens n'ont jamais revu que pour leur malheur, et dont il faut que le retour soit acheté par la mort d'un père et d'un fils ! tu détruis ta famille, et c'est toujours la haine ou l'amour d'une épouse qui te rend coupable. — Hippolyte, est-ce ainsi que je te revois ? est-ce ainsi que je t'ai fait ? Quel cruel Sinis, quel barbare Procruste a déchiré tes membres ? ou quel Minotaure, quel monstre mugissant dans la prison bâtie par Dédale, t'a frappé de ses cornes terribles et mis en pièces ? Hélas ! qu'est devenue ta beauté ? que sont devenus tes yeux, astres brillants pour les miens ? es-tu bien mort ? Ah ! viens et prête l'oreille à mes paroles. Je puis le dire sans honte ; cette main vengera ton trépas, j'enfoncerai ce glaive dans mon sein coupable ; je me délivrerai tout ensemble de la vie et du crime : amante insensée, je veux te suivre sur les bords du Styx, et sur les brûlantes eaux des fleuves de l'enfer. Chère ombre, apaise-toi : reçois ces cheveux dont je dépouille ma tête, et que j'arrache sur mon front. Nos cœurs n'ont pu s'unir, nos destinées du moins s'uniront. Chaste épouse, meurs pour ton époux ; femme infidèle, meurs pour ton amant. Puis-je partager la couche de Thésée, après un si grand crime ? il ne te manquerait plus que d'aller dans ses bras comme une femme irréprochable dont on a vengé l'honneur. — Ô mort, seule consolation qui me reste dans la perte de mon honneur, je me jette dans tes bras, ouvre-moi ton sein ! — Athènes, écoute-moi, et toi aussi, père aveugle, et plus cruel que ta perfide épouse. J'ai menti : le crime affreux que j'avais moi-même commis dans mon cœur, je l'ai rejeté faussement sur Hippolyte. Tu as frappé ton fils innocent, toi, son père, et sa vertu a subi le châtiment d'un inceste dont elle ne s'était point souillée. Homme chaste, homme pur, reprends la gloire qui t'est due. Cette épée fera justice, et, ouvrant mon sein coupable, fera couler mon sang pour apaiser ton âme vertueuse. Ton devoir, après ce coup fatal, la marâtre de ton fils te l'enseigne, ô Thésée ; apprends d'elle à mourir [1].

SCÈNE 2
Thésée, le chœur

THÉSÉE

Tristes profondeurs de l'Érèbe, et vous, cavernes du Ténare, eau du Léthé si chère aux malheureux, et vous, flots dormants du Cocyte, je suis un coupable, entraînez-moi dans vos abîmes et me dévouez à des tourments éternels. Monstres affreux de l'Océan, que Protée cache dans les gouffres les plus profonds de la mer, accourez, et précipitez dans vos noires demeures un misérable qui, tout-à-l'heure encore, s'applaudissait du plus grand des crimes. Et toi aussi, mon père, toujours si prompt à servir mes vengeances, arme-toi pour me punir ; n'ai-je pas mérité la mort ? J'ai livré mon fils à un trépas horrible et inconnu, j'ai semé par les campagnes ses membres dispersés, et, en poursuivant la vengeance d'un forfait imaginaire, je me suis souillé moi-même d'un forfait véritable. Le ciel, la mer et les enfers sont pleins de mes crimes, il ne me reste plus de place pour en commettre d'autres, j'ai souillé le triple héritage des enfants de Saturne. Si je veux remonter sur la terre, je n'en trouve la route que pour être témoin de deux morts déplorables, pour perdre

1. Cette dernière phrase est peut-être en fait ıa première de la réplique de Thésée qui suit.

à la fois mon épouse et mon fils, pour rester seul dans le monde, après avoir allumé à la fois les bûchers qui doivent consumer ces deux êtres si chers à ma tendresse. — Ô toi qui m'as rendu ce jour que je déteste, ô Alcide [1], rends à Pluton la victime que tu lui avais arrachée, rends-moi l'enfer que tu m'as ôté. Hélas ! c'est en vain que j'invoque la mort dont j'ai déserté l'empire. Homme cruel et violent qui as inventé des supplices terribles et inconnus, sois juste et inflige-toi à toi-même le châtiment que tu as mérité. Ramène jusqu'à terre la cime d'un pin sourcilleux, et qu'en se redressant vers le ciel il déchire ton corps en deux parties, ou lance-toi du haut des rochers de Scyron. J'ai vu de mes yeux les tourments plus affreux encore que les victimes du Phlégéthon subissent enfermées dans ses vagues de feu. Je connais le supplice et le séjour qui m'attendent. Faites-moi place, ombres coupables ; repose tes bras fatigués, fils d'Éole, ma tête va se courber sous le poids éternel du rocher qui t'accable. Que le fleuve de Tantale vienne se jouer autour de mes lèvres trompées. Que le cruel vautour de Tityus le quitte pour s'abattre sur moi, et que mon foie, renaissant toujours, éternise mon supplice. Repose-toi, père de mon cher Pirithoüs, et que le branle de ta roue qui ne s'arrête point brise mes membres dans le tourbillon des cercles qu'elle décrit. Ô terre, entrouvre-toi ! laisse-moi descendre dans tes abîmes, sombre Chaos ; cette fois, mieux que la première, j'ai le droit de pénétrer dans la nuit infernale : c'est mon fils que je veux y chercher. Ne crains rien, dieu du sombre empire, je ne viens vers toi qu'avec de chastes pensées, reçois-moi dans ta demeure éternelle pour n'en plus sortir. Les dieux sont sourds à mes prières : si mes vœux étaient criminels, qu'ils seraient prompts à les exaucer !

LE CHŒUR

Thésée, le temps ne manquera pas à vos plaintes, l'éternité tout entière vous reste. Maintenant il faut rendre à votre fils les derniers devoirs, et ensevelir au plus tôt les tristes débris de son corps indignement déchiré.

THÉSÉE

Oui, oui, qu'on apporte les restes de cet enfant chéri, et cette masse qui n'a plus de forme, et ces membres rassemblés au hasard. Est-ce là Hippolyte ? Ah ! je reconnais mon crime. C'est

1. Hercule.

moi qui l'ai tué, c'est moi ; et pour n'être pas seul coupable, ni coupable à demi, père, j'ai appelé mon père à seconder mon crime, et voilà le fruit de ses faveurs paternelles. Ô coup funeste qui ravit un fils à mes vieux ans ! — Embrasse du moins ces membres déchirés, malheureux père ; presse et réchauffe contre ton cœur ce qui reste de ton enfant ; recueille les débris sanglants de ce corps mis en pièces ; rétablis l'ensemble de cet être brisé, remets chaque membre en son lieu. Voici la place de sa main droite ; voici où il faut replacer sa main gauche si habile à tenir les rênes de ses coursiers. Je reconnais le signe empreint sur son flanc gauche. — Combien de parties manquent encore à mes regrets ! affermissez-vous, ô mes mains tremblantes, et poursuivez jusqu'au bout cette douloureuse recherche ; arrêtez-vous, mes larmes, laissez un père compter les membres de son enfant, et rétablir l'ensemble de son corps. Quelle est cette masse informe, défigurée par mille blessures ? Je ne sais laquelle, mais c'est une partie de toi-même. Remettez-la donc ici, non pas à sa place, mais à cette place qui est restée vide. Est-ce ce visage tout brillant d'un feu céleste, et qui désarmait la haine ? est-ce là ce qui reste de ta beauté divine ? Ô destinée fatale, ô cruelle bonté des dieux ! c'est en cet état que mon vœu paternel devait te ramener à moi ! Reçois de ton père ces derniers dons, ces offrandes funèbres, ô toi qu'il faut ensevelir en plusieurs fois : livrons d'abord aux flammes ce que nous avons de lui, en attendant le reste. Ouvrez ce palais, triste séjour de mort : remplissez Athènes tout entière de vos cris lugubres. Vous, apprêtez la flamme qui doit allumer ce royal bûcher ; vous, parcourez la plaine et recueillez ceux des membres de mon fils qui nous manquent encore. Quant à cette coupable épouse, creusez-lui un tombeau, et que la terre pèse lourdement sur elle.

LES CLÉS DE L'ŒUVRE

I - AU FIL DU TEXTE

II - DOSSIER HISTORIQUE ET LITTÉRAIRE

Pour approfondir votre lecture, LIRE vous propose une sélection commentée :

- de morceaux « classiques » devenus incontournables, signalés par ➡ (droit au but).
- d'extraits représentatifs de l'œuvre, signalés par ⇝ (en flânant).

AU FIL DU TEXTE

Par Annie Collognat,
professeur de lettres supérieures au lycée Victor-Hugo, Paris.

- Pistes de recherches
  - Le mythe antique originel
  - La femme interdite et séductrice
  - Étude de personnages
- Parcours critique
  - Un texte critique « fondateur »
  - Quelques compléments à lire ou à entendre
- Une pièce de théâtre/des opéras

AU FIL DU TEXTE

I - DÉCOUVRIR

> *La phrase clé*
>
> « Je le vis, je rougis, je pâlis à sa vue ;
> Un trouble s'éleva dans mon âme éperdue ;
> Mes yeux ne voyaient plus, je ne pouvais parler ;
> Je sentis tout mon corps et transir et brûler. »
>
> Acte I, scène 4, vers 273-279, p. 34.

• LA DATE

Phèdre est représentée pour la première fois le 1er janvier 1677 sur la scène de l'Hôtel de Bourgogne (voir dossier, p. 216). Mais la pièce a déjà suscité de violentes polémiques car son auteur s'est attiré la jalousie et la haine de beaucoup : une cabale puissante, animée par Thomas Corneille, le frère du « grand Corneille », par les adversaires de Mme de Montespan, protectrice de Racine, comme par quelques poètes envieux ou ennemis personnels, a encouragé un auteur rival, Jacques Pradon, à écrire une pièce sur le même sujet, *Phèdre et Hippolyte*, qui est jouée en même temps. La querelle s'envenime autour d'un sonnet injurieux attribué au duc de Nevers (voir pp. 207-208).

Pour réconforter son ami, Boileau publie sa septième *Épître*, « À Racine, sur l'utilité des ennemis », mais celui-ci, profondément affecté par la querelle, décide de renoncer au théâtre profane : il est nommé, avec Boileau, historiographe personnel de Louis XIV. Tout en faisant de lui un personnage en vue à la cour du « Roi-Soleil », cette suprême consécration entraîne un changement de mode de vie : réconciliation avec ses maîtres jansénistes de Port-Royal, qui avaient violemment condamné sa vocation théâtrale, et mariage, le 30 mai, avec Catherine de Romanet, riche bourgeoise parisienne, dont il aura sept enfants. Si la charge d'historiographe représente ainsi l'apothéose de la carrière de Jean Racine, *Phèdre* n'en reste pas moins le sommet de son œuvre (voir la vie de Racine, pp. 171-173), une sorte de monument tragique exemplaire.

• LE TITRE

Il est intéressant de suivre l'évolution du titre des trois tragédies, des deux modèles antiques de la pièce de Racine : celui d'Euripide met au centre de l'action le personnage d'Hippolyte « porte-couronne » (préface, pp. 6-9), mais avec Sénèque, l'intérêt dramatique se déplace sur la passion de Phèdre qui donne désormais son nom à la tragédie (pp. 9-12). L'ascendance solaire de « la fille de Minos et de Pasiphaé » (vers 36) est attestée par l'étymologie même de son nom : *Phaedra*, « la Rayonnante, la Brillante », est bien la petite-fille du Soleil dont la lumière la fascine (vers 169-172). « Dans *Phèdre*, Racine, peut-être inspiré par le sens étymologique du nom de son héroïne, a fait du feu le symbole du sentiment de Phèdre [...], elle sera un oxymoron incarné, une sombre lumière déclinante, une “flamme noire” qui tient autant de Minos que d'Hélios » (L. Spitzer, « L'effet de sourdine dans le style : Racine » in *Études de style*, Gallimard, 1970). Une généalogie symbolique qui traduit une « double fatalité : l'héritage de la passion et de la violente justice » (Maulnier in *Lecture de Phèdre*, Gallimard, 1943), puisque le roi Minos est l'un des trois juges inflexibles des Enfers (p. 75, vers 1280 ; voir l'*index nominum*, pp. 203-205). Phèdre est l'ultime « monstre » (vers 1445-1446) dans une famille génératrice de monstruosités (le Minotaure, le monstre marin suscité par la malédiction de Thésée).

• COMPOSITION

Le point de vue de l'auteur

Le pacte de lecture

Comme pour *La Thébaïde* (1664), *Andromaque* (1667) et *Iphigénie* (1674), c'est encore la mythologie grecque qui fournit le cadre et les personnages de la tragédie. Mais elle renvoie ici à un cycle plus ancien que la guerre de Troie (XIIe siècle avant J.-C.), puisque Thésée passe pour avoir vécu une génération avant les héros de l'*Iliade*. Le fils d'Égée, roi d'Athènes, est resté célèbre par sa victoire en Crète contre le Minotaure, obtenue avec l'aide d'Ariane, fille du roi Minos, qu'il a abandonnée pour épouser sa propre sœur Phèdre.

Selon l'incontournable schéma classique, la tragédie respecte scrupuleusement **la règle des trois unités** :

• **Le port de Trézène** offre l'image archétypale d'un lieu à la fois clos sur lui-même et ouvert sur l'espoir d'une évasion impossible. Propice à un départ imminent, sans cesse projeté (« Le dessein en est pris : je pars, cher Théramène » I, 1, vers 1 ; « Va, que pour le départ tout s'arme en diligence », II, 4, vers 578), mais toujours différé (« Si vous voulez partir, la voile est préparée », II, 6, vers 721), il permet aussi bien la circulation d'une fausse rumeur (« par des vaisseaux arrivés dans le port, / Hippolyte son fils vient d'apprendre sa mort » I, 4, vers 323-324) que l'annonce d'un retour aussi rapide qu'inattendu (« Thésée est arrivé, Thésée est en ces lieux », III, 3, vers 828).

Avec l'omniprésence de la mer, le port et son rivage constituent le « théâtre » privilégié d'un implacable châtiment, celui de Neptune, le dieu marin (« Un dieu vengeur te suit, tu ne peux l'éviter », IV, 3, vers 1160) ; ils se font alors tombeau (« dans la profonde mer Œnone s'est lancée », V, 5, vers 1466), source de vengeance et de mort (« L'onde approche, se brise, et vomit à nos yeux, / Parmi des flots d'écume, un monstre furieux », V, 6, vers 1515-1516).

• **Les allusions au temps** sont rares (« Un jour seul ne fait point d'un mortel vertueux / Un perfide assassin, un lâche incestueux », IV, 2, vers 1099-1100), mais on constate que de l'aube au soir se succèdent trois aveux, le retour d'un homme que l'on croit mort et trois décès (« Je mourais ce matin digne d'être pleurée ; / J'ai suivi tes conseils, je meurs déshonorée », III, 3, vers 837-838).

• **L'action** est concentrée sur la passion de Phèdre et ses tragiques conséquences touchent tous les personnages sans exception.

Les objectifs d'écriture

« La principale règle est de plaire et de toucher. Toutes les autres ne sont faites que pour parvenir à cette première », affirme Racine dans sa *Préface* de *Bérénice* (1670). Un programme auquel vient s'ajouter ici une dimension didactique – « instruire » – qui pourrait annoncer la réconciliation avec Port-Royal : « Ce serait peut-être un moyen de réconcilier la tragédie avec quantité de personnes célèbres par leur piété et par leur doctrine, qui l'ont condamnée dans ces derniers temps, et qui en jugeraient sans doute plus favorablement, si les auteurs songeaient autant à instruire leurs spectateurs qu'à les divertir, et s'ils suivaient en cela la véritable intention de la tragédie » (préface, p. 21).

De fait, l'objectif affiché est clairement éthique : « Ce que je puis assurer, c'est que je n'en ai point fait où la vertu soit plus mise en jour que dans celle-ci. Les moindres fautes y sont sévèrement punies ; [...] les passions n'y sont présentées aux yeux que pour montrer tout le désordre dont elles sont cause » (préface, p. 21). De quoi s'ériger en digne disciple aussi bien des anciens maîtres jansénistes que de la catharsis aristotélicienne : « Je ne suis point étonné que ce caractère (Phèdre) ait eu un succès si heureux du temps d'Euripide, et qu'il ait encore si bien réussi dans notre siècle, puisqu'il a toutes les qualités qu'Aristote demande dans le héros de la tragédie, et qui sont propres à exciter la compassion et la terreur » (préface, p. 19). Sans chercher à viser une actualité politique ou sociale, la pièce met en œuvre toutes les catégories de l'esthétique littéraire classique : dramatique, pathétique, épique, tragique.

Phèdre sera donc le chef-d'œuvre profane à l'orée du sacré, le préféré de Racine comme en témoignent Boileau et cet aveu en forme de prétérition révélatrice : « Au reste, je n'ose assurer que cette pièce soit en effet la meilleure de mes tragédies » (préface, p. 21).

Structure de l'œuvre

À Trézène, ville du Péloponnèse, « loin du tumulte pompeux d'Athènes et de la cour » (I, 1, vers 32), Hippolyte, le fils que Thésée a eu de l'Amazone Antiope, se désespère de la disparition de son père, introuvable « depuis plus de six mois » (I, 1, vers 5). Le bruit de la disparition de Thésée amène Hippolyte et Aricie, fille d'un ennemi du roi, à s'avouer leur amour et Phèdre à déclarer sa passion à son beau-fils.

Mais le désespoir de Phèdre, qui s'est découvert une rivale, s'accroît avec le retour de Thésée : sur les conseils de sa confidente Œnone, elle accuse Hyppolyte d'avoir voulu la séduire. Thésée demande à Neptune de le venger et Hippolyte meurt traîné par ses chevaux effrayés par un monstre marin. Prise de remords, Phèdre s'empoisonne et avoue la vérité à Thésée.

La tragédie s'ordonne donc autour du noyau central et incandescent de la passion : après les deux aveux d'amour (acte I), suivis des deux déclarations parallèles (acte II), le retour de Thésée (acte III) précipite la condamnation d'Hippolyte (acte IV) qui provoque sa mort et le suicide de Phèdre (acte V).

II - LIRE

Pour approfondir votre lecture, LIRE *vous propose une sélection commentée :*

- *de morceaux « classiques » devenus incontournables, signalés par (droit au but).*
- *d'extraits représentatifs de l'œuvre, signalés par (en flânant).*

1 - *L'aveu* - Acte I, scène 3	pp. 28-35
Acte II, scène 5	pp. 47-52
Acte V, scène 7	pp. 88-90

« Dire ou ne pas dire ? Telle est la question [...] ce n'est pas sa culpabilité qui fait problème, c'est son silence : c'est là qu'est sa liberté. Phèdre dénoue ce silence trois fois : devant Œnone (I, 3), devant Hippolyte (II, 5), devant Thésée (V, 7). Ces trois ruptures ont une gravité croissante ; de l'une à l'autre, Phèdre approche d'un état toujours plus pur de la parole » (R. Barthes, *Sur Racine*, pp. 109-110).

Des scènes de déclaration à rapprocher :

– d'Euripide : voir l'aveu à la nourrice (pp. 99-102) dont Racine a gardé textuellement le fameux « C'est toi qui l'as nommé ! » (p. 101 et p. 33, v. 264) ;

– de Sénèque : Racine le suit de très près dans l'aveu à Hippolyte (pp. 145-150). « Oui, Prince, je languis, je brûle pour Thésée... » (p. 49, vers 634), à comparer avec « Oui, cher Hippolyte, j'aime le visage de Thésée, je l'aime tel qu'il étais jadis... » (p. 147).

2 - *Une rivale pour Phèdre* Acte II, scène 2	pp. 43-47

La déclaration d'Hippolyte à Aricie pourra être étudiée en symétrie avec celle de Phèdre : « Il y a lieu de faire ressortir ce parallélisme de situation, qui marquera d'autant plus la différence de qualité de ces deux sortes d'amour [...]. Ces deux déclarations se font pendant et occupent, avec leur courte préparation, à elles seules tout le second acte, dans un équilibre parfait » (A. Gide in *Interviews imaginaires*, Gallimard, 1942, pp. 203-204).

3 - *L'affrontement père/fils*
Acte IV, scène 2 pp. 66-70

Face à Thésée, Hippolyte s'affirme et ose lui avouer son amour pour Aricie, fille de l'ennemi. La nécessité de la transgression butte cependant sur le silence : le « chaste » jeune homme ne peut se résoudre à la délation (« Je me tais », vers 1150).

4 - *Fureur jalouse*
Acte IV, scène 6 pp. 73-77

Le ferment de la jalousie déclenche la fureur de Phèdre : comme pour Hermione ou pour Ériphile, il conduit l'amoureuse dédaignée, dont la passion exacerbée se découvre une rivale, au bord de la folie (« Où ma raison se va-t-elle égarer ? » vers 1264) et du *scelus nefas* (le crime impie de Sénèque). La parole se dissout en plaintes et en imprécations.

5 - *La mort d'Hippolyte*
Acte V, scène 6 pp. 85-90

Imposé par les contraintes de convention et de vraisemblance, le récit de Théramène offre la mise en scène de la mort d'Hippolyte par une narration où se conjuguent les effets du réalisme et du merveilleux : en alternant action, description et réflexion, le récit est à la fois porteur d'information et d'émotion.

6 - *La mort de Phèdre*
Acte V, scène 6 pp. 85-90

Le suicide de Phèdre assure la clôture du drame dans le plus pur pathétique classique : selon les principes de la catharsis antique, il « purge » les personnages et les spectateurs du poids de la faute tragique.

• **LES THÈMES CLÉS**

1. « Ni tout à fait coupable, ni tout à fait innocente » (préface de Racine, p. 19), Phèdre est le sujet/objet tragique par excellence. Sa passion, au sens étymologique et pathologique de souffrance, a contaminé tous ceux qui l'entourent ; elle constitue l'unique thème obsessionnel, le « trou noir » qui aspire et concentre toute la matière dramatique pour la répandre ensuite en un véritable chant lyrique intérieur : « (les autres personnages) ne vivent que le temps d'exciter les ardeurs et les fureurs, les remords et les transes d'une femme typiquement aliénée par le désir. [...] Ils ne survivent pas, mais *Elle* survit. L'œuvre se réduit dans le souvenir à un monologue ; et passe en moi de l'état dramatique initial à l'état lyrique pur – car le lyrisme n'est que la transfiguration d'un monologue » (P. Valéry, « Sur Phèdre femme » in *Variété V*, Gallimard, 1945). Cependant pour J.-L. Barrault « *Phèdre* n'est pas un concerto pour femme ; c'est une symphonie pour orchestre d'acteurs » (*Mise en scène de Phèdre*, *op. cit.* dans la bibliographie, p. 214).
2. Bien entendu, le moteur principal de cette terrifiante concentration tragique est la jalousie, l'ingrédient favori de Racine : l'amour d'Hippolyte pour Aricie précipite Phèdre dans les tourments de l'amour non partagé (IV, 6, vers 1219-1240) et la met au rang de ses « sœurs dans la douleur d'aimer » que sont Hermione (*Andromaque*, IV, 5) et Ériphile (*Iphigénie*, IV, 1).
3. Quintessence du personnage racinien, Phèdre vit jusqu'au bout un état de disjonction, de déchirement moral (« J'ai conçu pour mon crime une juste terreur. / J'ai pris la vie en haine et ma flamme en horreur », I, 4, vers 307-308) qui la conduit à la suprême angoisse de la déréliction : pour le disciple des jansénistes de Port-Royal (voir p. 174), elle est « une chrétienne à qui la grâce a manqué » (voir, ci-après, le jugement de Péguy dans le parcours critique).

III - POURSUIVRE

• LECTURES CROISÉES

Les sources antiques :

Les tragédies d'Euripide et Sénèque

La mise en parallèle de la tragédie de Racine avec celles d'Euripide et de Sénèque, dont on trouve ici l'intégralité des textes, permet une analyse intertextuelle originale des sources comme des variations du mythe.

Une étude comparative de l'ensemble des trois pièces permet de dégager la continuité des thèmes tragiques ainsi que la spécificité de l'œuvre racinienne : « chez Racine, la Phèdre d'Euripide a honte de celle de Sénèque » (J. Pommier). « Sa Phèdre est l'héroïne à la conscience sévère d'Euripide parce qu'il se refuse à ce qu'elle soit seulement l'héroïne luxurieuse de Sénèque. [...] Cette Phèdre composite est autre chose qu'une somme : la conjonction de la culpabilité et de la pureté, qui est aussi leur double exclusion, est un paradoxe qui définit un être original » (P. Bénichou, « Hippolyte requis d'amour et calomnié », *op. cit.*, p. 214).

Hippolyte ressuscité chez Virgile

Comme l'affirme Racine lui-même dans sa préface (p. 20), il a pu trouver la trace d'une Aricie – personnage clé parce que détonateur de la jalousie de Phèdre – dans l'*Énéide*, où Virgile donne même un fils à Hippolyte pour le mettre au rang des combattants d'Énée en Italie ! « Comme lui marchait le fils d'Hippolyte, un guerrier magnifique, Virbius, envoyé dans tout son éclat par sa mère Aricie [...]. Victime des artifices d'une marâtre, Hippolyte mis en lambeaux par ses chevaux épouvantés, avait satisfait par son sang la vengeance paternelle, lorsque rappelé, dit-on, à la vie par les herbes de Péon et grâce à la tendresse de Diane, il reparut sur la terre et revit la lumière des cieux [...]. Diane cacha Hippolyte dans un asile secret au fond du bois de la nymphe Égérie, pour que, seul et inconnu, il passât ses jours dans les bois d'Italie » (*Énéide*, chant VII, vers 761-777, Livre de Poche, 1973).

Réécritures modernes :

Thésée, d'André Gide.

Voir pp. 211-213.

Phèdre ou le désespoir, de Marguerite Yourcenar.

Dans un recueil de propos intimes et de courtes nouvelles sur la douleur d'aimer, Yourcenar introduit une sorte de bref essai lyrique sur la passion de Phèdre :

« Phèdre accomplit tout. Elle abandonne sa mère au taureau, sa sœur à la solitude : ces formes d'amour ne l'intéressent pas. Elle quitte son pays comme on renonce à ses rêves ; elle renie sa famille comme on brocante ses souvenirs. Dans ce milieu où l'innocence est un crime, elle assiste avec dégoût à ce qu'elle finira par devenir. [...] Elle se grise de l'impossible, le seul alcool qui sert toujours de base à tous les mélanges du malheur » (*Feux*, 1936, 1re édition Plon, 1957, Gallimard N.R.F., 1974, pp. 31 et 33).

• PISTES DE RECHERCHES

Le mythe antique originel

« Le drame poignant, et qui pourrait aussi bien être d'aujourd'hui, traîne après soi des lambeaux de légendes trente ou quarante fois séculaires » (J. Lemaître dans *J. Racine*, Calmann-Lévy, 1908). À partir de la généalogie (p. 206), on pourra mener une recherche sur les éléments fondateurs de la légende autour du personnage de Thésée (Minotaure, Labyrinthe, Ariane, etc.) avec l'aide d'un dictionnaire (voir *Dictionnaire culturel de la mythologie gréco-romaine*, Nathan, 1992).

La femme interdite et séductrice

La légende de la tentatrice-accusatrice est illustrée par de nombreux exemples : voir intertexte I (pp. 193-201). Les personnages mythiques des magiciennes Circé (fille d'Hélios, le Soleil, sœur de Pasiphaé et donc tante de Phèdre), Hécate et Médée (petites-filles d'Hélios, donc « cousines germaines » de Phèdre) pourront compléter la « galerie » de famille pour enrichir la thématique de la « femme fatale » au sens étymologique du terme (voir *Thésée*, tragédie lyrique de Quinault et Lulli, citée dans le « Parcours critique »).

Étude de personnages

• Hippolyte : « sous le voile païen, [...] un martyr de la pureté » (P. Claudel in *Conversation sur J. Racine*, Gallimard, 1956, p. 41) ou un « boy-scout cornélien [...] absurde et sympathique, le type même du costaud vertueux que Racine ne fut jamais » (A. Hoog, « Notre mère Phèdre » dans *Littérature en Silésie*, Grasset, 1944, pp. 36-39) ? En lui, « les trois motifs – doutes sur la mort du père, peur de Phèdre, amour pour Aricie – entretiennent en profondeur des rapports qui abolissent toute contradiction » (F. Orlando in *Lecture freudienne de Phèdre*, Les Belles Lettres, 1986), permettant la cohérence de la fuite et la nécessité de la transgression.

• Aricie : un alibi d'honnêteté et d'ingénuité inventé par Racine. Elle est amoureuse du fils de son pire ennemi (II, 1), comme Ériphile, une autre création de Racine (*Iphigénie*, II, 1) ; voir « Aricie entre l'ancienne et la nouvelle critique » in *Pourquoi la nouvelle critique* de S. Doubrovsky (Denoël/Gonthier, 1966, pp. 45-48).

• Thésée : « le plus grand infidèle en amour » (Chaucer, *Légende des femmes exemplaires*) est devenu la figure du roi – voir son rôle de législateur généreux dans l'*Œdipe* (1659) de Corneille – et du père (« l'impasse constitutive de la relation autoritaire, l'alternative catastrophique du théâtre racinien : ou le fils tue le père, ou le père détruit le fils », Barthes, *Sur Racine*, *op. cit.*, p. 43).

• Les confidents (Théramène, Œnone) : « le confident racinien est lié au héros par une sorte de lien féodal, de *dévotion*. [...] Un double véritable, délégué à assumer toute la trivialité du conflit et de sa solution » (Barthes, *ibid.*, p. 214).

• PARCOURS CRITIQUE

Un texte critique « fondateur » : grâce et disgrâce selon Charles Péguy

« Les blessures que nous recevons, nous les recevons dans Racine ; les êtres que nous sommes, nous le sommes dans Corneille. [...] Corneille ne travaille jamais que dans le domaine de la grâce et Racine ne travaille jamais que dans le domaine de la disgrâce. [...] Ce n'est pas seulement Phèdre qui est une païenne, et une chrétienne, et une janséniste à qui la grâce a manqué. Non seulement toutes ses femmes et toutes ses victimes et tous ses hommes. [...] Ils sont tous quelqu'un à qui la grâce a manqué » (*Victor-Marie, comte Hugo*, 1910, Gallimard, N.R.F., 1969, pp. 154-155).

Quelques compléments à lire ou à entendre

La bibliographie sur *Phèdre* est particulièrement abondante ; outre les titres principaux cités dans le dossier (pp. 214-215), on peut retenir aussi :

- M. BLANCHOT, « Le mythe de Phèdre » in *Faux Pas*, Gallimard, 1943.
- A. BÉGUIN, « Phèdre nocturne » in *Poésie de la présence*, La Baconnière, 1957.
- R. CAILLOIS, « Phèdre et la mythologie » in N.R.F., juin 1972.
- D. et D. KAISERGRUBER, *Phèdre de Racine, pour une sémiotique*, Larousse, 1972.
- « Antoine Vitez à la rencontre du texte ; *Andromaque*, 1971 ; *Phèdre*, 1975 : deux approches de Racine » in *Les Voies de la création théâtrale VI*, CNRS, 1978.
- J.-M. PELOUS, « Métaphores et figures de l'amour dans *Phèdre* », in *Travaux de linguistique et de littérature*, 2, 1981.
- Dans le domaine de la parodie, on pourra prolonger les vers de Fourest (pp. 208-210) par la très irrévérencieuse *Phèdre* de Pierre DAC, citée dans *Pierre Dac*, Seghers/Humour, 1977.

• UNE PIÈCE DE THÉÂTRE / DES OPÉRAS

Signalons enfin une tragédie lyrique et deux opéras :

- *Thésée* (1675) de Quinault, mise en musique par Lulli : s'il n'est pas question de Phèdre ici, on retrouve pourtant Thésée dans la situation qui sera celle de son fils bien des années plus tard. En effet, il y est poursuivi par les assiduités de la redoutable magicienne Médée, qui a réussi à se faire épouser par son père Égée et qui cherche à éliminer Églé, la jeune fille qu'il aime.
- *Hippolyte et Aricie* (1733) de Rameau, sur un livret de Pellegrin, s'achève par une *happy end* pour les deux jeunes amoureux !
- *Phèdre* (1915) de Pizzetti, sur un livret de Gabrielle D'Annunzio, où une belle esclave nommée Ippanoe remplace Aricie.
- Phèdre devient encore un personnage de ballet grâce à une chorégraphie de Serge Lifar, avec une musique de Georges Auric, sur un argument de Jean Cocteau (1950).

[illegible]

[illegible]

[illegible]

[illegible]

DOSSIER HISTORIQUE ET LITTÉRAIRE

REPÈRES HISTORIQUES ET BIOGRAPHIQUES

VIE DE RACINE

1633 Galilée, plutôt que d'être brûlé par l'Inquisition, préfère abjurer ses « erreurs et hérésies ». Jean Du Vergier de Hauranne, abbé de Saint-Cyran, ami de Jansénius depuis plus de trente ans, devient directeur de conscience de l'abbaye cistercienne de Port-Royal, réformée par la mère Angélique.

1637 L'avocat Antoine Le Maître, dont Saint-Cyran est le directeur de conscience, choisit de se retirer du « monde » à Port-Royal. Il est le premier de ceux qu'on appellera les Solitaires de Port-Royal, des laïques, issus pour la plupart de la grande bourgeoisie intellectuelle et parlementaire, et qui ont décidé de vivre une vie vraiment chrétienne, refusant les facilités d'une vie rythmée par le péché puis son absolution par des prêtres complaisants (cf. les virulences de Pascal contre les jésuites dans ses *Provinciales*). Le plus célèbre de ces solitaires sera un autre avocat, Antoine Arnauld, dit le Grand Arnauld, qui aura une part décisive dans la controverse janséniste. C'est lui qui définira avec la plus exacte et terrifiante sécheresse la Phèdre de Racine : « Une juste à qui la grâce a manqué ».

1638 Naissance du futur Louis XIV. Mort de Jansénius.

1639 Naissance de Jean Racine, à La Ferté-Milon (Aisne), dans une famille de petits fonctionnaires, liée à Port-Royal.

1640 Publication posthume de l'*Augustinus* de Jansénius qui sera au cœur des conflits théologiques à venir.

1641 Mort de la mère de Racine.

1642 Mort de Richelieu. Agnès Racine, tante de Jean, entre à Port-Royal (elle en deviendra plus tard l'abbesse).

1643 Mort de Louis XIII. Mort du père de Racine. Orphelin, sans la moindre fortune, Jean Racine est recueilli par ses grands-parents maternels. Louis XIV a cinq ans. Régence d'Anne d'Autriche. Mazarin est Premier ministre. Fondation des Petites Écoles de Port-Royal.

1649 Racine est admis aux Petites Écoles. Mort de son grand-père. Sa grand-mère rejoint Port-Royal. Cinq propositions de l'*Augustinus* sont condamnées par la Sorbonne (condamnation confirmée par les papes Innocent X en 1653 et Alexandre VII en 1656).

1653 Racine au collège de la ville de Beauvais, qui a des sympathies pour Port-Royal.

1655 Retour à Port-Royal. Il continue ses études avec ces maîtres prestigieux que sont Arnauld, Hamon, Le Maître, Lancelot, Nicole. Il se perfectionne en grec. Il sera capable de lire le théâtre d'Euripide et la *Poétique* d'Aristote dans le texte, ce qui était rare à l'époque, l'enseignement étant fait en latin et centré sur la littérature latine (cf. le théâtre de Corneille, élève, lui, des jésuites).

1658 Collège d'Harcourt à Paris (classe de philosophie). Racine a dix-huit ans et manifeste de plus en plus son indépendance vis-à-vis de ses anciens maîtres et son goût pour la littérature profane.

1660 Mariage de Louis XIV avec Marie-Thérèse. Ode de Racine *La Nymphe de la Seine*, à la reine. Sa tragédie *Amasie* est refusée par le théâtre du Marais.

1661 Part à Uzès, où il espère obtenir un bénéfice ecclésiastique par l'entremise d'un oncle, vicaire général. Il n'obtiendra rien. Mort de Mazarin. Début du règne personnel de Louis XIV.

1663 Retour à Paris. Se fait remarquer par une *Ode sur la convalescence du Roi*.

1664 Première de *La Thébaïde*, par la troupe de Molière. L'archevêque de Paris disperse les religieuses de Port-Royal dans d'autres monastères.

1665 Première d'*Alexandre*. Racine rompt avec Molière.

1666 Polémique de Racine avec Nicole à propos du théâtre et rupture avec Port-Royal.

1667 Première d'*Andromaque* chez la reine, avec la Du Parc qui a quitté la troupe de Molière.

1668 Première des *Plaideurs*. Mort de la Du Parc (Racine sera accusé plus tard de l'avoir empoisonnée, lors de l'affaire des Poisons).

1669 Première de *Britannicus*. « Paix de l'Église » entre la papauté et les jansénistes, qui durera une dizaine d'années.

1670 Première de *Bérénice*. Publication partielle des *Pensées* de Pascal.

1672 Première de *Bajazet*.

1673 Racine entre à l'Académie française. *Mithridate*.

1674 Première d'*Iphigénie*. Racine obtient la charge de trésorier de France à Moulins.

1677 Création, le 1er janvier, de *Phèdre et Hippolyte* qui sera édité le 15 mars sous le titre de *Phèdre*. Racine se marie. Il devient avec Boileau historiographe du roi. Il renonce au théâtre. À propos de ce renoncement on s'est posé beaucoup de fausses questions. La réponse est simple : un historiographe du roi doit être un honnête homme, ce que n'est évidemment pas un homme de théâtre... De même, le Racine époux de Catherine de Romanet (puis père de sept enfants) doit faire oublier l'amant de la Du Parc, de la Champmeslé... *Phèdre* est le sommet de l'« œuvre » de Jean Racine, la charge d'historiographe du Roi-Soleil est l'apothéose de sa « carrière ».

1679 Racine renoue avec Port-Royal, au moment où les persécutions reprennent. Le Grand Arnauld s'exile.

1684 *Éloge historique du Roi*.

1685 *Éloge de Pierre Corneille* à l'Académie française. Révocation de l'édit de Nantes. Promulgation du Code noir.

1689 *Esther* créée devant le roi à Saint-Cyr (musique des chœurs par J.-B. Moreau). C'est à la demande de Mme de Maintenon que Racine est revenu au théâtre, un théâtre d'inspiration biblique.

1690 Racine devient gentilhomme ordinaire du roi.

1691 *Athalie* (musique des chœurs par J.-B. Moreau).

1694 *Cantiques spirituels*. Racine intervient auprès de l'archevêque de Paris en faveur de Port-Royal et ne cessera de le faire jusqu'à sa mort.

1696 Devient conseiller secrétaire du roi. Commence à travailler à un *Abrégé de l'histoire de Port-Royal*.

1697 Troisième édition de ses *Œuvres* (1re en 1676, 2e en 1687).

1699 Mort de Racine. Il se fait enterrer à Port-Royal auprès de son ancien maître Hamon.

1709 Les dernières religieuses de Port-Royal sont expulsées et dispersées.

1711 Le monastère de Port-Royal est rasé sur ordre de Louis XIV. Cela n'empêchera pas la persistance de la sensibilité et du « parti » jansénistes pendant tout le XVIIIe siècle et au-delà.

NOTE SUR LE JANSÉNISME

Il est hors de question de retracer ici l'histoire du jansénisme. On trouvera quelques éléments de cette histoire dans la « Vie de Racine » qui précède et des compléments chez les critiques qui ont souligné l'influence de cette « vision du monde » sur l'univers racinien (Bénichou, Barthes, Mauron, Goldmann...).

La finalité de cette note est simplement d'indiquer, schématiquement, dans quel débat théologique, fondamental dans l'histoire du christianisme, se situe la controverse qui a opposé, au XVIIe et au début du XVIIIe siècle, les jansénistes et la royauté française, la papauté et les jésuites. Au cœur du débat : quelle est la part dans le salut de l'homme de sa liberté et de la grâce ? Au Ve siècle déjà un conflit avait opposé le moine Pélage, qui soutenait que l'homme pouvait être sauvé par sa seule volonté, et saint Augustin, lui opposant qu'il ne peut l'être que par la grâce de Dieu. Pélage fut déclaré hérétique, mais la question réapparut ensuite régulièrement au cours des siècles suivants.

Luther et Calvin réaffirmèrent que ce n'est que par la grâce divine et non par ses œuvres que l'homme peut échapper à la damnation. C'est à peu près la même thèse, après Jansénius, et même s'ils se défendent farouchement d'être calvinistes, que les jansénistes de Port-Royal essayèrent de faire admettre par la papauté et l'Église de France. Selon eux, la grâce n'est pas accordée à tous les hommes : Dieu, dans sa toute-puissance, l'accorde à certains, la refuse à d'autres. Il peut même la refuser à celui qui désire de tout son être échapper au péché et se soumettre à la loi divine. Les jansénistes avaient une expression pour désigner cet exclu a priori de l'Amour divin : le « juste pécheur ». C'est ce qu'est la Phèdre racinienne pour le Grand Arnauld (cf. sa formule citée plus haut).

AU THÉÂTRE, À PARIS, AU XVIIe SIÈCLE

Déjà fécond au Moyen Âge avec les mystères qui lui donnent les sources religieuses dont le théâtre portait l'empreinte depuis l'Antiquité grecque (voir, « Au théâtre, à Athènes, au Ve siècle avant J.-C. », p. 181), renouvelé par l'érudition littéraire des poètes de la Renaissance qui privilégient l'écriture au détriment de la représentation et retrouvent l'inspiration des grandes tragédies antiques, dramatique français atteint son apogée au XVIIe siècle, « siècle d'or » du théâtre classique comme le fut le Ve siècle avant J.-C. pour le théâtre grec.

Troupes et comédiens

Interprété par de simples baladins nomades disposant d'un répertoire assez pauvre devant un public grossier au début du XVIIe siècle, le théâtre devient une institution permanente qui à la fin de ce même siècle accueille un public raffiné venu applaudir les chefs-d'œuvre d'une brillante littérature dramatique.

Dans la première moitié du siècle, le théâtre de la foire était ouvert tous les ans : foire Saint-Germain, de février à la semaine de la Passion ; foire Saint-Laurent, de juillet à septembre. La foule des badauds attirés par les parades montées sur des tréteaux improvisés vient applaudir des bateleurs renommés, tels Bruscambille, Mondor et Tabarin, que des médecins ambulants dits « empiriques » ont pris à gages pour faire de la réclame en faveur de leurs drogues dans des baraques de fortune.

Après Pâques, pendant la morte-saison, des « compagnies » s'organisent à Paris. Elles comptent une dizaine de comédiens, un portier, un décorateur, parfois un poète payé à gages, mais considéré comme un luxe ou comme une bouche inutile, puisqu'il existe tant de pièces toutes faites sans droits d'auteur à payer ! Plus proches de la misère que de la gloire [1], elles parcourent la province en suivant les grands chemins. Installées un jour dans quelque hôtellerie, un autre dans un jeu de paume, elles représentent des pastorales ou des tragi-comédies à la mode. Les troupes de campagne les plus connues furent celles de Molière, de Filandre et de Floridor.

À Paris même, à la fin du XVIe siècle, on ne trouve qu'une seule salle de théâtre fixe : elle est située non loin de l'église Saint Eustache, à l'angle de la rue Mauconseil et de la rue Française, sur un terrain de l'hôtel de Bourgogne et appartient aux Confrères de la Passion, qui ont le monopole des représentations dans la capitale. Mais, en 1599, le manque de succès pousse les Confrères à louer leur salle à la troupe nomade de Valleran-Lecomte qui s'installe définitivement à l'hôtel de Bourgogne en 1628 [2]. Les comédiens, alors autorisés par Louis XIII à prendre le nom de « troupe royale », jouissent

1. Les tribulations du *Capitaine Fracasse* de Théophile Gautier (1863) — titre disponible dans la même collection, n° 6100 — donnent un aperçu très pittoresque de la vie des comédiens ambulants à cette époque.

2. La salle de spectacle avait été construite en 1548. Sa troupe ne comporta pas de femmes jusqu'en 1634 : un homme portant un masque jouait les servantes et les nourrices. La dernière troupe qu'abrita l'hôtel de Bourgogne avant de disparaître fut celle de l'Opéra-Comique (1716-1782).

désormais d'une situation officielle privilégiée [1]. Ils jouent d'abord la farce où excelle le célèbre trio Gros-Guillaume, Gaultier-Garguille et Turlupin, puis se spécialisent dans la tragédie. Les acteurs les plus renommés seront le comique Poisson, Bellerose, Floridor, Montfleury et surtout la Champmeslé, interprète favorite de Racine.

Cependant une troupe nouvelle fait bientôt concurrence à la troupe royale : sous la direction du tragédien Mondory, elle se fixe au jeu de paume du Marais, rue Vieille-du-Temple. On y joue beaucoup la farce avec Jodelet, puis on monte surtout des pièces à machines qui séduisent le public par leurs artifices destinés à créer le merveilleux. Mais Mondory est frappé par une attaque d'apoplexie et reste paralysé : le théâtre va décliner jusqu'à sa fermeture en 1673 ; ses comédiens émigrent alors soit à l'hôtel de Bourgogne, soit chez Molière.

Après avoir tenté sa fortune en province, Jean-Baptiste Poquelin (Molière) revient à Paris en 1658 ; il gagne à ses comédiens le titre de « troupe de Monsieur », frère du roi, et s'installe dans la salle du Petit-Bourbon, sur la place du Louvre, face à Saint-Germain-l'Auxerrois, puis, après la démolition de celle-ci en 1660, dans la magnifique salle du Palais-Royal que Richelieu avait fait bâtir et qu'il partage avec les comédiens italiens. D'excellents éléments viennent constituer la troupe de Molière : sa propre épouse, Armande Béjart, qui joue les coquettes à la scène comme à la ville ; La Grange qui tient l'emploi des amoureux ; du Croisy qui assure celui des comiques ; le couple Du Parc : « Gros René » Berthelot, dit Du Parc, et son épouse, la belle Marquise-Thérèse, future créatrice du rôle d'Andromaque, qui interprète les jeunes premières ; et enfin Baron, un enfant de la balle, formé par Molière lui-même, et qui fut sans doute l'acteur le plus doué de son temps. Partisan du naturel dans l'art, Molière réagit vivement contre la déclamation emphatique de ses rivaux de l'hôtel de Bourgogne : ainsi imite-t-il Montfleury pour le ridiculiser dans *L'Impromptu de Versailles* ; il cherche à introduire dans la tragédie le goût de l'intonation juste avec un débit varié. Mais à sa mort, en 1673, la troupe doit quitter la salle du Palais-Royal pour s'installer rue Mazarine, à l'hôtel Guénégaud, un ancien jeu de paume aménagé en théâtre. Sur ordonnance royale, les meilleurs éléments du théâtre du Marais viennent se joindre à elle ; cependant la disparition de son chef et les dissensions intestines lui font perdre la faveur du roi et précipitent son déclin.

Vers la même époque, l'hôtel de Bourgogne souffre également de conflits internes : les deux troupes rivales qui subsistent avec diffi-

1. Pour la description détaillée de la salle de l'hôtel de Bourgogne, voir les très précises indications de décor qu'Edmond Rostand donne en ouverture de sa pièce *Cyrano de Bergerac* (1897) — titre disponible dans la même collection, n° 6007.

culté expriment le vœu de fusionner. Comme le roi lui-même veut donner à Paris une seule compagnie, il ratifie ce souhait par une lettre de cachet qui accorde aux « comédiens français » le privilège exclusif « de représenter des comédies dans Paris » (1680). En 1687, la nouvelle troupe s'installe rue des Fossés-Saint-Germain, dans l'actuelle rue de l'Ancienne-Comédie, où elle donne désormais des représentations tous les jours ; elle compte quinze comédiens et douze comédiennes, appelés « comédiens ordinaires du roi » et pensionnés par lui : ainsi naquit la Comédie-Française.

À ces théâtres publics, s'ajoutent des salles privées : il est de bon ton d'aimer le théâtre, de patronner une troupe et de posséder sa propre scène où l'on offre des spectacles à ses amis. À côté des recettes des représentations publiques et des dons des protecteurs (entre autres le roi et sa famille), c'est une confortable source de revenus pour les comédiens, qui se partagent les bénéfices.

Les représentations

Leur fréquence augmente rapidement ; vers 1660, on jouait trois fois par semaine : le vendredi, réservé aux premières, le dimanche et le mardi. L'heure des représentations devient aussi de plus en plus tardive : on commençait en principe à deux heures pour terminer vers cinq ou six heures du soir ; puis, de retard en retard, souvent bien au-delà (cinq heures au début du XVIIIe siècle), parfois même après les vêpres ; cependant on ignore encore les soirées. Le spectacle est copieux et se compose souvent de deux pièces : une comédie en un ou trois actes et une tragédie, ou bien une comédie en cinq actes. Primitivement annoncé par une sorte de parade au son du tambour, il est publié par des affiches de couleurs variées, rédigées en termes pompeux ; jusqu'en 1625, elles oublient seulement de nommer les auteurs ! Mais la réclame est essentiellement assurée par l'orateur de la troupe : dans la salle même, il harangue les spectateurs pour le prochain spectacle ou présente la pièce et les acteurs dans un prologue pour la représentation du jour ; tâche qui exige autorité, tact et esprit : ce fut le cas de Bellerose et Floridor à l'hôtel de Bourgogne, Mondory au Marais, Molière et La Grange au Palais-Royal. L'entrée de la salle est surveillée par un portier qui a pour mission de refouler les mauvais payeurs : cela ne va pas sans rixes parfois sanglantes !

Les salles de spectacle, longues et assez étroites, sont déjà disposées comme de nos jours : loges et galeries forment un ovale autour de la scène ; nobles et grands bourgeois les occupent. Les loges sont traditionnellement réservées aux femmes « du bel air ». La petite bourgeoisie prend place sur des gradins disposés en amphithéâtre. Au centre, le parterre, quelquefois séparé de la scène par une grille : ses places sont bon marché (quinze sous ; les loges sont à vingt sous ;

les prix sont doublés pour les premières représentations) et occupées exclusivement par les hommes, debout jusqu'en 1782. Un public populaire particulièrement bruyant et difficile à satisfaire ! Venue d'Angleterre, s'introduit en 1656 la coutume de réserver de chaque côté de la scène un certain nombre de sièges ou « banquettes » aux spectateurs élégants aussi soucieux de voir que d'être vus : les petits marquis semblables à ceux que ridiculise Molière [1] peuvent ainsi manifester aux yeux de tous leur enthousiasme ou leur désapprobation. Cette pratique se maintiendra jusqu'en 1760 : elle ne facilite guère les évolutions des acteurs ! De façon générale, l'assistance est agitée et le silence religieux qui s'impose de nos jours n'est pas de mise : allées et venues, conversations, éventuellement injures adressées aux comédiens ne cessent de perturber la séance [2]. Heureusement l'entretien des chandelles permet de ménager des pauses salutaires : il faut en effet les moucher régulièrement entre chaque acte si l'on ne veut pas enfumer la salle !

La scène, fort réduite, offre la forme d'un entonnoir ouvert vers le public. Elle est éclairée d'abord par des chandelles de cire fixées au mur derrière les acteurs, puis par deux lustres que l'on fait monter au début de la représentation ; les feux de la rampe n'existent pas encore. Longtemps la mise en scène demeura élémentaire. Le décor unique s'impose dès que la règle de l'unité de lieu fait disparaître

1. Dans *Les Fâcheux* (1661), Molière trace le portrait d'un fâcheux redoutable, celui qui sévit dans les salles de théâtre et perturbe le spectacle par son sans-gêne :

... « Mais l'homme pour s'asseoir a fait nouveau fracas,
Et traversant encor le théâtre à grands pas,
Bien que dans les côtés il pût être à son aise,
Au milieu du devant il a planté sa chaise,
Et de son large dos morguant les spectateurs
Aux trois quarts du parterre a caché les acteurs. »

(acte I, scène 1, vers 29-34).

2. Le premier acte de *Cyrano de Bergerac* (voir note 1, p. 176) offre le spectacle d'une salle truculente et colorée : les voleurs ne manquent pas pour venir, armés, tirer les manteaux ; les étudiants débitent leurs théories haut et fort ; tout le monde s'interpelle. Ainsi témoigne Bruscambille qui n'arrive pas à faire taire la salle pour lever le rideau :

« A-t-on commencé ? C'est pis qu'antan. L'un tousse, l'autre crache, l'autre pète, l'autre rit, l'autre gratte son cul ; il n'est pas jusqu'à messieurs les pages et laquais qui n'y veuillent mettre leur nez, tantôt faisant intervenir des gourmades réciproqués, maintenant à faire pleuvoir des pierres sur ceux qui n'en peuvent mais... Toutes choses ont leur temps, toute action se doit conformer à ce pour quoi on l'entreprend : le lit pour dormir, la table pour boire, l'hôtel de Bourgogne pour ouïr et voir, assis ou debout, sans se bouger non plus qu'une nouvelle mariée. »

Au temps des « classiques » où les honnêtes femmes viendront écouter Racine, l'hôtel de Bourgogne affichera un vernis beaucoup plus policé !

l'utilisation de décors simultanés hérités du Moyen Âge. Pour les tragédies, le registre des décorateurs mentionne presque invariablement : « le théâtre est un palais à volonté » ; pour les comédies, « une place de ville » ou un intérieur stylisé. Mais peu à peu la mode de la mise en scène venue d'Italie développe le goût de la décoration somptueuse : on réalise des changements à vue, des effets de perspective avec machineries, on fait glisser sur des rails lune, astres ou nuages, on imite les flots de la mer déchaînée par un système de cylindres ondulant derrière une toile.

Quant aux costumes, les acteurs mettent leur point d'honneur à afficher une garde-robe fastueuse, sans aucun souci de réalisme ou de couleur locale. Pour la comédie, on porte le costume de ville, ce qui permet aux amateurs de théâtre de se montrer généreux à bon compte en offrant à la troupe les vêtements qu'ils ne veulent plus porter ! Pour la tragédie, le costume « à la romaine » : chapeau à plumes ou casque empanaché, cuirasse et brodequins ; on arbore aussi le costume « à l'espagnole » ou « à la turque » avec turban. Personne ne se montre surpris ni choqué qu'Auguste apparaisse avec un large chapeau bordé de deux rangs de plumes rouges ou que Polyeucte adresse sa prière à Dieu coiffé d'une perruque, tenant à la main un feutre et des gants !

La représentation est devenue un rite social autant qu'un événement littéraire et artistique, une cérémonie dans l'esprit de celles de la cour ou des salons. Le théâtre jouit de l'appui du pouvoir, cependant l'Église fait peser sur lui une lourde réprobation morale, ainsi que sur le métier d'acteur : les comédiens sont frappés d'excommunication et on leur refuse la sépulture en terre sainte. Quant aux jansénistes, leur condamnation est sans appel. Pour Nicole, dont Racine fut un disciple (voir repères biographiques, p. 172), « un poète de théâtre est un empoisonneur public, non des corps, mais des âmes des fidèles ». Rupture consommée entre mondains et dévots, entre l'auteur à succès d'*Andromaque* et les Solitaires de Port-Royal.

VIE D'EURIPIDE

480 (?) av. J.-C. Naissance d'Euripide à Salamine, l'année où les Grecs remportent leur éclatante victoire sur la flotte perse de Xerxès. Il est fils de petites gens, mais fera d'excellentes études à Athènes, où il fréquente les grands sophistes et philosophes de son époque, Anaxagore en particulier. À l'inverse d'Eschyle, qui s'est battu à Marathon et à Salamine, et de Sophocle, élu deux fois stratège, il reste en marge

de la vie publique. Plus « intellectuel » que citoyen, il semble, d'après les témoignages pas toujours bienveillants qui nous sont parvenus sur lui, avoir été un homme d'humeur sombre, dont la misanthropie naturelle aurait été renforcée par des déboires conjugaux et ses échecs dans les concours tragiques : il ne sera couronné que quatre fois, contre dix-huit pour Sophocle. La postérité lui sera plus favorable, puisque 19 de ses pièces nous sont parvenues, dont 18 tragédies (contre 7 pour Eschyle et 7 pour Sophocle).

438	*Alceste.*
431	*Médée.* Début de la guerre du Péloponnèse entre Athènes et Sparte.
430 (?)	*Les Héraclides.*
429	Peste d'Athènes. Mort de Périclès. Fin de l'hégémonie athénienne.
428	*Hippolyte.*
424 (?)	*Andromaque*, *Hécube.*
422 ou 421 (?)	*Les Suppliantes.*
entre 421 et 413	*Ion.*
entre 418 et 414	*Héraclès furieux.*
414 (?)	*Iphigénie en Tauride.*
413	*Électre.*
entre 410 et 407	*Les Phéniciennes.*
406	Mort d'Euripide qui s'est retiré à la cour du tyran de Macédoine, Archelaos.
405	*Iphigénie à Aulis* et *Les Bacchantes* sont jouées à Athènes.
404	La guerre du Péloponnèse s'achève par la défaite d'Athènes. C'est la fin de la grande époque de la cité qui a inventé la démocratie (une démocratie « à l'antique » : qui exclut les femmes et les esclaves…) et la tragédie. Après quelques soubresauts, les siècles suivants la verront, avec le reste de la Grèce, colonisée par la Macédoine puis par les Romains.

Au IVe siècle, et après, on continuera à écrire des tragédies. Mais il s'agira d'une tragédie abâtardie, qui a perdu son enracinement dans les idéaux et les questionnements de la démocratie athénienne. Du IVe siècle, ce qui demeure de plus important concernant la tragédie, c'est la théorisation qu'en fait Aristote dans sa *Poétique*. Ce texte fondateur de la théorie littéraire occidentale (il porte également sur l'épopée) jouera un rôle fondamental dans la résurrection de la tragédie à la Renaissance et à l'âge classique.

AU THÉÂTRE, À ATHÈNES, AU Ve SIÈCLE AVANT J.-C.

Une cérémonie religieuse et populaire, des poèmes sacrés chantés en l'honneur des dieux pour célébrer la fécondité de la terre, moissons et ripailles sous la protection de Dionysos, dieu du vin et de la fête, représentations mimées des exploits divins et héroïques où s'ébauchent les formes primitives d'un genre nouveau appelé au plus grand succès : Athènes invente le théâtre à la fin du VIIe siècle avant J.-C. Elle se glorifiera de perfectionner ces manifestations religieuses devenues culturelles et politiques comme un pur produit de la cité grecque. La tragédie est née et ne cessera de féconder l'imagination européenne : amplifiée par les auteurs latins comme Sénèque, elle apporte ses thèmes de réflexion et sa typologie des personnages aux créateurs à venir, de Shakespeare aux classiques français, de Goethe aux dramaturges modernes.

Elle garde de ses origines religieuses ses structures formelles et rituelles : son nom même — en grec *tragodia* signifie le « chant du bouc », hymne sacré qui accompagne le sacrifice de l'animal favori de Dionysos — atteste clairement sa naissance liée à un culte divin [1]. Des dialogues s'introduisent peu à peu dans les chants du chœur qui entonne les hymnes, appelés dithyrambes, en l'honneur du dieu ; c'est au poète attique Thespis et à sa troupe ambulante que l'on attribue l'invention du premier acteur vers 550 avant J.-C. Le premier à se détacher du chœur pour déclamer un monologue de quelques vers, il provoque la colère du fameux législateur Solon qui, furieux, prédit le pire de cette initiative sacrilège : jusqu'alors, dit-on, personne n'avait osé incarner l'un des héros dont le chœur chantait les exploits ! Le théâtre n'a pas fini de résonner de cette querelle : menteur pour les uns puisqu'il fait semblant d'être un autre que lui-même, inspiré pour ceux qui lui devront les plus nobles émotions, l'acteur ne cessera plus de déchaîner passions et calomnies. Désormais l'échange se fait entre ce personnage nouveau et le chœur disposé en demi-cercle autour de lui.

1. L'origine religieuse et rituelle de la tragédie a fasciné Nietzsche, qui liait son apparition à une exaltation religieuse et mystique propre au culte de Dionysos et opposée aux progrès desséchants du rationalisme (*La Naissance de la tragédie*, 1871). R. Girard assimile le spectacle tragique au jeu rituel du bouc émissaire (*La Violence et le Sacré*, 1972). Mais ce problème des origines reste obscur : « Ce ne sont pas des boucs qui meurent dans les tragédies, mais des hommes » (J. P. Vernant et P. Vidal-Naquet, *Mythe et tragédie*, II, 1986).

De l'aire à blé primitive où l'on se réunissait pour célébrer les moissons dans la communion rituelle des chants mêlés de danses et de mimes, on passe rapidement à l'aménagement d'un lieu spécifique qui permet à un public toujours plus nombreux de venir assister à un véritable spectacle : ainsi naît l'espace théâtral lui-même, l'endroit où l'on regarde, en grec *théatron*. Selon la disposition du lieu utilisant une déclivité naturelle — une colline, par exemple —, on fait asseoir les spectateurs sur une pente en arc de cercle autour d'une aire aménagée en contrebas, *orchestra* (le mot *orchestès* signifie le danseur, en grec), dont la forme rappelle l'aire à blé originelle. Sur son sol de terre battue, évolue le chœur autour de l'autel traditionnel consacré à Dionysos, la *thymélè*.

La *skénè*, à l'origine de notre scène, n'est au début qu'une simple baraque en bois (dans l'*Iliade*, ce mot désigne la tente d'Achille) disposée sur le côté de l'*orchestra* pour permettre aux acteurs de se changer ; par la suite, elle sera installée derrière lui, au centre, et présentera deux étages : son étage inférieur est formé d'une colonnade, le *proskénion*, dont le toit en terrasse peut servir de scène pour l'évolution des acteurs ; son étage supérieur offre trois portes ménageant leurs entrées et sorties. Ces portes sont utilisées en fonction d'une représentation géographique conventionnelle : au centre, la porte royale réservée aux acteurs jouant les rôles de seigneurs ou de rois ; sur les côtés, la porte des hôtes pour les étrangers et la porte des femmes.

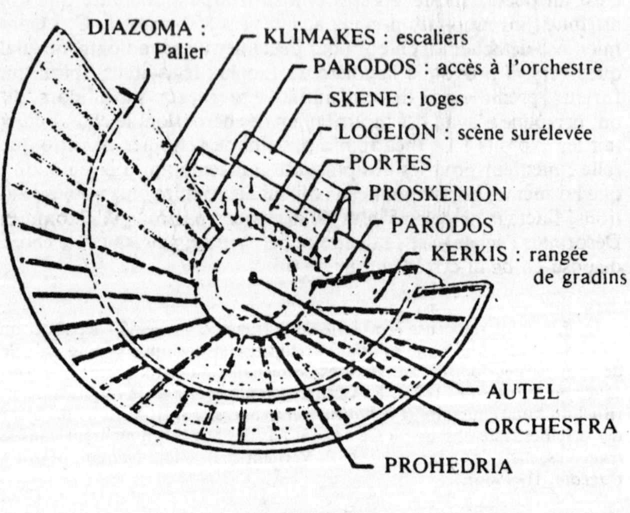

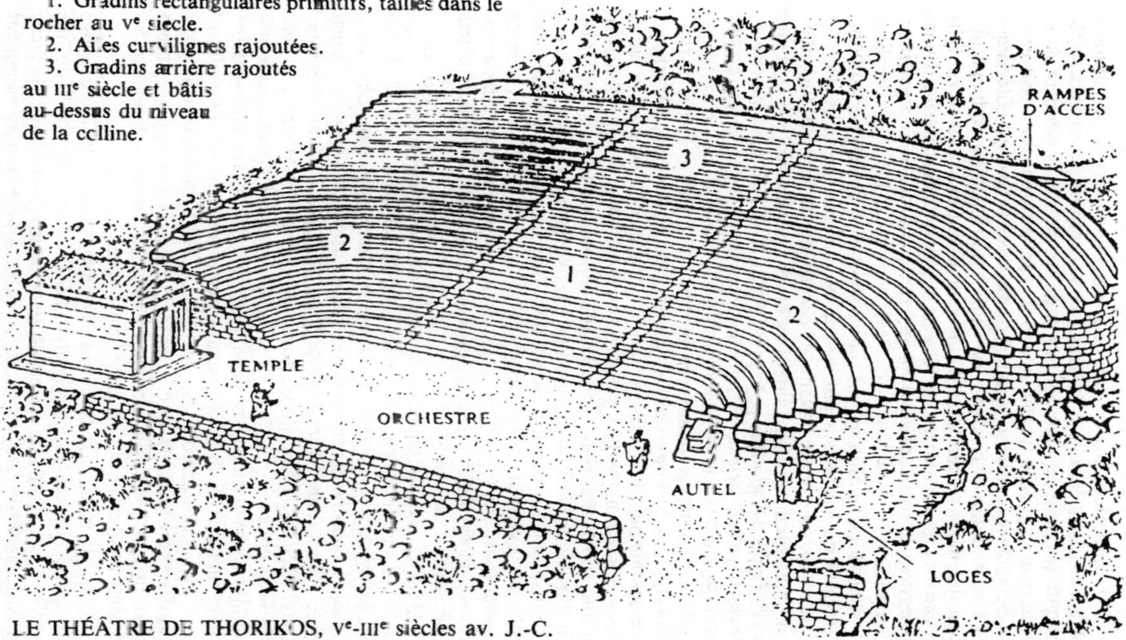

1. Gradins rectangulaires primitifs, taillés dans le rocher au ve siecle.
2. Ailes curvilignes rajoutées.
3. Gradins arrière rajoutés au IIIe siècle et bâtis au-dessus du niveau de la colline.

LE THÉÂTRE DE THORIKOS, v^e-IIIe siècles av. J.-C.

Par rapport au public qui, assis dans le théâtre de Dionysos à Athènes, avait la ville à sa droite et la campagne à sa gauche, le chœur et les acteurs entrent par la droite quand ils viennent de la ville, par la gauche quand ils arrivent de la campagne : cela est à l'origine des expressions, toujours utilisées de nos jours, « côté cour » et « côté jardin ». Le décor est rudimentaire, simplement stylisé : temple, palais, tente, paysage marin ou rustique ; le mur de la *skénè* présente une décoration architecturale, ensuite complétée par des peintures de scène (scénographies) dont l'invention est attribuée à Sophocle.

Ainsi donc l'action se joue sur trois plans : un plan inférieur pour le chœur qui évolue sur l'*orchestra*, un plan intermédiaire pour les acteurs qui jouent sur l'avant de la *skénè*, appelé *logeion*, tous deux communiquant par des rampes inclinées, les *parodoi*, situées entre l'extrémité des gradins et le *proskénion*, enfin un plan supérieur, le *théologeion*, sorte de balcon pour les apparitions des dieux. Celles-ci se font grâce à la *méchanè* (machine), une espèce de nacelle suspendue à un bras pivotant, telle une grue, pour transporter la divinité dans les airs. Ces interventions divines, fréquentes pour parachever un dénouement merveilleux, sont à l'origine de l'expression latine *deus ex machina*, le dieu hors de la machine, pour désigner l'artifice d'une conclusion plus heureuse que vraisemblable dans une situation tragique (voir l'apparition de Thétis à la fin de l'*Andromaque* d'Euripide). L'on utilise encore une autre machine, roulante cette fois, l'*ekkyklèma*, pour présenter sur une plate-forme les acteurs censés jouer une scène d'intérieur. Bruit terrifiant du tonnerre, apparitions merveilleuses : voilà les ancêtres de nos modernes effets spéciaux !

Dans ce cadre architectural conventionnel à ciel ouvert — bâti d'abord en bois puis en pierre à partir du IVe siècle av. J.-C. (ainsi le célèbre théâtre d'Épidaure et celui de Dionysos au flanc de l'Acropole) — comment se déroule une représentation à l'époque d'Euripide ? Tout d'abord celle-ci est liée au rituel précis d'une cérémonie religieuse, comme on l'a vu pour ses origines : à Athènes, ce sont les fêtes consacrées à Dionysos, les Lénéennes (fête des pressoirs) en hiver, vers la fin de janvier, et les grandes Dionysies, qui, au début du printemps (fin du mois de mars), quatre jours durant, rassemblent une foule considérable. Les représentations théâtrales (trois jours pour les tragédies, un jour pour les comédies) sont le point culminant des festivités en l'honneur du dieu du vin et les Athéniens les attendent avec la plus grande impatience.

Contrairement au théâtre moderne où le succès d'une pièce se juge au grand nombre des représentations, l'œuvre n'est jouée qu'une seule fois, mais elle fait l'objet d'un concours, instauré par le tyran d'Athènes, Pisistrate, en 536 av. J.-C., et dont le premier vainqueur est Thespis. Les auteurs les plus prestigieux s'affrontent à travers leurs créations pour remporter des prix très convoités, accompagnés d'une gratification financière importante, qui assureront leur gloire dans toute la Grèce. Cette compétition n'a guère à voir avec le cérémonial aristocratique de notre théâtre classique : dans une ambiance orgiaque de fête populaire, beaucoup plus proche par l'esprit de certaines manifestations musicales contemporaines, le drame antique est l'expression d'un engouement collectif.

Les fêtes commencent par un jour férié : lors de la cérémonie d'inauguration des hommes vêtus de robes aux couleurs vives déambulent en procession, portant d'énormes symboles phalliques qui annoncent l'arrivée du printemps, saison de la fertilité. Puis on sacrifie un taureau dans l'enceinte consacrée à Dionysos sur le versant sud de l'Acropole. La plupart des quelque dix-sept mille spectateurs qui participent à cette première journée se sont levés tôt, dès l'aube, pour envahir les gradins du théâtre provisoirement aménagé dans le sanctuaire et occuper les meilleures places [1]. Pour une somme modique (deux oboles), on achète son billet à l'entrée — un simple morceau de plomb — et si l'on est mécontent de sa place, on peut toujours s'adresser aux nombreux revendeurs qui se tiennent aux portes du théâtre. On apporte ou on loue des coussins pour remédier à l'inconfort de gradins très étroits. Il y a souvent des bagarres car les premiers rangs sont réservés aux magistrats, aux prêtres, aux dignitaires de la cité et aux ambassadeurs étrangers, qui sont les seuls à disposer de sièges, munis d'accoudoirs et de dossiers *(prohedria)*. Prétentieux et arrivistes sont prêts à tout pour s'asseoir près d'une personnalité en vue ! Il est vrai que la représentation deviendra vite un phénomène social à la mode qui exige tout autant d'être vu que de voir : spectateurs des deux sexes rivalisent d'élégance, chacun porte ses plus beaux vêtements de fête et se coiffe d'une guirlande de lierre, mode pratiquement obligée de l'époque. Sur les gradins les plus élevés, les femmes, placées toutes ensemble, les jeunes gens, les métèques ; les plus pauvres ont reçu des places gratuites ; à l'écart, sur les gradins les plus éloignés, le fief des prostituées ; seuls les esclaves sont exclus.

Il faut apporter de quoi manger et boire pour « pique-niquer » sur place car la journée sera longue. Lors du concours tragique, ce sont quatre pièces qui s'enchaînent : une « trilogie » tragique sur le même sujet, suivie d'un drame « satyrique », divertissement railleur où l'on retrouve les traditionnels compagnons de Dionysos, les satyres, et qui détend les spectateurs après l'émotion des œuvres précédentes. La dose peut paraître excessive pour une seule journée,

1. Dans *Le Banquet*, Platon évoque trente mille spectateurs à Athènes : chiffre sans doute quelque peu exagéré, mais qui reste vraisemblable.

cependant les drames grecs ne duraient pas très longtemps, sans doute pas plus d'une heure et demie. Le public participe de bon cœur et manifeste bruyamment son opinion : on conspue les mauvais acteurs, on acclame les beaux discours, on lance des fruits, des noix, ou même des pierres si l'on est déçu, on se livre à quelques débordements violents. La claque est d'autant plus énergique qu'à la fin des festivités la couronne de laurier, sorte d'oscar avant la lettre, viendra récompenser la meilleure pièce désignée par les *kritai* : ce sont dix « juges » tirés au sort et rassemblés en un jury qui doit établir le classement des œuvres ; leur nom comme leur fonction annoncent nos futurs « critiques ». Euripide, si populaire que les soldats récitaient par cœur des passages entiers de ses œuvres, ne fut pourtant couronné que quatre fois alors qu'Eschyle et Sophocle avaient accumulé les premiers prix en leur temps.

Toutes les classes de la société se passionnent pour ces compétitions animées qui représentent un véritable service public : les citoyens les plus riches d'Athènes doivent payer un super-impôt, la *chorégie*, afin de financer les représentations en l'honneur de Dionysos. Nommés *chorèges*, les gros contribuables, pris dans chacune des dix tribus de la cité, recrutent les chœurs et les comédiens qu'ils doivent entretenir, habiller, parer pour le spectacle.

Les magistrats qui gouvernent la cité, les *archontes*, sélectionnent les poètes qui ne manquent pas de venir de toutes les villes de Grèce pour participer aux concours : il ne doit y avoir que trois concurrents. On leur demande de mettre eux-mêmes leurs pièces en scène et d'engager le maître des chœurs qui choisit à son tour les joueurs de flûte et les chanteurs. En 472 av. J.-C., Périclès engagea ainsi le grand Eschyle qui représenta *Les Perses*. À l'issue du concours, le chorège, l'auteur et l'acteur principal plébiscités reçoivent la prestigieuse couronne de laurier.

Quant aux comédiens, ce sont tous des hommes : aucune femme ne se produit en public car elles sont exclues de toute manifestation liée à la religion ; même dans les comédies d'Aristophane, leurs rôles sont donc tenus par des acteurs déguisés et masqués. Réduit à un seul personnage à l'origine, le nombre de ceux-ci passe progressivement à trois, à l'initiative de Sophocle, dit-on, et leur jeu devient essentiel au détriment du chœur : le *protagoniste* est l'acteur principal, le chef de troupe, souvent le poète lui-même, et il occupe presque continuellement la scène ; le *deutéragoniste* et le *tritagoniste* lui donnent la réplique. Les rôles muets sont tenus par de simples figurants.

Les costumes obéissent à des conventions formelles stéréotypées : sur des maillots à manches, les femmes et les personnages de sang royal portent des tuniques longues à l'orientale, rembourrées et surchargées de broderies, de couleur pourpre pour les rois, blanches ou de teintes vives pour les princesses. Pour les fugitifs et les malheureux, la couleur est grise, verte ou bleue, noire pour le deuil. Les esclaves et les messagers revêtent des costumes plus simples, conformes à leur condition. Tous portent perruques et masques différents selon les rôles. Les masques sont le plus souvent en toile, chiffons stuqués et plâtre mis en forme dans un moule, selon l'expression figée qui doit figurer le caractère fondamental du rôle : ils agrandissent le visage, mais rendent impossibles les jeux de physionomie ; leurs grosses lèvres doublées d'un pavillon dissimulé servent de porte-voix. Des accessoires divers complètent chaque tenue : épée pour le guerrier, bâton pour le vieillard ou le devin, châle de pourpre enroulé autour du bras gauche pour le chasseur. Les chaussures, appelées *cothurnes*, sont à l'origine des bottines souples à tige assez haute, qui deviendront plus tard des brodequins surélevés à semelle très épaisse. Elles donnent aux acteurs plus de hauteur pour être mieux vus, mais aussi plus de majesté dans leurs déplacements, une démarche saccadée que Lucien, auteur satirique du IIe siècle après J.-C., dépeint avec humour à travers le regard prétendument naïf d'un étranger de passage à Athènes, Anacharsis :

« J'ai vu ceux que l'on nomme les acteurs tragiques et comiques, si du moins ils le sont, chaussés de souliers lourds et élevés, l'habit bigarré de bandelettes dorées, casqués de masques tout à fait ridicules avec une bouche grande ouverte ; du fond de leur masque ils avaient poussé de grands cris et ils déambulaient à grands pas — je ne sais comment, sans glisser — montés sur leurs chaussures. C'est en l'honneur de Dionysos, je crois, que la cité célébrait alors des fêtes. Quant aux comiques, ils étaient plus petits que les autres, ils allaient à pied, plus proches de simples humains en apparence, et ils criaient moins, mais leurs masques provoquaient davantage de rires. En fait le théâtre tout entier riait à leur propos ; mais ce sont les autres, juchés sur leurs hauteurs, que tous les spectateurs écoutaient avec gravité, les plaignant, je pense, de traîner péniblement à leurs pieds de si lourdes entraves » *(Anacharsis)*.

De façon générale, loin de la trop classique image de la splendide nudité du marbre que l'on veut prêter à la Grèce, la scène étale le luxe bariolé de la foire et des fards asiatiques.

Face à des acteurs qui représentent des êtres d'exception, héros ou rois dont la légende exemplaire illustre splendeurs et misères de la condition des mortels, le chœur, déguisé sans être masqué, est l'émanation d'une humanité moyenne aux préoccupations plus proches du quotidien : serviteurs, compagnons d'infortune, vieillards, ils expriment le bon sens populaire fondé sur l'expérience et l'humilité. Constitué de douze membres à l'origine, quinze à partir de Sophocle, le chœur est mené par le coryphée ; il évolue sur l'*orchestra* en chantant et dansant au son d'une unique flûte dont le joueur est assis sur l'autel de Dionysos. La structure de la tragédie est régie par l'alternance de ces chants qui conservent la métrique complexe et les formes dialectales de la poésie lyrique et les dialogues parlés des acteurs qui utilisent une langue plus quotidienne formulée en vers réguliers. L'ensemble ressemble sans doute plus à un opéra qu'à la tragédie classique française.

Jouée sans rideau, la pièce n'est pas divisée en actes, mais les différentes parties de l'action, appelées « épisodes », sont séparées par les parties lyriques du chœur. En général, on distingue un prologue dialogué, la *parodos* ou entrée du chœur, plusieurs épisodes (deux à cinq) divisés par les chants ou *stasima*, puis la sortie du chœur, l'*exodos*, qui constitue le dénouement. Progressivement, au cours du Ve siècle avant J.-C., on assiste à une réduction des parties lyriques au profit des dialogues dramatiques. Signe de cette évolution, les titres des pièces : ceux d'Eschyle désignent souvent les membres du chœur *(Les Choéphores, Les Suppliantes)*, ceux d'Euripide plutôt le personnage principal *(Andromaque, Hécube)*, manifestant ainsi que l'intrigue et la psychologie prennent le pas sur la méditation lyrique.

Aucun souci de réalisme n'est recherché dans la représentation : elle se doit d'être une cérémonie hiératique, solennelle et impressionnante. Colères divines, malédictions, meurtres, vengeances sanglantes, sacrifices nourrissent la trame dramatique. « La tragédie est le premier genre littéraire qui présente l'homme en situation d'agir, qui le place au carrefour d'une décision engageant son destin... Elle représente le héros comme un être déroutant, contradictoire et incompréhensible : agent mais aussi bien agi, coupable et pourtant innocent, lucide en même temps qu'aveugle » (J.-P. Vernant). Elle constitue un considérable événement humain et culturel qui consacre la prise de conscience de l'individu par le biais d'une représentation symbolique — Aristote la théorisera dans sa célèbre définition de la « purgation » des passions, la « catharsis » qui libère l'âme des spectateurs — ainsi qu'une manifestation sociale et politique de premier plan dans la vie de la cité.

Elle emprunte sa matière à l'épopée née de la mythologie et des divers récits légendaires répandus par la tradition orale : le monde héroïque que tous les citoyens connaissent à travers l'œuvre d'Homère et d'Hésiode constitue pour la cité son passé glorieux et familier ; pour un peuple nourri des joutes oratoires de la dialectique, la tragédie marque le triomphe de la parole poétique et rationalisante sur les désordres de l'ignorance. Elle apparaît « quand on commence à regarder les vieux mythes avec l'œil du citoyen » (J.-P. Vernant) : les aventures d'Œdipe, d'Héraclès, d'Oreste ou de Jason ne sont plus présentées comme des modèles exaltant leur grandeur ; leurs épreuves font désormais problème, instaurant l'avènement d'une conscience tragique de l'existence humaine.

L'apogée du théâtre grec (toutes les pièces conservées [1] ont été écrites entre 480 et 404 av. J.-C.) manifeste aussi l'éclat de la démocratie athénienne au Ve siècle, ce fameux « siècle d'or » dont on s'est plu à glorifier le classicisme pour le rapprocher de notre propre siècle classique, le XVIIe siècle, qui verra également le plein épanouissement de la tragédie. Chacun des trois grands dramaturges promis à une postérité exemplaire contribue à l'élaboration d'une réflexion sur la condition de l'homme dans un univers régi par l'*anankè*, le destin tout-puissant auquel les dieux mêmes sont soumis : après Eschyle (525-456 av. J.-C.) qui fait de la créature humaine l'instrument obéissant de la puissance divine, en concurrence avec Sophocle (495-406 av. J.-C.) qui exalte avec sérénité la noblesse du héros assumant son destin, Euripide (480-406 av. J.-C.) traduit l'angoisse de la déréliction. Accusé d'impiété et de misanthropie, marqué par le doute et le scepticisme, il pose la question qui déroute ses contemporains, celle qui avance l'existence de l'homme sans dieu :

> « Que penser, ô Zeus ? Veilles-tu sur les hommes
> Ou est-ce en vain qu'on t'en donne le nom ?
> Est-ce faux, ce qu'on croit, qu'il existe des dieux ?
> Le hasard seul a-t-il les yeux ouverts sur le monde ? »
>
> *(Hécube)*

VIE DE SÉNÈQUE

vers 2 av. J.-C. Naissance à Cordoue de Lucius Annaeus Seneca, fils de Sénèque le Rhéteur. Très jeune il vient à Rome et se passionne pour les lettres et la philosophie. Il connaît un moment la tentation de l'ascétisme et du végétarisme des pythagoriciens (on pense à l'Hippolyte de sa *Phèdre* et encore plus à celui d'Euripide), puis, changeant du tout au tout, se lance dans le monde, fort corrompu, de la Rome impériale. Première manifestation connue, dans sa vie, de sa « double face » (double jeu diront les malveillants !). Il obtiendra une charge de questeur.

41 ap. J.-C. Il est exilé en Corse par Messaline, la première épouse de l'empereur Claude.

49 Il est rappelé par la deuxième épouse de Claude, Agrippine, pour devenir le précepteur de son fils, Néron. Il mènera longtemps une vie de courtisan et de conseiller de Néron devenu

1. Dès l'Antiquité, la notoriété des trois grands tragiques grecs explique la multiplication des copies manuscrites qui ont permis la survie de leurs œuvres.

empereur (c'est lui qui fera l'apologie de l'assasinat d'Agrippine par son fils, devant le Sénat), tout en pratiquant la philosophie et les belles lettres...

62 Il se retire de la cour : pour essayer d'échapper à la défaveur de Néron ? pour mener une vie plus conforme à ce qu'il écrit en tant que moraliste ?...

65 Compromis dans la conjuration de Pison, il reçoit de Néron l'ordre de s'ouvrir les veines.

Auteur d'ouvrages philosophiques d'inspiration stoïcienne, dont la cohérence doctrinale n'est pas toujours évidente (*Sur la tranquillité de l'âme*, *Sur la brièveté de la vie*, *Lettres morales à Lucilius*...), il a écrit également 9 tragédies, inspirées des Grecs, surtout d'Euripide, mais qu'il est impossible de dater : *Agamemnon*, *Hercule furieux*, *Hercule sur l'Oeta*, *Les Phéniciennes*, *Les Troyennes*, *Médée*, *Œdipe*, *Phèdre*, *Thyeste*.

Il est le seul auteur tragique latin dont des pièces intégrales nous soient parvenues. Des autres tragiques, dont certains furent très célèbres à leur époque (par exemple Accius, 170-86 av. J.-C.), ne nous sont parvenus que des fragments. La tragédie sénéquienne n'atteint pas la qualité de ses modèles grecs, mais c'est d'abord, sans doute, parce que l'époque de la décadence de la Rome impériale n'a vraiment plus rien à voir avec l'Athènes démocratique du Vᵉ siècle av. J.-C.

Cela n'empêchera pas son modèle d'avoir une influence déterminante sur l'esthétique de la tragédie du XVIᵉ siècle et du premier XVIIᵉ siècle (celles de Shakespeare ou de Corneille, par exemple).

AU THÉÂTRE, À ROME AU Iᵉʳ SIÈCLE APRÈS J.-C.

Lorsque Sénèque écrit ses tragédies, l'âge d'or du genre — de la comédie aussi — est passé. Le plus grand tragique, reconnu comme tel par ses contemporains, Accius a vécu de 170 à 86 avant J.-C... Avant lui, les noms les plus importants sont ceux d'Ennius (239-169) et de Livius Andronicus (265-207), le créateur de la tragédie romaine.

D'après Tite-Live, les premiers jeux scéniques auraient été empruntés par les Romains aux Étrusques pour conjurer une peste en 364. Mais ce point de départ religieux ne doit pas faire illusion. Très vite le théâtre à Rome va devenir une affaire de divertissement — et non de culte civique comme dans l'Athènes du Vᵉ siècle —, dont le cadre, purement ludique, sera celui des *Jeux* (cf. Préface), qui vont se multiplier au fil des années sous la République puis sous l'Empire. *Panem et circenses*. Du pain et des jeux. À l'époque de Sénèque, plus de 170 jours par an sont consacrés à ces jeux, dont le théâtre.

Le rôle de Livius Andronicus, Grec de Tarente emmené comme esclave à Rome après la prise de la ville par les Romains, avait été de combiner la tradition du théâtre de la Grande Grèce avec la tradition populaire latine et les jeux étrusques. Ce qui explique que les intrigues de ce théâtre soient, pour l'essentiel, empruntées à la mythologie grecque. Il en sera de même pour la comédie latine qui prend sa source dans la nouvelle comédie grecque (Ménandre). Il ne nous reste malheureusement que des bribes du théâtre tragique de l'époque républicaine, mais ces bribes et les documents qui nous sont parvenus permettent de reconstituer assez précisément ce que pouvait être la vie théâtrale à la fin du IIIe siècle et au IIe siècle av. J.-C., où elle fut la plus florissante, pour la comédie (Plaute, Térence) comme pour la tragédie (Ennius, Accius).

Succédant aux simples estrades de bois devant lesquelles les spectateurs restaient debout, apparaîtront au IIe siècle des gradins, puis, en 55 av. J.-C., Pompée fera construire le premier théâtre complet permanent en pierre. L'architecture du théâtre à la romaine rappelle celle du théâtre grec, avec quelques différences, dont certaines sont significatives. Les gradins (la *cavea*), en demi-cercle, entourent l'*orchestra* qui ne sert plus à l'évolution du chœur (le chœur disparaît et laisse la place à des chants qui visent d'abord le pathétique, les *cantica*) et accueille les places d'honneur. La partie la plus proche de la scène peut être utilisée pour le jeu et lui est raccordée par deux petits escaliers. Le mur de fond de scène (*scaena*), où sont accrochés les décors, est beaucoup plus élevé que dans le théâtre grec ; les trois portes que l'on y trouve également sont surmontées de plusieurs étages de colonnes et de niches décoratives superposées. Derrière la *scaena* se situent les coulisses, et devant, l'espace de jeu des acteurs, la « scène » au sens moderne, le *proscaenium*. La machinerie se trouve dans les sous-sols qui communiquent par des trappes avec la scène. Le rideau se baisse au début de la représentation, pour découvrir l'espace scénique, et se relève à la fin.

Le fonctionnement des troupes théâtrales de l'époque rappelle beaucoup plus celui des temps modernes, du XVIIe siècle par exemple, que celui des concours tragiques grecs. Les acteurs sont des professionnels qui doivent, bien sûr, savoir déclamer, mais aussi chanter, danser..., car le théâtre romain, même tragique, est d'abord un spectacle populaire qui s'adresse aux sens et non à l'intellect du spectateur. Certains comédiens deviennent célèbres, ce qui n'empêche pas que leur profession soit frappée d'infamie (comme, plus tard, elle sera excommuniée). Mais la fascination qu'exerce l'acteur dans cette « société du spectacle » est telle que certains aristocrates, surtout à partir de l'Empire, viendront s'exhiber sur scène (que l'on pense à Néron !). Le chef de troupe, qui en est souvent l'acteur principal et le metteur en scène, est un véritable entrepreneur qui engage acteurs, musiciens, danseurs, trouve les contrats et négocie les textes avec les poètes. Nous sommes vraiment très loin de l'Athènes du Ve siècle. Le poète n'est d'ailleurs le plus souvent considéré que comme un faiseur : la plupart se recrutent dans les classes inférieures, les affranchis et les provinciaux (Accius est fils d'affranchi). Il ne viendrait à personne l'idée qu'une tragédie puisse avoir la même dignité littéraire que l'épopée, par exemple. Mais, au moment même où la tragédie vivante disparaît, vers le milieu du Ier siècle av. J.-C., quelques amateurs nobles en font un divertissement intellectuel et écrivent des tragédies, qui ne sont pas destinées à la scène. Écrites en dehors de tout souci scénique, elles font l'objet de « récitations » privées devant un public choisi. Il est possible que tel ait été le sort des pièces de Sénèque, même si — les mises en scène ultérieures l'ont prouvé — elles se révèlent tout à fait « scéniques ».

Le paradoxe est que c'est au moment même où le théâtre à texte, d'une manière générale, la tragédie en particulier, sont passés de mode que l'on va se mettre à construire le plus de théâtres en pierre. Mais le grand genre qui y triomphera sera la pantomime. Celle-ci reprendra d'ailleurs parfois, à grand spectacle, les vieilles tragédies, mais sans leur texte ! Le scénario tragique n'étant que le prétexte du « grand spectacle ». De toute façon, pour ce qui est du spectaculaire, le théâtre aura du mal à concurrencer ce que le public réclame de plus en plus aux grands qui veulent s'attirer ses faveurs : les jeux du cirque.

INTERTEXTE I

Depuis que le monde est monde et raconte des histoires, des milliers d'entre elles, sur toute la surface du globe, mettent en scène la tentative de séduction d'un jeune homme par une femme qui est son aînée, par l'âge et/ou symboliquement (par ex. épouse du père, du maître, du suzerain...). Les contes populaires nous ont laissé d'innombrables ogresses, sorcières, magiciennes aux charmes mortifères. Bien des déesses grecques se révèlent également redoutables pour les jeunes hommes qui les désirent... ou les dédaignent (cf. Artémis et Actéon, Cybèle et Attis, Aphrodite et Hippolyte...), certaines mortelles aussi. Phèdre est l'une d'entre elles (à la fin de la pièce elle s'identifie d'ailleurs, par la métonymie du poison, à la plus célèbre sorcière-magicienne de l'Antiquité : Médée).

On trouvera ci-après quelques-unes de ces « histoires » que Racine connaissait très bien (sauf une peut-être).

A) *JOSEPH ET LA FEMME DE PUTIPHAR* (Genèse, 39)

(Joseph, haï par ses frères, a été vendu comme esclave.)

Joseph en Égypte

On fit descendre Joseph en Égypte ; et Putiphar, officier de Pharaon, chef des gardes, Égyptien, l'acheta des Ismaélites qui l'y avaient fait descendre. L'Éternel fut avec lui, et la prospérité l'accompagna ; il habitait dans la maison de son maître, l'Égyptien. Son maître vit que l'Éternel était avec lui, et que l'Éternel faisait prospérer entre ses mains tout ce qu'il entreprenait. Joseph trouva grâce aux yeux de son maître, qui l'employa à son service, l'établit sur sa maison, et lui confia tout ce qu'il possédait. Dès que Putiphar l'eut établi sur sa maison et sur tout ce qu'il possédait, l'Éternel bénit la maison de l'Égyptien, à cause de Joseph ; et la bénédiction de l'Éternel fut sur tout ce qui lui appartenait, soit à la maison, soit aux champs. Il abandonna aux mains de Joseph tout ce qui lui appartenait, et il n'avait avec lui d'autre soin que celui de prendre sa nourriture. Or, Joseph était beau de taille et beau de figure.

Après ces choses, il arriva que la femme de son maître porta les yeux sur Joseph, et dit : Couche avec moi ! Il refusa, et dit à la femme de son maître : Voici, mon maître ne prend avec moi connaissance de rien dans la maison, et il a remis entre mes mains tout ce qui lui appartient. Il n'est pas plus grand que moi dans cette maison, et il ne m'a rien interdit, excepté toi, parce que tu es sa femme. Comment ferais-je un aussi grand mal et pécherais-je contre Dieu ?

Quoiqu'elle parlât tous les jours à Joseph, il refusa de coucher auprès d'elle, d'être avec elle. Un jour qu'il était entré dans la maison pour faire son ouvrage, et qu'il n'y avait là aucun des gens de la maison, elle le saisit par son vêtement, en disant : Couche avec moi ! Il lui laissa son vêtement dans la main, et s'enfuit au-dehors.

Lorsqu'elle vit qu'il lui avait laissé son vêtement dans la main, et qu'il s'était enfui dehors, elle appela les gens de sa maison, et leur dit : Voyez, il nous a amené un Hébreu pour se jouer de nous. Cet homme est venu vers moi pour coucher avec moi ; mais j'ai crié à haute voix. Et quand il a entendu que j'élevais la voix et que je criais, il a laissé son vêtement à côté de moi et s'est enfui dehors. Et elle posa le vêtement de Joseph à côté d'elle, jusqu'à ce que son maître rentre à la maison. Alors elle lui parla ainsi : L'esclave hébreu que tu nous as amené est venu vers moi pour se jouer de moi. Et comme j'ai élevé la voix et que j'ai crié, il a laissé son vêtement à côté de moi et s'est enfui dehors. Après avoir entendu les paroles de sa femme, qui lui disait : Voilà ce que m'a fait ton esclave ! le maître de Joseph fut enflammé de colère. Il prit Joseph, et le mit dans la prison, dans le lieu où les prisonniers du roi étaient enfermés : il fut là, en prison.

(*Joseph sera libéré plus tard par le pharaon pour avoir su interpréter ses rêves.*)

B) *CNÉMON ET DÉMÉNÉTÉ*

Le fragment qui suit est extrait du roman grec le plus célèbre de l'Antiquité, Les Éthiopiques *d'Héliodore (IIIe siècle ap. J.-C.). Traduit au XVIe siècle par Amyot, il eut un succès considérable pendant tout l'âge classique. Alors que le jeune Racine le lisait en cachette à Port-Royal, son maître Lancelot le surprit et lui confisqua le livre, ce à quoi l'insolent élève répondit que cela lui était égal puisqu'il le connaissait par cœur ! Ce roman très long et « romanesque » nous raconte les errances et aventures multiples d'un couple d'amoureux, Théagène et Chariclée, qui finissent par se retrouver et s'épouser au fin fond de l'Éthiopie. Racine, en 1662, avait écrit une pièce,* Théagène et Chariclée, *mais elle fut refusée par les comédiens.*

Le récit qui suit est fait aux deux héros par un compagnon de rencontre. On retrouve le scénario de Phèdre *mais dans un cadre réaliste, familier, à cent lieues du mythe et du tragique. « Phèdre chez les petits-bourgeois », si l'on veut ! La traduction est celle d'Amyot, sans doute celle qu'a lue le jeune Racine.*

CHAPITRE IV

Comme Gnemon récite à Théagène et à Chariclée l'amour folle que luy portoit Déménété sa marastre, du refus qu'il en fist, dont elle print vengeance, et de ce qui en advint.

J'avois, dist il, un père nommé Aristippus, natif d'Athènes, sénateur en la court souveraine, et qui avoit des biens médiocrement, lequel (aprés le trespas de ma feüe mère) eut envie de se remarier une autre fois, disant que de n'avoir qu'un enfant, comme il n'avoit que moy, c'estoit autant que de n'en avoir point. Si espousa une jeune femme assez jolie, mais qui fut le commencement de tous nos maux. Elle avoit nom Déménété, et n'eut pas plustost le pied en nostre maison qu'elle gaigna le bon homme, tellement qu'elle luy faisoit faire entièrement tout ce qu'elle vouloit, en partie par les attraitz de sa beauté, et en partie aussi par ce qu'elle l'amadouoit et le caressoit merveilleusement. Car s'il y eut jamais femme en ce monde qui sceust bien enchanter et affoler un homme de son amour, et qui entendist l'art de flatter et attraire, celle là le sçavoit parfaictement. Toutes fois et quantes que mon père alloit aux champs, elle souspiroit : quand il s'en retournoit, elle luy couroit saulter au col. S'il demouroit un peu trop, elle s'en plaignoit à luy, et l'en tensoit, disant qu'elle fust morte de desplaisir s'il eust un peu plus arresté. Et à chaque mot elle l'embrassoit, et pleuroit en le baisant. Par lesquelz alleschementz tous ensemble elle vous enveloppa tellement en ses filez mon père, qu'il ne regardoit ny ne respiroit plus autre chose qu'elle. Et (qui plus est) elle faisoit semblant du commencement de me voir aussi voluntiers comme si j'eusse esté son propre filz, par où elle gaignoit de plus en plus le bon homme Aristippus : mesme quelquesfois elle me venoit baiser, et prioit aux dieux ordinairement qu'un jour elle peust recevoir plaisir de moy. Quant à moy, je prenois tout en bonne part, ne soupçonnant encore rien de ce qui estoit : ains seulement m'esbahissois comment elle me monstroit ainsi affection maternelle. Mais peu à peu, quand je prins garde que ses approches estoyent trop lascives et deshontées, et ses baisers plus chauldz qu'ilz ne devoyent, que son regard dévoyoit d'honnesteté, toutes ces conjectures ensemble me firent entrer en soupçon, et deslors commençay à la fuyr, et repousser quand elle s'approchoit de moy. Il n'est ja besoing que je vous ennuye en vous racontant par le menu les appastz et attraitz desquelz elle me tenoit, les promesses qu'elle me faisoit, m'appellant tantost son petit filz, tantost son mignon, ores son héritier, et puis son petit cueur : et brief, entremeslant ainsi les honnestes appellations parmy les lascives et lubriques, et prenant soigneuse garde lesquelles j'aurois plus agréables, monstrant un semblant et apparence de mère es noms d'honneur, et es lascifz se déclarant manifestement amoureuse.

Pour le faire court, il advint une telle chose. Un certain jour de la grande solennité que l'on appelle Panathénéa, auquel les Athéniens font traisner par terre en procession un navire en l'honneur de Minerve, j'estois sur le commencement de mon adolescence, et avois chanté l'hymne qu'on a accoustumé de chanter ce jour-là en l'honneur de la déesse, marchant le premier à la procession, ainsi que la coustume le porte : puis m'en retournay chez nous tout ainsi comme j'avois esté accoustré pour la solennité, avecq' la mesme robe et les mesmes chapeaux de fleurs. Aussitost qu'elle me vid en cest accoustrement, elle sortit hors de son bon sens, et ne desguisa plus son amour, ains descouvrant sa meschante concupiscence, accourut à moy, et m'embrassa estroictement, disant : Ô nouveau Hippolyte ! ô mon Theseus ! Que pensez-vous que je devins alors, veu qu'à ceste heure je rougis encore de honte en le vous racontant seulement ? Or quand le soir fut venu, mon père alla souper à l'hostel de ville, et, comme en une générale assemblée et festin public, il y devoit passer toute la nuict. Parquoy elle s'en vint la nuict, et se mist en effort d'obtenir de moy une chose détestable. Mais quand elle vid que je luy résistois en toutes sortes, et que je rejectois toutes les caresses, prières, menasses et promesses qu'elle me pouvoit faire, elle se départit de moy, souspirant amèrement, et du plus profond de son cueur. Si ne demoura que celle nuict seule la meschante à me dresser embusche : car premièrement elle ne se leva point du lict le lendemain, ains quand mon père retourna le matin en la maison, et qu'il luy demanda que c'estoit à dire cela qu'elle estoit encore au lict, elle fist semblant qu'elle se trouvoit mal, et ne lui respondit autre chose que la première fois. Et comme mon père insistast à lui demander par plusieurs fois qui luy faisoit mal : Ce bon enfant, dist elle, mesmement envers moy, vostre filz et le mien, celuy que souventesfois j'ay plus aymé que vous, les dieux m'en soyent tesmoings, ayant entendu, ne sçay par qui ne comment, que j'estois enceinte (ce que je ne vous avois point voulu descouvrir jusques à ce que j'en fusse du tout asseurée), a espié l'occasion que vous fussiez hors de la maison, et comme je l'admonestois, ainsi comme l'on remonstre coustumièrement aux jeunes gentz, et l'enhortois de vivre chastement et se gouverner bien, et non pas adonner son cueur ny à hanter folles femmes, ny à aymer le vin (car je sçavois bien qu'il suyvoit ce train-là, mais je ne vous en avois jamais voulu rien dire, de peur que l'on ne soupçonnast que je le fisse par une haine et malveillance de marastre), ainsi que je luy faisois ces remonstrances, seule à seul, à celle fin que je ne le fisse rougir de honte si je luy eusse dict devant d'autres gentz, j'aurois vergoigne de vous réciter les autres vilanies et insolences qu'il a faictes, tant à vous comme à moy : mais bien vous veux-je dire qu'il m'a saulté à deux piedz sur le ventre, et m'a ainsi accoustrée comme vous voyez. [...]

(*Après maintes péripéties, Déménété sera démasquée et se suicidera en se jetant dans un puits.*)

C) *LA CHÂTELAINE DE VERGI*

*Racine n'a sans doute pas connu ce récit du XIIIe siècle, l'un des plus parfaits de la littérature narrative médiévale, qui fut très célèbre jusqu'à la fin du Moyen Âge et le redevint au début du XIXe siècle avec la redécouverte de la littérature de cette époque. En revanche, il est très probable qu'il a lu la version qu'en donne Marguerite de Navarre dans la soixante-dixième nouvelle de l'*Heptaméron. *Dès sa parution en 1558, cette œuvre eut un très vif succès et l'édition originale fut réimprimée plusieurs fois au courant du XVIIe siècle.*

Dans La Châtelaine de Vergi, *la femme interdite et séductrice, cette fois, n'est pas l'épouse du père mais du maître (comme dans l'histoire de Joseph).*

Un chevalier aime en secret la nièce du duc de Bourgogne, la châtelaine de Vergi, et en est aimé. Mais il est aimé par sa suzeraine, la duchesse de Bourgogne, qui, pour se venger de ses dédains, l'accuse auprès du duc d'avoir voulu la séduire. Pour se défendre le chevalier révèle au duc, sous le sceau du secret, qui il aime vraiment. Mais le duc se laisse arracher ce secret par la duchesse qui fait comprendre à la jeune fille qu'elle sait tout. Se croyant trahie, celle-ci meurt de douleur. Le chevalier se perce le cœur de son épée sur le corps de la bien-aimée. Le duc, qui a fini par tout comprendre, tue la duchesse de cette même épée et part se faire templier.

D) *BELLÉROPHON*

Racine connaissait aussi, bien sûr, le Bellérophon *de Quinault (1671), issu de la mythologie antique (Euripide en avait tiré une tragédie, perdue). Dans cette tragédie « à fin heureuse », Sténobée, fiancée du roi Proetus, est amoureuse de l'ami de son fiancé, Bellérophon, lui-même amoureux de Philonoé, sœur de Sténobée. Faussement accusé par Sténobée, le héros est arrêté et doit affronter un monstre, la célèbre Chimère... Timante, capitaine des gardes du roi, vient annoncer la mort de Bellérophon (V, 3)...*

SCÈNE 3

Sténobée, Philonoé, Timante, Mégare, Ladice

TIMANTE

Ah Madame !

STÉNOBÉE

Qui peut à ce point vous confondre ?
Quitter Bellérophon dont vous devez répondre ?

TIMANTE

J'ay fait ce que j'ay pû, mais le pouvoir humain
Contre l'effort du Monstre a toujours esté vain.
Chacun sçait trop sa rage et l'effroy qu'elle imprime...

STÉNOBÉE

Bellérophon au Monstre a servi de victime ?

TIMANTE

C'en est fait, il est mort. Par vostre ordre arresté,
Seul, dans un char couvert, de soldats escorté,
Je le faisois conduire au Fort en diligence :
Nous marchions au grand pas, dans un profond silence,
Quand à costé de nous du fond du bois prochain,
D'horribles heurlemens ont retenti soudain.
À ce bruit qui pénètre, et transit jusqu'à l'âme,
À travers des boüillons de fumée et de flame,
Paroist ce Monstre affreux que le Ciel en courroux
A tiré des Enfers pour s'armer contre nous.
Il se fait reconnoistre à la confuse forme
D'un corps prodigieux d'une grandeur énorme.
Lion, Chèvre, Dragon, composé de tous trois
C'est en un Monstre seul trois Monstres à la fois :
Il n'est sur son passage endroit qu'il ne désole,
Il rugit, crie, et siffle, il court, bondit, et vole :
Des yeux il nous dévore, il ouvre avec fureur
De sa gueule béante un goufre plein d'horreur,
Et pour fondre sur nous s'excitant au carnage
Sur des rochers qu'il brise il aiguise sa rage.
À l'entendre, à le voir, tout tremble, tout frémit :
Le jour mesme est troublé des noirs feux qu'il vomit.
À ce terrible objet, de mortelles allarmes

Font fuir tous nos soldats, leur font jetter les armes.
Le seul Bellérophon ferme dans ce danger
D'un regard intrépide ose l'envisager.
Je fais tourner son Char pour regagner la Ville ;
Mais il rend malgré moy tout mon soin inutile,
Il s'élance, et saisit en se jettant à bas,
Des armes que la peur fait jetter aux soldats ;
Non par un vain espoir de faire résistance
Contre un Monstre au-dessus de l'humaine puissance :
Mais pour chercher encor dans un trépas certain
L'honneur d'estre immolé les armes à la main.
C'est ainsi que luy-même il s'offre en sacrifice,
Laisse-moy, m'a-t-il dit, *abréger mon supplice ;*
Va, retourne à la Reine, annoncer mon trépas ;
Dy luy, quoy qu'elle ait fait, que je ne me plains pas,
Pourveu qu'au moins rendant justice à ma mémoire,
Elle ait après ma mort quelque soin de ma gloire.

STÉNOBÉE

Et vous l'avez quitté ?

TIMANTE

Que pouvois-je aujourd'huy,
Seul sans espoir...

STÉNOBÉE

Le suivre et périr avec luy.
Tascher que vostre vie avant la sienne offerte
Au moins de quelque instant pût retarder sa perte.
Mais qui puis-je en sa mort accuser plus que moy ?
Prenons soin de sa gloire, il le veut, je le doy ;
Et je vay hautement commencer sa vangeance
Par l'aveu de mon crime, et de son innocence.

PHILONOÉ

Ô Dieux ! son innocence ?

STÉNOBÉE

Ouy je l'avouë à tous.
Il n'en avoit que trop pour Prœtus, et pour vous.
Il n'a que trop rempli tout ce qu'on peut attendre
De l'âme la plus haute, et du cœur le plus tendre.
Il ne fut pour tous deux jusqu'au dernier moment,
Que trop parfait Amy, que trop fidelle Amant.
Il ne fut que trop digne et d'amour et d'estime,
Et son trop de vertu fut enfin tout son crime.

PHILONOÉ

Pourquoy donc le poursuivre avec tant de courroux ?
Pourquoy le tant haïr ?

STÉNOBÉE

Je l'aimois plus que vous.

PHILONOÉ

Vous auriez pu l'aimer ? vous dont l'injuste envie
Persécuta sans cesse et sa gloire et sa vie !
Vous de qui la fureur luy couste enfin le jour ?

STÉNOBÉE

Et par cette fureur jugez de mon amour.
C'est par là qu'il doit estre au dessus de tout autre.
Mon cœur pour la Vertu fut fait comme le vostre :
La Gloire qui vous plust, fit mes vœux les plus doux ;
J'ay porté la fierté cent fois plus loin que vous :
Voyez où m'a réduite une amour si funeste ?
Dans vos pertes, du moins, l'innocence vous reste,
Et de tant de vertu, de gloire et de fierté,
Il ne me reste rien, l'Amour m'a tout osté.
Vos feux furent gesnez de scrupules, de craintes,
Et ma flame a grossi par l'effort des contraintes :
Rien ne vous résistoit ; tout m'estoit opposé ;
Vostre Amour n'osoit rien ; le mien a tout osé ;
Il m'a fait trahir tout, sans s'épargner luy-mesme ;
Il m'a fait perdre tout, jusques à ce que j'aime ;
Et sur vos feux, les miens l'ont d'autant emporté
Qu'ils sont plus criminels, et qu'ils m'ont plus cousté.
Mais pleurer ce Héros ce n'est pas assez faire :
C'est l'effort trop commun d'un regret ordinaire.
Voyons qui l'aime plus au-delà du trépas,
Ou vous qu'il adoroit, ou moy qu'il n'aimoit pas,
Et jusques chez les Morts, par l'ardeur de le suivre,
Montrons pour qui des deux, il devoit plustost vivre.

LADICE, *retenant Philonoé.*

Madame...

PHILONOÉ

Ah laisse-moy punir mon lasche cœur
De n'avoir pu mourir d'amour et de douleur.
Allons, ne souffrons pas que dans le tombeau mesme
Ma Rivale avant moy rejoigne ce que j'aime.

Mais Bellérophon n'est pas mort. Héros plus heureux et moins ambigu qu'Hippolyte, il a écrasé la Chimère et il épousera sa Philonoé… Sténobée se suicide, hors scène.

Le même Quinault écrira en 1676 pour Lully un très beau livret pour un opéra, Atys. *La fable en est analogue, à ceci près que c'est l'aînée jalouse qui triomphe. Il faut dire qu'il s'agit d'une déesse ! La déesse Cybèle aime Atys et en a fait son sacrificateur. Mais Atys aime la jeune Sangaride. La vengeance de la déesse sera terrible. Atys, rendu fou, tuera lui-même celle qu'il aime. Revenu à la raison, il se tue. Cybèle le transforme en pin.*

Bien d'autres récits, poèmes ou pièces pourraient être cités, tournant autour de ce thème, et que Racine connaissait. Il ne faut pas oublier non plus, bien sûr, les « sources » les plus directes de sa Phèdre, *les tragédies d'Euripide et de Sénèque, et les* Hippolyte *de Garnier (1573), de La Pinelière (1635), de Gilbert (1646), de Bidar (1675). Quant à* Phèdre et Hippolyte *de Pradon qu'une cabale (cf. Intertexte II) tenta d'opposer à la pièce de Racine, elle est justement retombée dans l'oubli.*

LEXIQUE RACINIEN

Seules les acceptions pouvant poser un problème au lecteur d'aujourd'hui sont signalées dans ce lexique. Ainsi, le mot « courage » signifie « cœur » au vers 1417 et a le sens moderne au vers 1065 : seule l'acception « cœur » est indiquée.

AMANT : qui aime et est aimé ; le mot n'implique pas l'union sexuelle comme aujourd'hui ; il s'oppose à amoureux : qui aime sans être aimé.

APPAS : attraits.

AUDACE : insolence.

AVOUER (quelqu'un de) : donner sa caution (à quelqu'un pour).

BALANCER : hésiter.

BRUIT : réputation, renommée.

CAPRICE : folie, déraison.

CHAGRINS : sévérité, hostilité.

CHARME : pouvoir magique (charmant : dont la séduction semble relever d'un charme).

COURAGE : cœur.

DÉCEVANT : trompeur.

DEMEURER : s'arrêter.

DÉPLORABLE : digne de pitié.

ENNUI : tourment.

ENVIER : refuser.

ÉTONNÉ : frappé de stupeur (comme par le tonnerre).

FEU : passion amoureuse.

FIERTÉ : caractère farouche, sauvage (fier : farouche, sauvage).

FLAMME : amour (profane).

FLATTER : apaiser, adoucir.

FOI : fidélité, serment.

FORMIDABLE : terrifiant.

FREIN : mors.

FRIVOLE : sans valeur.

FUREUR : folie (furieux : rendu fou par la passion, la colère).

GÊNE : torture.

GÉNÉREUX : qui fait preuve de noblesse d'âme.

GLOIRE : honneur, réputation.

INSULTER À : ironiser violemment sur.

NEVEUX : descendants.

NŒUDS : liens du mariage.

OBJET : personne aimée.

OFFENSER : tourmenter.

POUDREUX : recouvert de poussière.

QUERELLE (prendre la) : prendre le parti (de quelqu'un).

RAVIR : emporter, enlever.

RELIQUES : restes.

RESPIRER : se reposer.

SANG : race, famille.

SÉDUIRE : tromper.

SEXE (le) : le beau sexe, les femmes.

SUPERBE : orgueilleux.

TIMIDE : craintif.

TRAVAUX : exploits (cf. les « Travaux » d'Hercule).

ZÈLE : dévouement.

INDEX NOMINUM (Racine)

(Entre parenthèses les noms grecs des divinités et des héros.)

ACHÉRON : fleuve d'Épire descendant aux Enfers.

ALCIDE : l'une des dénominations d'Hercule (du nom de son grand-père mortel, Alcée). Colonnes d'Alcide = colonnes d'Hercule : détroit de Gibraltar, limite des terres connues à l'ouest, dans l'Antiquité.

ANTIOPE : reine des Amazones, mère d'Hippolyte. Dans certaines versions elle est tuée par Thésée (chez Sénèque par ex.).

ARGOS : ville d'Argolide, au nord-est du Péloponnèse, presqu'île qui constitue la partie sud de la Grèce.

ARIANE : sœur de Phèdre. Amoureuse de Thésée, c'est elle qui le guide dans le Labyrinthe jusqu'au Minotaure. À son retour de Crète, Thésée l'abandonnera sur l'île de Naxos.

ATHÈNES : capitale de l'Attique.

ATTIQUE : région du sud-est de la partie nord de la Grèce. D'après la légende, elle fut unifiée et mise sous l'autorité d'Athènes par Thésée.

CERCYON : brigand redoutable tué par Thésée, comme le Géant d'Épidaure, Procuste, Sciron, Sinnis... Ce sont ces exploits, de même que ses aventures amoureuses, qui apparentent Thésée à Hercule.

COCYTE : affluent de l'Achéron, de même sinistre réputation.

CORINTHE : ville proche de l'isthme qui porte son nom et qui réunit le nord et le sud de la Grèce.

CRÈTE : île où régnait Minos, père d'Ariane et de Phèdre. C'est là que se trouvait le Labyrinthe.

DIANE (Artémis) : déesse vierge de la nature sauvage et de la chasse.

ÉGÉE : fils de Pandion, roi d'Athènes, père mortel de Thésée (Thésée aurait eu aussi un père divin : Neptune-Poséidon ; encore un trait commun avec Hercule-Héraclès qui a deux pères, l'un mortel, Amphitryon, l'autre divin, Jupiter-Zeus).

ÉLIDE : région à l'ouest du Péloponnèse.

ÉPIDAURE : ville d'Argolide (voir Cercyon).

ÉPIRE : région du nord-ouest de la Grèce où se situe l'entrée des Enfers.

ÉRECHTHÉE : fondateur d'Athènes, descendant de Vulcain-Hephaïstos et de la Terre-Gaia, ancêtre d'Égée.

HÉLÈNE : princesse de Sparte. Elle a été enlevée par Thésée avant d'être épousée par Ménélas, puis enlevée par Pâris, enlèvement qui est à l'origine de la guerre de Troie.

HERCULE (Héraclès) : héros connu par ses « douze travaux » (voir Cercyon, Égée).

ICARE : fils de Dédale, l'architecte du Labyrinthe. Enfermé dans celui-ci avec son père, il s'en évade à l'aide d'ailes en cire. Mais il s'est trop approché du soleil, les ailes fondent et il tombe dans la mer.

JUNON (Héra) : épouse de Jupiter.

JUPITER (Zeus) : roi des dieux de l'Olympe.

LABYRINTHE : il fut construit par Dédale sur l'ordre de Minos pour y enfermer le Minotaure (voir ce nom). On pouvait y entrer sans problème, mais la complexité de son tracé faisait qu'on ne pouvait en retrouver la sortie.

MÉDÉE : épouse de Jason, puis abandonnée par lui, elle tue leurs enfants, pour se venger. Devenue l'épouse d'Égée, à Athènes, elle continue sa carrière de magicienne, en tentant, entre autres, d'empoisonner Thésée.

MINERVE (Athéna) : déesse de la raison, des arts et des sciences, elle est la protectrice d'Athènes.

MINOS : roi de Crète, époux de Pasiphaé, père d'Ariane et de Phèdre, il devient après sa mort juge aux Enfers, avec Éaque et Rhadamanthe.

MINOTAURE : pour se venger du Soleil qui a dévoilé ses amours adultères avec Mars, Vénus rend sa fille Pasiphaé amoureuse d'un taureau. De cette union naît le Minotaure, à corps humain et à tête de taureau. Enfermé dans le Labyrinthe, on lui offrait en sacrifice chaque année, venus d'Athènes, soumise à cette époque à la Crète, sept jeunes hommes et sept jeunes filles. Grâce au fameux fil d'Ariane, Thésée pourra ressortir du Labyrinthe après avoir tué le Minotaure.

MYCÈNES : ville d'Argolide.

NEPTUNE (Poseidon) : dieu de la mer. C'est lui qui a enseigné aux hommes l'art de dresser les chevaux. Chez Euripide et Sénèque il est présenté comme étant le père divin de Thésée.

OLYMPE : montagne du nord de la Grèce, séjour des dieux.

PALLANTE (ou Pallas) : frère d'Égée, père d'Aricie (inventée par Racine) et des Pallantides.

PALLANTIDES : fils du précédent, ils contestèrent à leur cousin Thésée la couronne d'Athènes. Thésée les tua et (version racinienne) garda Aricie captive, lui interdisant le mariage afin que ses enfants ne puissent un jour revendiquer le trône athénien.

PARQUE : désigne celle des trois Parques (Moires chez les Grecs) qui décidait de la mort des humains.

PASIPHAÉ : épouse de Minos, mère d'Ariane, de Phèdre et du Minotaure (voir Minotaure).

PÉRIBÉE : femme du roi de Salamine, séduite et abandonnée par Thésée.

PIRITHOÜS : ami de Thésée, compagnon de ses frasques, il est tué par le tyran d'Épire dont il a tenté d'enlever la femme.

PITTHÉE : roi de Trézène, il a été l'éducateur de Thésée, dont il est le grand-père maternel, et d'Hippolyte, son arrière-petit-fils.

PROCUSTE : voir Cercyon.

SALAMINE : île à l'ouest de l'Attique.

SCIRON : voir Cercyon.

SINNIS : voir Cercyon.

SOLEIL (Hélios) : divinité de la race des Titans, antérieure à celle des Olympiens. Père de Pasiphaé. Il dévoile les amours adultères de Vénus avec Mars. L'époux outragé, Vulcain, prend les deux amants dans un filet et les expose à la risée des dieux. Pour se venger, Vénus rend la fille du Soleil, Pasiphaé, amoureuse d'un taureau (voir Minotaure) puis se sert de Phèdre, fille de Pasiphaé, pour se venger d'Hippolyte. Les dieux se font des farces et se vengent... sur les hommes...

SPARTE : capitale de la Laconie, au sud du Péloponnèse.

STYX : principal fleuve des Enfers.

TÉNARE : cap au sud du Péloponnèse.

TRÉZÈNE : ville d'Argolide.

VÉNUS (Aphrodite) : déesse de l'amour.

HISTOIRES DE FAMILLE

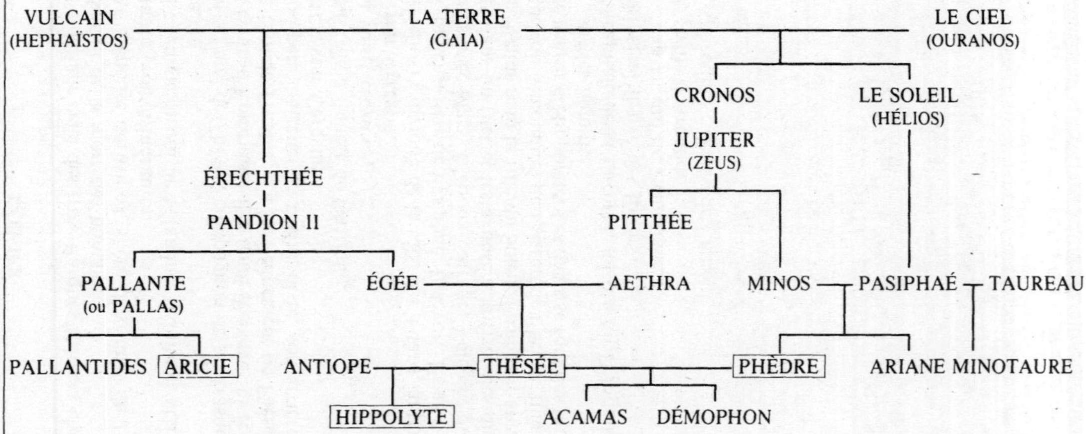

J'ai pour aïeul le père et le maître des dieux ;
Le ciel, tout l'univers est plein de mes aïeux ;
Où me cacher ? [...]

vers 1275-1277

INTERTEXTE II

Après Phèdre *de Racine, le thème comme le personnage connaîtront d'autres incarnations, au théâtre comme dans le roman, mais aucune n'atteindra la perfection ni l'intensité de la tragédie de 1677. À noter* Hippolyte et Aricie *de Rameau, son premier opéra, un chef-d'œuvre (1733). Mais le livret très médiocre de l'abbé Pellegrin affadit considérablement la pièce racinienne (Hippolyte est ressuscité par Neptune et épouse Aricie !) et Phèdre, malgré la beauté de son rôle vocal, passe au second plan. L'œuvre de Rameau connaîtra d'ailleurs très vite des parodies à succès.*

C'est dans ce registre de la parodie que s'inscrivent les trois textes qui suivent.

A) *LE SONNET DE NEVERS* (1677)

Les ennemis de Racine cherchèrent à opposer à sa pièce Phèdre et Hippolyte *de Pradon. Ce fut un échec. L'écart entre les deux pièces était vraiment trop grand. Mais pendant plusieurs mois les deux camps se livrèrent une guerre sans merci, qui se serait terminée par une bastonnade pour Racine et son ami Boileau, s'ils n'avaient été pris sous la protection du duc d'Enghien. Rédigé par l'un des partisans de Pradon, qui se réunissaient chez le duc de Nevers, le sonnet ci-après circula dès le lendemain de la première de* Phèdre.

SONNET

Dans un fauteuil doré, Phèdre tremblante et blême
Dit des vers où d'abord personne n'entend rien.
La nourrice lui fait un sermon fort chrétien
Contre l'affreux dessein d'attenter à soi-même.

Hippolyte la hait presque autant qu'elle l'aime.
Rien ne change son air ni son chaste maintien.
La nourrice l'accuse — elle s'en punit bien.
Thésée a pour son fils une rigueur extrême.

Une grosse Aricie au cuir rouge, aux crins blonds,
N'est là que pour montrer deux énormes tétons.
Que malgré sa froideur Hippolyte idolâtre.

Il meurt enfin, traîné par des coursiers ingrats,
Et Phèdre, après avoir pris de la mort aux rats,
Vient en se confessant mourir sur le théâtre.

B) LA *PHÈDRE* DE GEORGES FOUREST (1909)

Retrouvant la tradition du travestissement burlesque du XVIIe siècle, à la Scarron (cf. G. Genette, Palimpsestes, *Le Seuil, 1982, pp. 74-76), le poète Georges Fourest (1867-1945) résume en vers parodiques, jusqu'à la grivoiserie, la* Phèdre *racinienne.*

PHÈDRE

Dans un fauteuil doré, Phèdre, tremblante et blême,
dit des vers où d'abord personne n'entend rien.

LE DUC DE NEVERS

Dans un fauteuil en bois de cèdre
(à moins qu'il ne soit d'acajou),
en chemise, madame Phèdre
fait des mines de sapajou.

Tandis que sa nourrice Œnone
qui, jadis, eut de si bon lait,
se compose un maintien de nonne
et marmotte son chapelet,

elle fait venir Hippolyte,
fils de l'amazone et de son
époux, un jeune homme d'élite,
et lui dit : « Mon très cher garçon,

dès longtemps, d'humeur vagabonde,
monsieur votre père est parti ;
on dit qu'il est dans l'autre monde ;
il faut en prendre son parti !

Sans doute, un marron sur la trogne
lui fit passer le goût du pain ;
requiescat ! il fut ivrogne,
coureur et poseur de lapin ;

oublier cet époux volage
ne sera pas un gros péché !
Donnez-moi votre pucelage
et vous n'en serez pas fâché !

Vois-tu ma nourrice fidèle
qu'on prendrait pour un vieux tableau ?
elle nous tiendra la chandelle
et nous fera bouillir de l'eau !

Viens, mon chéri, viens faire ensemble
dans mon lit nos petits dodos !
Hein ! petit cochon, que t'en semble,
du jeu de la bête à deux dos ? »

À cette tirade insolite,
ouvrant de gros yeux étonnés,
comme un bon jeune homme Hippolyte
répondit, les doigts dans le nez :

« — Or çà ! belle-maman, j'espère
que vous blaguez, en ce moment !
Moi, je veux honorer mon père
afin de vivre longuement ;

à la cour brillante et sonore
il est vrai que j'ai peu vécu :
mais je doute qu'un fils honore
son père en le faisant cocu !

Vos discours, femelle trop mûre,
dégoûteraient la Putiphar !
Prenez un gramme de bromure
avec un peu de nénuphar !... »

Sur quoi, faisant la révérence,
les bras en anse de panier,
il laisse la dame plus rance
que du beurre de l'an dernier.

« — Eh ! va donc, puceau, phénomène !
Va donc, châtré, va donc, salop,
Va donc, lopaille à Théramène !
Eh ! va donc t'amuser, Charlot !... »

Comme elle bave de la sorte,
de fureur et de rut, voilà
qu'un esclave frappe à sa porte :
« — Madame, votre époux est là !

Theseus, c'est Theseus ! il arrive !
C'est lui-même : il monte à grands pas ! »
Venait-il de Quimper, de Brive,
d'Honolulu ! je ne sais pas,

mais il entre, embrasse sa femme,
la rembrasse en mari galant !
aussitôt la carogne infâme
pleurniche, puis d'un ton dolent :

« — Monsieur, votre fils Hippolyte,
avec tous ses grands airs bigots,
et ses mines de carmélite,
est bien le roi des saligots !

Plus de vingt fois, sous la chemise
le salop m'a pincé le cul
et, passant la blague permise,
volontiers vous eût fait cocu :

il ardait comme trente Suisses,
et (rendez grâce à ma vertu)
si je n'avais serré les cuisses,
votre honneur était bien foutu !... »

Phèdre sait conter une fable
(tout un chacun le reconnaît) :
son discours parut vraisemblable
si bien que le pauvre benêt

de Theseus promit à Neptune
un cierge (mais chicocandard !),
un gros cierge au moins d'une thune
pour exterminer ce pendard !

Pauvre Hippolyte ! Un marin monstre
le trouvant dodu le mangea,
puis le digéra, ce qui *monstre*
(mais on le savait bien déjà !)

qu'on peut suivre, ô bon pédagogue,
avec soin le commandement
quatrième du décalogue
sans vivre pour ça longuement !

Georges Fourest, *La Négresse blonde*, 1909,
éd. disponible, Le Livre de Poche, 1964, pp. 72-75.

C) ARIANE ET PHÈDRE VUES PAR LE *THÉSÉE* DE GIDE (1946)

Dans le Thésée *de Gide, le héros, au soir de sa vie, en fait le bilan. Il assume ses échecs et ses fautes, car après tout il a réussi la grande œuvre de sa vie : la création d'Athènes. À l'opposé d'Œdipe, il ne se laisse pas submerger par la culpabilité. Lorsqu'il évoque l'oubli fatal (il devait hisser des voiles blanches à la place des noires, à son retour de l'expédition contre le Minotaure) qui fait qu'Égée son père se jette dans la mer, il se contente de dire : « On ne saurait penser à tout » et reconnaît d'ailleurs que celui-ci « obstruait sa carrière » ! C'est avec la même désinvolture qu'il commente ce qui est arrivé à Ariane puis à Phèdre, sur le mode du cynisme et de la parodie pour la première, avec un peu plus de gravité pour la seconde mais en restant totalement étranger à la dimension tragique de son destin. À travers l'ironie gidienne, c'est toute une philosophie très terrestre de la vie qui s'exprime.*

Certains m'ont reproché, par la suite, ma conduite envers Ariane. Ils ont dit que j'avais agi lâchement ; que je n'aurais pas dû l'abandonner, ou tout au moins pas sur une île. Voire ; mais je tenais à mettre la mer entre nous. Elle me poursuivait, me pourchassait, me traquait. Quand elle eut éventé ma ruse, découvert sa sœur sous le revêtement de Glaucos, elle mena grand raffut, poussa force cris rythmés, me traita de perfide, et lorsque, excédé, je lui déclarai mon intention de ne pas l'emmener plus loin que le premier îlot où le vent, qui s'était soudain élevé, nous permettrait ou forcerait de faire escale, elle me menaça d'un long poème qu'elle se proposait d'écrire au sujet de cet infâme abandon. Je lui dis aussitôt qu'elle ne pourrait certainement rien faire de mieux ; que ce poème promettait d'être très beau, si j'en pouvais juger déjà par sa fureur et par ses accents lyriques ; qu'il serait, au surplus, consolatoire, et qu'elle ne laisserait pas d'y trouver la récompense de son chagrin. Mais tout ce que je disais n'aidait qu'à l'irriter davantage. Ainsi sont les femmes dès qu'on cherche à leur faire entendre raison. Quant à moi, je me laisse toujours guider par un instinct que, pour plus de simplicité, je crois sûr.

Cet îlot fut Naxos. L'on dit que, quelque temps après que nous l'y eûmes laissée, Dionysos vint l'y rejoindre et qu'il l'épousa ; ce qui peut être une façon de dire qu'elle se consola dans le vin. L'on raconte que, le jour de ses noces, le dieu lui fit cadeau d'une couronne, œuvre d'Héphaïstos, laquelle figure parmi les constellations ; que Zeus l'accueillit sur l'Olympe, lui conférant l'immortalité. On la prit même, raconte-t-on, pour Aphrodite. Je laissai dire et moi-même, pour couper court aux rumeurs accusatrices, la divinisai de mon mieux, instituant à son égard un culte où d'abord je pris la peine de danser. Et l'on me permettra de remarquer que, sans mon abandon, ne fût advenu rien de tout cela, si avantageux pour elle.

[...]

J'avais en Phèdre une confiance illimitée. Je l'avais vue, de mois en mois, croître en grâce. Elle ne respirait que vertu. L'ayant soustraite si jeune à l'influence pernicieuse de sa famille, je ne me doutais pas qu'elle en emportait avec elle tous les ferments. Évidemment elle tenait de sa mère, et, lorsque ensuite elle tenta de s'excuser en se disant irresponsable, prédestinée, force était de reconnaître qu'il y avait là du fondement. Mais ce n'était pas tout : je crois aussi qu'elle dédaignait trop Aphrodite. Les dieux se vengent et ce fut vainement, par la suite, qu'elle tenta d'apaiser la déesse par un surcroît d'offrandes et d'implorations. Car Phèdre était pieuse, pourtant. Dans ma belle-famille, tout le monde était pieux. Mais il était sans doute fâcheux que tout le monde n'adressât pas ses dévotions au même dieu. Pasiphaë c'était à Zeus ; Ariane à Dionysos. Quant à moi, je vénérais surtout Pallas Athéné, puis Poséidon, à qui, par engagement secret, j'étais lié et qui, pour mon malheur, s'engageait réciproquement à me répondre tellement que je ne l'implorerais pas en vain. Mon fils, celui que j'eus de l'Amazone et que je chérissais entre tous, c'est Artémis la chasseresse qu'il adorait. Il était chaste comme elle, autant qu'à son âge j'étais dissolu. Il courait les halliers, les forêts, nu sous la lune ; fuyait la cour, les assemblées, surtout la société des femmes, et ne se plaisait que parmi ses limiers, poursuivant jusqu'au sommet des monts ou dans les retraits des vallées la fuite des animaux sauvages. Souvent encore il dressait les chevaux rétifs, les entraînait sur le sable des plages, pour bondir avec eux dans la mer. Que je l'aimais ainsi ! beau, fier, insoumis ; non à moi, certes, qu'il vénérait, ni aux lois ; mais aux conventions qui restreignent les affirmations et fatiguent la valeur de l'homme. C'est lui que je voulais pour héritier. Je pourrais m'endormir tranquille, après avoir remis les rênes de l'État entre ses mains pures ; car je le savais inaccessible autant aux menaces qu'aux flatteries.

Que Phèdre pût s'éprendre de lui, je ne m'en avisai que trop tard. J'aurais dû m'en douter, car il était semblable à moi ; je veux dire semblable à ce que j'étais à son âge. Or déjà je me faisais vieux, et Phèdre restait extraordinairement jeune. Elle m'aimait peut-être encore, mais comme on aime un père. Il n'est pas bon, et je l'appris à mes dépens, qu'il y ait une telle différence d'âge entre époux. Aussi bien, ce que je ne puis pardonner à Phèdre, ce n'est point cette passion, après tout assez naturelle encore qu'incestueuse à demi, mais c'est d'avoir, comprenant qu'elle ne la pourrait assouvir, accusé calomnieusement mon Hippolyte, lui imputant cette impure flamme qui la consumait. Père aveugle, mari trop confiant, je la crus. Pour une fois que je m'en remettais à la protestation d'une femme ! C'est sur mon fils innocent que j'appelai la vengeance du dieu. Et ma prière fut écoutée. Les hommes, lorsqu'ils s'adressent aux dieux, ne savent pas que c'est pour leur malheur, le plus souvent, que les dieux les exaucent. Par volonté subite, irraisonnable, passionnée, je me trouvais avoir tué mon fils. Et j'en demeure inconsolable. Que Phèdre, sitôt ensuite, consciente de son forfait, se soit fait justice, c'est bien.

André Gide, *Thésée* in *Romans, récits et soties*,
N.R.F., La Pléiade, 1958, pp. 1444-1450.

BIBLIOGRAPHIE CRITIQUE

Théâtre antique

M. TRÉDÉ-BOULMER et S. SAÏD, *La Littérature grecque d'Homère à Aristote*, Paris, PUF, QSJ n° 227, 1990.

J.-P. VERNANT et P. VIDAL-NAQUET, *Mythe et tragédie en Grèce ancienne*, Paris, Maspéro, 1972 ; *Mythe et tragédie deux*, Paris, La Découverte, 1986.

S. SAÏD, *La Faute tragique*, Paris, Maspéro, 1978.

F. DUPONT, *Le Théâtre latin*, Paris, A. Colin, coll. Cursus, 1988.

Si l'on veut se référer à des traductions actuelles d'Euripide et de Sénèque, les meilleures sont celles de M. DELCOURT-CURVERS (1962, Paris, Gallimard, La Pléiade et Folio n° 2104 et 2105) pour Euripide, et de F. DUPONT (1990, Paris, Imprimerie Nationale, coll. Le Spectateur Français) pour Sénèque.

Racine

Œuvres complètes : éditions de R. Picard, Paris, Gallimard, La Pléiade, 1951-1952, et de P. Clarac, Paris, Le Seuil, L'Intégrale, 1962.

Théâtre complet : édition de J. Morel et A. Viala, Paris, Garnier, 1980.

J. BACKÈS, *Racine*, Paris, Le Seuil, 1978.

J.-L. BARRAULT, *Mise en scène de Phèdre*, Paris, Le Seuil, Points, 1946.

R. BARTHES, *Sur Racine*, Paris, Le Seuil, Points, 1963.

P. BÉNICHOU, *Morales du Grand Siècle*, Paris, Gallimard, Folio Idées, 1948.
« Hippolyte requis d'amour et calomnié » in *L'Écrivain et ses travaux*, Paris, Corti, 1967.

P. BUTLER, *Baroque et classicisme dans l'œuvre de Racine*, Paris, Nizet, 1958

Ch. DELMAS, *Mythe et mythologie dans le théâtre français*, Genève, Droz, 1986.

L. GOLDMANN, *Le Dieu caché*, Paris, Gallimard, 1956.
Racine, Paris, L'Arche, 1956.

Th. MAULNIER, *Racine*, Paris, Gallimard, 1935.

Ch. MAURON, *L'Inconscient dans l'œuvre et la vie de Jean Racine*, Paris, Corti, 1969, rééd. Champion-Slatkine, Paris-Genève, 1986.
Phèdre, Paris, Corti, 1968.

J. MOREL, *La Tragédie*, Paris, Armand Colin, 1964.

R. PICARD, *La Carrière de Jean Racine*, Paris, Gallimard, 1956.

J.-J. ROUBINE, *Lectures de Racine*, Paris, Armand Colin, 1971.
Phèdre, Paris, Éd. Pédagogiques modernes, 1979.

J. SCHERER, *La Dramaturgie classique en France*, Paris, Nizet, 1950.

J. STAROBINSKI, « Racine et la poétique du regard » in *L'Œil vivant*, Paris, Gallimard, 1961.

J. TRUCHET, *La Tragédie classique en France*, Paris, PUF, 1976.

E. VINAVER, *Racine et la poésie tragique*, Paris, Nizet, 1963.

LES REPRÉSENTATIONS DE *PHÈDRE*

AU XVIIe SIÈCLE

1er janvier 1677. Première de *Phèdre* à l'hôtel de Bourgogne. Le rôle titre est assuré par la Champmeslé (Hippolyte : Baron, Aricie : Mlle d'Ennebaut, Œnone : Mlle Beauval, Théramène : Hauteroche). La seule indication scénographique qui nous soit restée vient du chef machiniste de l'hôtel de Bourgogne, Michel Laurent, qui nous apprend que la toile de fond représente un « palais voûté » et qu'une chaise est nécessaire au début (cf. le « elle s'assied » de I, 3, seule didascalie de toute la pièce).

Racine a fait travailler lui-même son rôle à la Champmeslé, dans le sens d'une diction plus naturelle, allant à l'encontre de la déclamation ampoulée des comédiens de l'hôtel de Bourgogne, dont Molière s'était déjà moqué dans *L'Impromptu de Versailles* (1663). La Champmeslé porte un costume « à la romaine » : « veste et jupe de brocart à fond bleu et fleurs d'or, à l'exception de ladite jupe qui est de raz d'argent, garnie d'un grand falbala et point d'Espagne d'or ».

1680. La Comédie Française qui vient d'être fondée par le roi choisit *Phèdre* comme premier spectacle.

AU XVIIIe SIÈCLE

Les principales comédiennes à s'imposer dans le rôle de Phèdre sont Adrienne Lecouvreur, Marie Dumesnil, Mlle Clairon, Mlle Raucourt.

Adrienne Lecouvreur (1692-1730) se fait autant remarquer par ses qualités de tragédienne que par sa vie tumultueuse. Elle remporte un immense succès dans *Phèdre*. Elle n'a pas une voix forte mais sait lui faire exprimer tout le pathétique et la violence de la passion.

Marie Dumesnil (1712-1803) s'attire l'admiration de Garrick, le grand comédien anglais, ami de Diderot, qui note sa diction tantôt

« brûlante, sans étude... cri déchirant de la nature », tantôt la « voix presque voilée ».

Mlle Clairon (1723-1803) est celle de toutes les comédiennes de son siècle qui a le plus réfléchi sur son art et sur ses rôles. Elle aussi essaye de travailler dans le sens d'un plus grand naturel dans la voix, la gestuelle et les déplacements sur scène. Elle a enthousiasmé ses contemporains qu'elle a su fasciner en particulier dans les passages de *Phèdre* où l'héroïne glisse vers le fantasme hallucinatoire (« Dieux ! que ne suis-je assise à l'ombre des forêts ! [...] ; Où me cacher ? Fuyons dans la nuit infernale... »).

Mlle Raucourt (1750-1815) fera un triomphe dans *Phèdre* à la Comédie-Française en 1779, mais on lui reproche de ne pas savoir pleurer et de n'arriver à exprimer que les violences et les emportements de la passion.

AU XIXe SIÈCLE

Le rôle de Phèdre est vraiment devenu « le » rôle tragique féminin par excellence. Bien des comédiennes de renom vont s'y attaquer, mais avec des succès inégaux. Deux noms écrasent tous les autres : Rachel, Sarah Bernhardt.

Mlle Duchesnois (1777-1835) remporte un immense succès en jouant Phèdre pour la première fois à 25 ans.

Mlle George (1787-1867), qui a suivi les leçons de Mlle Raucourt, et qui s'est distinguée jusqu'ici surtout dans Corneille, veut battre Mlle Duchesnois sur son terrain. Elle joue donc Phèdre en 1803 : ce sera un échec. Dans la suite de sa carrière elle sera plus à l'aise dans le répertoire romantique.

Marie Dorval (1798-1849), l'actrice romantique type (elle joue Dumas, Vigny, Hugo...), s'attaque à son tour au grand rôle classique en 1842. Échec sévère. Jules Janin lui reproche de faire de Phèdre une héroïne de mélodrame.

21 janvier 1843. Immense succès de Rachel (1821-1858). Elle a 22 ans. Depuis toujours Racine est celui qu'elle met au-dessus de tout. Déjà, dans un article de *La Revue des deux mondes* du 1er novembre 1838 intitulé : « De la Tragédie. À propos des débuts de Mlle Rachel », Musset avait fait remarquer le retour en faveur de la tragédie classique et fait l'éloge de la comédienne, dont il loue le naturel : « Elle ne déclame point, elle parle ; elle n'emploie pour toucher le spectateur, ni ces gestes de convention, ni ces cris furieux dont on abuse aujourd'hui. [...] Là où la tradition veut qu'on cherche l'effet, elle n'en produit pas la plupart du temps. Si elle excite l'enthousiasme, c'est en disant les vers les plus simples, souvent les moins saillants et aux endroits où on s'y attend le moins. » Dans un autre texte, *Un souper chez Rachel*, il évoque l'actrice à qui on refuse encore le rôle sous prétexte qu'elle est trop jeune et qui lit

avec lui le texte de *Phèdre* : « D'abord elle récite d'un ton très monotone, comme une litanie. Peu à peu elle s'anime ; nous échangeons nos remarques, nos idées sur chaque passage. Elle arrive à la déclaration ; elle étend alors son bras sur la table, et le front posé sur sa main, appuyée sur son coude, elle s'abandonne entièrement. Cependant elle ne parle presque qu'à demi voix : ses yeux étincellent, elle pâlit, elle rougit ; jamais je n'ai rien vu de si beau et jamais au théâtre elle n'a produit tant d'effet sur moi. »

Autre inconditionnel de Rachel, Gautier raconte ainsi sa première apparition en Phèdre : « L'entrée de Mlle Rachel a été vraiment sublime. Au premier pas qu'elle a fait hors de la coulisse, le succès n'était plus douteux ; jamais physionomie d'un rôle ne fut mieux composée. Quand elle s'est avancée, pâle comme son propre fantôme, les yeux rougis dans son masque de marbre, les bras dénoués et morts, le corps inerte sous de belles draperies à plis droits, il nous a semblé voir, non pas Mlle Rachel, mais bien Phèdre elle-même. »

Il est hors de doute que Rachel fut une Phèdre exceptionnelle, d'autant plus qu'elle semble avoir su rendre sensible la double dimension fondamentale du personnage : l'amoureuse et la victime des dieux (cf. la Préface et, plus loin, les reproches de Barthes à Maria Casarès).

21 décembre 1873. Sarah Bernhardt (1844-1923) interprète pour la première fois le rôle. « *La soirée fut un long triomphe pour moi* », constate-t-elle avec simplicité dans ses Mémoires. Sa « voix d'or » et sa sensibilité dramatique ont, une fois de plus, enthousiasmé le public. Elle avait comme partenaire pour Hippolyte le célèbre Mounet-Sully, avec qui elle avait auparavant joué le rôle d'Aricie et, à l'occasion, rejeté dans l'ombre la titulaire du rôle de Phèdre, la pauvre Mlle Rousseil ! Dans l'acte II, en 1879, à Londres, elle remportera un triomphe encore plus phénoménal qui lui vaudra des éloges dithyrambiques dans la presse anglaise. En 1880 elle jouera Phèdre six fois dans une tournée aux États-Unis, mais les Américains seront, semble-t-il, plus sensibles à *La Dame aux camélias* (65 représentations) !

AU XXe SIÈCLE

La fin du XIXe siècle et le début du XXe voient au théâtre l'avènement du metteur en scène. C'est par la mise en scène et non par le seul génie individuel de comédiens et de comédiennes d'exception que se renouvellera, en particulier, la « lecture » de nos grands classiques. Seules quelques-unes des nombreuses mises en scène de *Phèdre* au XXe siècle peuvent être évoquées ici.

1922. *Phèdre*, traduite par le poète symboliste Brioussov, est l'un des spectacles phares du Théâtre de Chambre de Moscou (Kamerny

Teatr). Le fondateur du théâtre, en 1914, Tairov (1885-1950), qui en a assuré presque toutes les mises en scène, va à l'encontre de la tradition réaliste russe. Dans ses scénographies il utilise aussi bien les techniques proprement théâtrales que celles de la danse, de la pantomime, du cinéma, etc. Sa *Phèdre* sera présentée à Paris en 1923 et le public, presque unanimement, sera révulsé par son modernisme agressif. Cocteau sera l'un des très rares à apprécier la cohérence et la fonctionnalité des choix de Tairov qui a conçu les décors comme les costumes (la coiffure de Phèdre, par exemple, jouée par Alice Koonen) à partir de formes géométriques, cubiques et cylindriques.

1940. Gaston Baty, avec Marguerite Jamois. Pour Baty, la dimension métaphysique de la pièce est capitale. Ce qu'il veut mettre en scène, c'est « l'âme de Phèdre, chrétienne, hérétique, torturée. Non plus Trézène, non plus Versailles : Port-Royal ». Il insiste sur le fait que « Phèdre n'est pas une femme mûre, éprise d'un petit jeune homme [...] Si elle est plus âgée qu'Hippolyte ce n'est que de bien peu d'années ». D'autres, après lui, à juste titre, le rediront (Maulnier, Vitez). Le couple Phèdre-Hippolyte doit être un jeune couple s'il veut éviter l'inévitable « boulevardisation » attachée aux connotations du mot « belle-mère ». Par ailleurs, pour la scénographie, Baty fait le choix d'« une imprécise antiquité telle que l'imaginait le XVIIe siècle, telle que le suggèrent Poussin et Claude Lorrain ». Il précise : « Nous n'emmenons pas le spectateur ni dans le Péloponnèse, ni à Versailles, ni à Port-Royal, mais dans un lieu théâtral qui les concilierait tous les trois et qui nous paraît être le seul où Phèdre puisse vivre totalement. »

1942. J.-L. Barrault, avec Marie Bell. J.-L. Barrault situe sa mise en scène par rapport à ce qu'il sait du jeu de Sarah Bernhardt qui tirait la pièce à elle : « On allait, paraît-il, voir Sarah Bernhardt dans *Phèdre*, non plus pour voir la pièce, même pas pour la voir jouer le rôle entier, mais pour lui voir jouer les deux scènes dans lesquelles elle triomphait, la déclaration du "II" et le désespoir du "IV". Par ailleurs, elle "lâchait" le rôle afin de ménager ses forces et son art pour ces deux numéros. » Il rappelle le titre originel, *Phèdre et Hippolyte*, et souligne judicieusement le parallèle qui existe entre les deux rôles, du moins jusqu'à l'acte IV où ils divergent. « *Phèdre* n'est pas un concerto pour femme ; c'est une symphonie pour orchestre d'acteurs. » Il conçoit le lieu scénique comme lieu de rencontre de quatre chemins : celui d'Hippolyte, celui d'Aricie, celui de Phèdre et celui de l'évasion, qui est en fait celui de la mort. C'est par lui que revient Thésée, que partent vers la mort Œnone et Hippolyte, que revient Théramène. Pour le jeu de Phèdre, Barrault prend le contrepied de Baty ou de ce qu'était sans doute le jeu de Rachel : il demande à Marie Bell de privilégier la dimension passionnelle, sensuelle du rôle (pour plus de détails voir les notes publiées par Barrault : cf. Bibliographie).

1957. Jean Vilar, avec Maria Casarès. On lira la sévère et très intéressante critique qu'en fait Roland Barthes dans *Sur Racine* (cf. Bibliographie). Pour Barthes, le rôle de Phèdre est « divisé », à la fois psychologique (à la manière des « amoureuses » raciniennes, Hermione ou Roxane) et tragique (« j'entends par rôle tragique celui où la communication avec les dieux est déterminante »). Il reproche à Maria Casarès de n'avoir joué que la dimension psychologique, d'avoir joué « la passion comme une maladie, non comme un destin ». Quant à la mise en scène de Vilar, il n'y voit qu'« anarchie totale ». En revanche, il loue Alain Cuny, dans un rôle difficile, celui de Thésée, d'avoir su échapper au psychologique, ne pas être que « le mari cocu d'une femme adultère ». « Le Thésée de Cuny est vraiment en rapport avec les dieux, c'est vraiment un être chtonien, qui a connu les morts, sorte de bête énorme et pensive qui tourne vers la "psychologie" de sa famille (ces passions, ces mensonges, ces remords et ces cris) un regard revenu d'outre-terre. »

1973. Denis Llorca, avec Silvia Monfort. Llorca adapte Racine en s'inspirant d'Euripide. Il supprime Aricie et Ismène et fond Œnone et Théramène en un personnage unique qui suit et commente l'action. Tout est centré sur le conflit triangulaire entre Phèdre, Hippolyte et Thésée, dont la violence est portée à l'extrême. Mais est-ce toujours la *Phèdre* de Racine ?

1974. Antoine Bourseiller met en scène *Phèdre* à Marseille puis à Strasbourg en insistant sur l'importance primordiale de la diction du vers racinien. Comme le remarque Michel Cournot (*Le Monde*, 16 mai 1974), « les mouvements des acteurs ne se remarquent pas. Ils ne sont là que de passage . [...] Le tout est de permettre au vers de Racine de s'allonger librement. [...] Tous les vers de *Phèdre* sont entendus clairement, et Bourseiller a réglé surtout, bien sûr, les harmoniques de Phèdre, amenant la voix de Chantal Darget à des modulations tout à fait désincarnées ».

En 1976 Bourseiller monte une nouvelle fois *Phèdre* à Paris et continue d'en « creuser » l'interprétation. Il fait ressortir la dualité du Récit de Théramène, « comme s'il y avait une caméra pour ce qui est raconté (la mort d'Hippolyte) et une autre braquée sur les témoins de la catastrophe ». Il constate que l'on peut lire la pièce à travers « un nombre incalculable de grilles » et que c'est ce qui en fait la modernité. Pour cette mise en scène, toujours avec Chantal Darget, il imagine une « Phèdre charnelle, plus proche de Rachel que de Sarah Bernhardt ».

1975. Avec son Atelier d'Ivry, Antoine Vitez met en scène *Phèdre*, travail qu'il conçoit comme « une recherche contemporaine sur la musique et la société dans la poésie de Racine ». Comme Bourseiller, il accorde une attention prédominante à l'alexandrin racinien, qui, loin d'être une « gêne », est « l'instrument même de la cruauté : il détermine les personnages, leurs costumes, leur comportement, leur mode de vie ». Et c'est dans la lumière du pessimisme janséniste qu'il voit et montre l'univers racinien : « Nous sommes dans le monde chrétien de Versailles, à la cour, dans un salon. Racine décrit les mœurs cruelles de son entourage, noblesse châtrée par un roi qui pense pour elle et lui dicte son attitude : hypocrisie sociale et mortifications. En même temps il raconte quelque chose d'universel : la répression du désir. Le désir, même légitime, est lié au péché. C'est un crime d'aimer, le monde est là pour empêcher, pour torturer. »

1975. Première représentation, en arabe, de *Phèdre*, au Théâtre national de l'Ezbekieh au Caire. Ci-après une partie du compte rendu de cette *Phaedra arabica* par J.-P. Peroncel-Hugoz (*Le Monde*, 2/3 novembre 1975) : « Le public égyptien qui, en dehors d'une élite francophone, ne savait pas toujours très bien de quoi il s'agissait, a découvert dans *Phèdre* une pièce neuve, portée par les sonorités âpres de la langue arabe et ponctuée de situations islamiques.

« Venue de l'île de Crète, nef de pierre ancrée au large de l'Orient et rendue célèbre par une trouvaille d'ailleurs égyptienne, le labyrinthe, Phèdre mène la vie recluse des musulmanes, "soumise à son époux et cachant son ennui". [...] En raison de fréquents mariages de barbons avec des tendrons, suivant l'exemple de Mahomet lui-même, l'Islam connaît souvent ces relations troubles entre belles-mères et beaux-fils. Mais en Orient arabe c'est par excellence le sujet tabou, comme *Phèdre* est avant tout la pièce des choses non dites, de l'"amour criminel" et de l'"horrible secret".

« À la "dangereuse marâtre" de Racine répond la "marâtre merveilleuse" de Rachid Boudjedra, le seul écrivain arabe qui ait osé jusque-là regarder en face cette "société castratrice [...] mais en même temps vouée à l'inceste" (*La Répudiation*, Denoël, 1970). Inceste, un mot qu'il est en principe interdit de prononcer sur une scène égyptienne...

« Dans cette maison pleine de femmes, dominée par un "super-pater familias" au cœur polygame, face aux amours contrariées d'Hippolyte et d'Aricie, devant ces passions brimées dès que débridées qui confèrent aux sociétés orientales cette note pathétique d'érotisme mutilé, nombre de spectateurs arabes ont été frappés par les similitudes avec leur propre monde.

1980. Dans sa *Phèdre* du Festival de Sarlat, ce qui intéresse Jean Gillibert c'est la « théâtralité de la folie ». Folie liée à la transgression fondamentale, celle de l'inceste. Colette Godard (*Le Monde*, 30 juillet 1980) décrit ainsi le jeu de Josette Boulva en Phèdre : « La voix de

Phèdre semble bondir d'un volcan en fusion, s'éparpiller, retomber en brandons. Ses yeux pâles se fixent sur l'invisible. Égarée, elle est à l'écoute de son corps, immobile, torturé par l'accouchement d'un monstre, de quelque chose qui ne ressemble à rien de connu. La folie traverse la symétrie des alexandrins.

« "*Phèdre* est une tragédie classique, oui, je veux bien, concède Jean Gillibert, mais Dieu, qu'elle est étrange, formaliste et d'une violence méchante. J'y vois se heurter trois univers : celui, oppressif, du jansénisme, celui du paganisme grec, beauté barbare vue comme une forme d'harmonie, l'univers de Phèdre enfin, son utopie, sa tentative pour fonder un monde nouveau, une religion nouvelle en transgressant la loi fondamentale. Car c'est bien d'inceste qu'il s'agit. Phèdre veut briser l'interdit, alors, la chair ne sera plus coupable, les corps seront libres, on aimera l'animal, on pourra aimer son enfant."

« Phèdre s'enveloppe d'un manteau d'or cuivré. Thésée se couvre la tête et couvre sa robe rouge d'un linceul noir. Tous deux ont abordé des rives défendues, la mort est avec eux. Ils sont lourds d'un mystère dont les autres, fascinés, ne peuvent se détacher... Tous les acteurs demeurent en scène sans entrer ni sortir, voyeurs méditatifs du sacrifice de Phèdre, trace fantomatique sur les cendres d'un espoir impossible. L'humanité ne peut accepter et elle sanctionne. "Un astre aurait pu naître et simplement le soleil continue à réverbérer la lumière", dit Jean Gillibert. »

1989-1990. La Phèdre jouée par Catherine Sellers, à Marseille puis à Paris, dans une mise en scène de Pierre Tabard, est à l'opposé de l'« utopie de transgression » de Gillibert. C'est ainsi que la comédienne caractérise son rôle : « Pour nous, il s'agissait d'évacuer le côté Bovary, l'aspect sensualité frustrée. C'est bien plus qu'une histoire d'amour. Ce qui m'a intéressée, c'est l'excès, au sens que lui donnait Bataille. Un sens mystique. Il y a dans cette pièce un langage, je ne dirais pas religieux, plutôt sacré. Tout est animé d'une vie fantastique : la terre souffre, les flots se révoltent. Tout est habité. Le langage de Phèdre et celui de Thérèse d'Avila se rejoignent, ce sont presque les mêmes mots, la même haine de soi, les mêmes vertiges, la même adoration de l'innocence. Phèdre est à la recherche d'un Dieu qui serait incarné en Hippolyte. En lui, elle aime cette pureté qu'elle pense avoir perdue. »

FILMOGRAPHIE

1951. *Au cœur de la Casbah,* de Pierre Cardinal, avec Viviane Romance.

1962. *Phaedra*, de Jules Dassin, avec Melina Mercouri, Anthony Perkins, Raf Vallone (adaptation « kitsch », dans la Grèce des années 1960).

1968. *Phèdre*. Mise en scène filmée en studio, de Pierre Jourdan, avec Marie Bell, Claude Giraud, Jacques Dacqmine.

1988. *Phèdre*. Téléfilm de Pierre Cardinal, tourné en décors naturels, au Maroc. Avec Maud Rayer, Christian Brendel, Alice Sapritch, Claude Giraud.

Voici ce qu'en dit Odile Quirot dans *Le Monde* du 29 février 1988 :

« *Phèdre* de Racine sur A2. Entre péplum et tragédie. »

« Ni retransmission ni recréation à partir d'une mise en scène préexistante, la *Phèdre* de Jean Racine, filmée en décor naturel par Pierre Cardinal et produite par Antenne 2, aurait pu, tout comme le *Dom Juan* de Marcel Bluwal, être exemplaire d'une manière spécifiquement "télévisuelle" d'aborder le répertoire dramatique. Le résultat est assez conventionnel, trop sage [...].

Les comédiens, si l'on excepte l'Hippolyte un peu falot de Christian Brendel, ne sont ici pas en cause. Maud Rayer est une Phèdre frémissante de sensualité coupable et à ses côtés, dans le rôle d'Œnone, Alice Sapritch pèse son poids de complicité, de science féminine. Le plus souvent, la caméra leur impose un gros plan permanent, et l'on entend alors le mouvement même de la parole, qui est au cœur de *Phèdre*, tragédie de l'aveu. Mais qu'apportent donc de plus un galop de cheval, un plan large sur des remparts au pied desquels s'agitent quelques vagues figurants ? Rien, au contraire ; *Phèdre* frise alors le péplum pauvre. On a l'impression, parfois, de faire une agréable visite touristique, sans plus, dans quelques beaux sites marocains, où le film a été tourné. Racine a écrit *Phèdre* pour le théâtre, avec ses conventions. Le film est attachant quand il les respecte, irritant quand il tente de les déjouer, maladroitement, sans véritable invention. »

TABLE DES MATIÈRES

Imprimé en France par

MAURY-IMPRIMEUR
à Malesherbes (Loiret)
en août 2012

POCKET – 12, avenue d'Italie – 75627 Paris Cedex 13

N° d'impression : 174492
Dépôt légal : avril 1998
Suite du premier tirage : août 2012
S20031/04